로크미디어가
유혹하는
재미있는 세상

ROK
MEDIA
로크미디어

다시 사는 재벌가 망나니 2

2021년 1월 19일 초판 1쇄 인쇄
2021년 1월 22일 초판 1쇄 발행

지은이 맹물사탕
발행인 이종주

총괄 김정수
경영지원 배진경 임혜솔 송지유

기획 이기헌 왕소현 박경무 강민구
책임 편집 김홍식

발행처 (주)로크미디어
출판등록 2003년 3월 24일
주소 서울시 마포구 성암로 330 DMC첨단산업센터 3층 318호, 319호
Tel (02)3273-5135 **편집** (070)7860-2726 **Fax** (02)3273-5134
홈페이지 rokmedia.com **E-mail** rokmedia@empas.com

© 맹물사탕, 2021

값 8,000원

ISBN 979-11-354-9458-1 (2권)
ISBN 979-11-354-9456-7 04810 (세트)

다시 사는 재벌가 망나니

맹물사탕 현대 판타지 장편소설

②

ROK MEDIA

로크미디어

Contents

1장

나는 젓가락을 들지도 않은 채 입을 열었다.

"일단, 백과사전은 아주 잘 팔릴 겁니다."

"하핫, 낙관적이군요."

"……계속해도 될까요?"

"어이쿠, 실례. 죄송합니다, 사장님."

나는 유상훈도 젓가락을 내려놓는 걸 보며 말을 이었다.

"……그리고 우리 회사와 계약을 맺은 일산 측은 욕심을 낼 겁니다. 만일, 이를 SJ컴퍼니와 제휴가 아닌 독점으로 판매한다면 더 큰 수익을 거두리란 확신을 갖고서 말이죠."

"……"

"왜냐면 그들에겐 백과사전에 관한 저작권도 있고, 또 그

밑바탕도 있겠다, 대강의 노하우를 알았다고 판단했을 테니까요."

"뭐, 경영진이 유능해 보이진 않았죠."

"그렇습니까?"

나는 미소를 지었다.

"하지만 말이죠, 결국엔 그 작업을 또다시 다른 업체에 맡기거나 우리에게 도로 라이센스를 지불해야 한다는 결론에 다다를 겁니다."

"아, 그렇죠. 기술에 관해선 우리 회사의 것이니까요."

잠시 생각하던 유상훈이 씩 웃었다.

"게다가 저희는 헐값이나 마찬가지로 일을 해낼 테고요."

"어허, 임금은 제대로 지불할 겁니다."

"크크, 그래도 고등학생을 부려 먹는 것과 제대로 된 전문가를 부리는 일은 인건비 차원에서 수준이 다르죠. 더군다나 그 일은 삼광장학재단에서 장학금 형식으로 임금을 지불할 테니, 우리로선 손 안 대고 코 푸는 격일 겁니다."

나는 어깨를 으쓱였다.

"원래 장사는 남의 돈으로 하는 거라고 하잖아요."

"핫하하하! 이대론 왠지 상장도 하지 않으실 거 같은 사장님의 말씀이라서 그런지, 더욱 아이러니한데요."

웃음을 터뜨린 유상훈이 미소를 유지한 채 말을 이었다.

"더욱이 고루하기 그지없는 출판사 측이 컴퓨터를 잘 다룰 것 같진 않군요. 그럼 사장님, 재계약 때 몸값을 높여 부르실 겁니까?"

배시시 웃는 유상훈에게 나는 고개를 저었다.

"아뇨, 우리는 그 시점에서 손을 뗄 겁니다."

"예?"

"그 시점엔 더 이상 돈이 안 되는 사업이 될 거거든요. 물론, 공짜는 아니에요. 그들에게 새로이 계약서를 갱신하는 대가로 채권을 양도할 거니까요."

"……음."

"뭐, 당분간은 잘 굴러가는 듯 보이겠죠. 하지만 그들의 실적은 부풀려진 겁니다. 우리가 호구로 보일 정도로 양보한 결과니까요. 어떻게 해도 전성기의 매출은 나오지 않아요. 또한."

나는 말을 이었다.

"그 시장은 곧 레드 오션이 될 거예요."

"예? 레드 오션이 뭡니까?"

음.

이 시대엔 아직 이 용어가 정착되지 않은 건가?

"뭐, 그냥 동종업자들 간의 경쟁이 치열해진 바닥이란 의미예요. 시장 포화 상태를 뜻하는 거죠."

"하핫, 뭐 피바다란 뜻입니까? 그럼 반대말은 블루 오션쯤 되겠군요."

"맞아요. 대단하시네요."

유상훈이 씩 웃었다.

"찍어 맞힌 것뿐입니다. 그나저나 제법 시적인데요."

유상훈은 킬킬 웃으며 차를 한 모금 마셨다.

"그건 그렇고 이거 참, 사장님께 한 수 배웠습니다."

"고작 용어일 뿐인데요."

"아뇨, 그게 아닙니다."

유상훈이 안경 너머의 눈을 반짝 빛냈다.

"이제야 사장님이 채권을 잔뜩 짊어진 의도를 알 것 같아서요. 하핫, 이거 참. 우리 사장님의 귀엽고 깜찍한 외모에 속아 넘어갈 뻔했습니다."

"그래요?"

"예. 크크, 이거 이거, 사장님, 정말로 굉장한 악당이셨네요."

"위법은 아닙니다만?"

"크크크크. 밥이 맛있겠습니다, 이거. 역시 호텔 식당이 좋군요."

유상훈은 싱글싱글 웃으며 젓가락을 들었다.

역시, 유상훈은 유능했다.

우리는 식사를 즐겼다.

하지만 유상훈에게 말한 계획이 실현되려면 몇 년은 더 걸릴 일이었다.

'또, 모든 걸 말한 것도 아니고.'

백과사전 사업에는 유상훈이 짐작한 것 이상이 계획되어 있었다.

백과사전의 데이터베이스와 그 내용의 디지털 저작권.

문제는 그조차도 역시, 몇 년 뒤를 대비한 자료라는 점이 었다.

'실적 뻥튀기는 되지만 이모저모 당장 돈 될 만한 게 없 네.'

나는 류산슬을 젓가락으로 뒤적거렸다.

나이만 아니라면, 빼갈 한 잔이 간절했다.

'이 사업의 계기가 되었던 플레이스테이션이 발매되는 것 도 올해 말이고. 그것도 일본에서만의 이야기야.'

즉, 당분간은 적자운영을 이어 가야 한단 뜻이었다.

'그럼, 판을 좀 벌여 볼까.'

나는 디저트로 나온 고구마 맛탕을 우물거리는 유상훈에 게 말을 건넸다.

"유상훈 변호사님, 혹시 공매도라고 알아요?"

내 말에 유상훈이 눈을 동그랗게 떴다.

"정말이지, 사장님은 별걸 다 아시네요."

"역시 아시네요."

"물론이죠. 그보단 사장님, 정말 11살 맞습니까?"

"사업자 등록할 때 제 주민등록번호 확인하셨잖아요."

"······그건 그렇습니다만."

유상훈이 녹말 이쑤시개에 꽂힌 맛탕을 내려놓았다.

"이번엔 또 어떤 명령을 내리실 겁니까?"

"짐작하셨듯이, 공매도를 좀 할까 해요."

"저처럼 열심히 일하는 변호사도 좀처럼 없을 거 같습니다, 하하."

공매도(空賣渡 : Short selling).

자본주의가 낳은 기묘한 마술.

문자 그대로는 '존재하지 않는 것(空)을 판다(賣渡)'는 것으로.

개념적으론 언뜻 알아듣기 다소 복잡하다.

'주식을 빌려서 판 다음 되갚는다는 건데.'

즉, 예를 들어······.

〈경제극장 공매도 편〉

(머릿속에 아랑페즈 협주곡이 들린다.)

철수에겐 내가 가지고 있지 않은 A주식(이 시점에서 10,000원의 가치)이 있다.

한편 나에겐 A주식이 없을지라도 그 주식이 다음 날 똥값이 될 거란 정보가 있다.

나 : 철수야, 네가 가진 A주식을 내게 빌려주지 않겠니?
　　500원 줄게.

철수 : 그래. 나중에 A주식은 돌려줘. 어디까지나 빌려주
　　　는 거니까.

내게 A주식이 들어왔다.

나는 영희를 찾는다.

나 : 영희야, 너 A주식 갖고 싶댔지? 살래? 10,000원인데.

영희 : 콜!

나에겐 10,000원이 생기고.

다음 날, 주식이 4,000원으로 하락했다.

영희 : 아, 망했네. 이래서 주식은 하는 게 아닌데. 내 돈,
　　　내 돈.

나 : 그럼 나한테 다시 팔래?

영희 : 쓷, 별수 없지. 시가인 4,000원 내고 가져가.

나는 영희에게 4,000원을 주고 A주식을 다시 사들였다.

나 : 철수야, 빌려 갔던 A주식(4,000원) 돌려줄게. 여기 수수
　　　료 500원.

철수 : 엥? 음, 뭐 그래도 약속했던 A주식(10,000원이었던 것)
　　　도 돌려받았고……. 수수료 500원도 벌긴 했네.

그리고 철수에게 빌린 A주식(이제 4,000원의 가치)을 돌려주
면, 내겐 결과적으로 철수에게 준 수수료 500원을 제외하고
5,500원의 시세 차익이 생기는 셈이다.

이렇게 해서, 나는 하락이 예상되는 주식을 철수에게 빌려
서 영희에게 팔아 치운 다음 돈을 벌게 된 것이었다.

그렇게 해피 엔딩.

〈경제극장 공매도 편 끝〉

이렇듯 의미적으론 간단히 말해, '주가가 하락할수록 돈을 버는' 것이라고 할 수 있다.

주가란 쉽게 말해 회사의 가치를 나타내는 척도.

또, 주가가 하락한다는 건 시장에서 그 회사의 가치가 떨어진다는 것을 의미한다.

그리고 당연하게도, 나는 머지않아 그 가치가 폭락할 회사를 알고 있다.

'게다가 이 시기엔 아직 무차입공매도가 금지되지 않았어.'

역사적으로 대한민국에 무차입공매도가 금지되는 건 2000년대.

'즉, 지금 시점에선 비교적 쉽게, 신용카드 긁듯이 팍팍 공매도를 구할 수 있단 의미지.'

유상훈이 씩 웃으며 물었다.

"그런데 공매도라니, 뭔가 괜찮은 정보라도 갖고 계십니까?"

"아뇨."

"예?"

아직은.

하지만, 그 정보는 곧 만들어질 것이다.

없는 이야기를 지어내는 것은 아니다.

'뭐, 겸사겸사 좋은 일도 하고.'

결과적으론 윈윈.

'아, 공매도의 대상이 되는 회사에겐 악재(惡材)일 테니, 그건 아닌가.'

그러게, 그런 짓은 하지 말았어야지.

'성수대교 붕괴가 올해였지?'

성수대교 붕괴.

95년의 삼풍백화점 붕괴와 더불어 YS 정부의 악재 중 하나였다.

1994년 10월 21일, 성수대교가 무너지며 많은 인명 피해가 발생했다.

마침 출근 시간이었고, 그 탓인지 피해는 더 컸다.

이후 시공회사였던 동화건설은 책임이 없다며 발뺌했다가 여론의 뭇매를 맞은 뒤 신문에 사과문을 게시하고 수리를 약속했으나, 그 역시 뒤늦은 대처로 여론의 뭇매를 맞았다.

대법원의 판례 또한 성수대교의 붕괴를 동화건설의 부실 시공을 원인으로 인정했고, 결국 동화건설은 해체되면서 역사의 뒤안길로 사라지고 만다.

이를 두고, 당시 뉴스는 '예견된 참사'라고 말했다.

사고가 일어나기 전, 이미 모 방송사에서 성수대교의 부실 시공을 문제 삼았던 적이 있었던 것이다.

'그래서 사고 이후 동화건설 측의 외압 의혹도 불거졌더랬지.'

그러니 단순히 언론의 힘을 빌려 떠들어 대는 것만으론 부족할지 모른다.

그런데 참으로 공교로운 일이긴 하지만.

내겐 이미 관련된 인맥이 있었다.

내가 유상훈 변호사와 만나 공모를 주고받았던 다음 날, 방과 후 교실 특설 사무실.

"성진아, 안녕."

들어갔더니, 채선아가 활짝 웃으며 내게 인사를 건넸다.

그녀는 파티션이 쳐진 책상과 컴퓨터, 인쇄기 따위가 들어선 빈 교실의 내 근처 자리에 자신의 자리를 마련해 두고 있었다.

"안녕하세요, 선배. 일찍 오셨네요."

"응. 내가 방과 후 교실 일로 바쁘다는 걸 선생님도 아시니까, 청소 같은 일은 빼 주시더라."

"그렇군요."

"민정이는?"

"오늘은 1분단 청소 당번입니다."

"······흠, 담임 선생님마다 다른 건가?"

천화국민학교의 전교회장이기도 한 그녀는 회의장에서만큼은 짐짓 엄격하고 사무적인 태도를 견지했지만, 천성은 명랑하고 붙임성이 있었다.

"성진이도 선생님께 말씀드리면 어때?"

"민정이 본인이 하겠다고 한 거여서요."

"성실하네."

그보단 홀로 '특별 취급'을 받아 무리에서 고립되지 않기 위한, 그녀 나름의 조치일 거란 생각을 하고 있었지만.

"그렇죠."

나는 대강 긍정했다.

"그러고 보니까 민정이랑 너, 옛날부터 친구였다며?"

"그랬죠."

"좋겠다. 나는 4학년쯤에 전학을 와서, 그런 오래된 친구가 잘 없거든."

그러면서도 전학 온 학교 분위기에 잘 녹아들어 지금은 전교회장까지 역임 중이라.

나는 미래의 채선아가 어떤 인물이 되어 있었던가, 머리를 굴려 보았다.

'뭔가 한가락 했을 듯도 한데, 내 기억에 채선아는 없어.'

채씨라는 드문 성씨임에도 불구하고.

채선아는 내 옆자리로 의자를 끌고 와서 방긋방긋 웃었다.

"없어서 묻는 건데, 둘이 화해한 거야?"

"예?"

나는 채선아가 얼마 전 있었던 이남진과 윤선희의 대립을 이야기하는가 싶었는데.

"민정이랑 너."

"아."

그런 게 아니었다.

"그래도 처음에 봤을 때보단 둘 사이가 좋아 보여."

"······그래요?"

"응. 왜, 전교 회의 때도 그랬고. 처음엔 둘이 싸웠나 싶었다니까."

그 시기에 그걸 관찰해 냈다니, 채선아는 생각 외로 주변의 상황을 포착하는 데 능한 듯했다.

'그나저나.'

내 화해의 제스처가 김민정에게 영향을 주고 있는 걸까.

사춘기 무렵의 여자애들은 특히나 감정적으로 대응하기 일쑤여서 그 의도며 속내를 파악하기 어렵다.

그런 상황에 채선아의 이야기는 어딘지, 내가 하는 일의

방향이 나쁘지 않다는 것처럼 들려서 마음이 놓이는 것도
사실.

"맞아요. 냉전 중이긴 했죠."

나는 어깨를 으쓱였다.

"그래서 얼마 전에 사과는 했는데, 걔가 어떻게 받아들였
는지는 잘 모르겠어요."

"흠, 성진이는 똑똑하긴 한데, 여자의 마음은 잘 모르는구
나?"

얼추 맞긴 한데, 그 말을 국민학생에게 들으니 기분이 묘
했다.

"어쩌겠어요. 저는 남자고."

"너도 참."

채선아가 웃었다.

"뭐, 둘 사이의 문제니까 내가 함부로 끼어들어선 안 되겠
지. 그래도 혹시 조언이 필요하거든 이 선배에게 맡겨 줘."

내 눈엔 한참이나 어린애인데도 연장자인 양 으쓱이는 채
선아를 보니 나도 모르게 웃음이 나왔다.

"왜?"

"아뇨, 믿음직해서요."

"얘는."

채선아가 눈을 흘기며 내 어깨를 툭 하고 쳤다.

나는 괜히 어깨를 쓸어 만지며, 줄곧 생각하고 있던 이야

기를 슬그머니 끄집어냈다.

"음....... 조언 하니까 생각났는데."

"응?"

"조언은 아니고 물어볼 게 생각났어요."

"뭔데? 말해 봐."

"선배의 아버지, 방송국에서 일하신다고 하셨죠?"

채선아의 아버지는 CBS 방송사 보도국의 차장으로 일하고 있었다.

그랬기에.

이는 굳이 그럴 필요가 없음에도 불구하고 구태여 채선아를 이번 업무에 끌어들인 까닭이기도 했다.

'나중에 언론 보도를 타기도 쉬울 테니까.'

하지만 이제 회사를 차리고 다른 가능성이 점쳐지는 시점에서.

채선아의 활용 방안이 부쩍 늘어났다.

내 말을 들은 채선아는 고개를 갸웃했다.

"으응, 그렇긴 한데....... 왜?"

왜긴.

'공교롭게도, 성수대교의 부실공사를 지적한 곳이 채선아의 아버지가 있는 CBS 방송국이었거든.'

기회란, 노리는 자에게 오는 법이니.

"저번에 TV에서 성수대교 관련 탐사 프로그램을 본 적이 있는 거 같은데요."

나는 유상훈 변호사를 시켜 알아낸 편성 정보를 토대로 말을 이어 갔다.

"그러잖아도 얼마 전에 성수대교를 지나갈 일이 있었거든요."

"으응."

"왠지 모르게 덜컹거린단 느낌을 받았는데. 정말로 부실 공사 같은 게 있는 걸까요?"

사실 그런 낌새는 전혀 없었지만.

내 말에 동조하는 듯, 채선아는 인상을 찡그리더니 조심스럽게 고개를 끄덕였다.

"응, 아빠 말씀으론 그랬어. 그러니까 어지간하면 다른 길로 가더라도 멀리 돌아가는 게 좋아."

"정말 그래요?"

나는 뜻밖의 이야기에 놀란 척 그 말을 받았다.

"그럼, 내가 괜한 말을 했겠니?"

"그 정도로 심각할 줄은 몰랐거든요."

"어쩌면 다리가 무너질지도 모른다고 하셨어. 그 정도의 일인걸."

"그런 중대한 일인데, 의외로 사람들의 반응은 그저 그러네요."

"내 말이."

채선아의 말이 과장이 아님은 미래의 일을 꿰고 있는 내가 그 누구보다도 잘 알고 있었다.

하지만 동화건설의 로비에 더해, 이 시대엔 무엇이든 잘 풀릴 거란 황금기의 안락함에 젖은 사람들의 사고방식이 만연했다.

그래서 역설적이게도 이 추측은 억측일 수 있다는 안일함이 성수대교 붕괴라는 대규모 참사를 불러오게 했을 것이다.

'정부 측에서도 제대로 된 조사를 행하긴 조심스러울 수 있지.'

문민정부 민주주의를 표방하곤 있으나, 사실상 저번 정권을 양도받듯 이어받은 정부이니까.

그런 상황이니 옛 정부의 토목공사 과업을 부정하듯 나서는 것은 서로의 이해관계가 일치하지 않는 일이다.

'어쨌거나 그 시절 대규모 토목공사에는 어떻게든 정부와 유착이 있기 마련이었으니.'

성수대교를 지은 동화건설 측에서는 정부를 통해 잡음이 새어 나가지 않게끔 단속했으리라.

'만일 싸우게 된다면 동화건설을 비롯한 관계 부처 측과의 싸움이 되겠고.'

하지만 채선아의 아버지가 있는 CBS가 고독한 싸움을 이어 가는 대신, 그 등에 삼광 그룹을 업게 된다면.

'다만 명분이 부족해……. 하지만.'

아마, 내 기억으론.

'이 시기, 삼광 측과 동화 측이 분당 개발 건으로 경쟁이 붙은 상황일 거야.'

동화건설과 싸울 만한 까닭은 있다.

더욱이 그들의 약점을 찌를 부실시공이라는 무기도 있겠다.

'잘만 구슬린다면 고래 싸움에 떨어지는 부산물을 주워 먹을 수 있겠어.'

나는 채선아에게 말을 건넸다.

"선배의 아버지는 방송국 내에서 정확히, 어떤 위치세요?"

"보도국에 계셔. 그러니까, 뉴스를 만들고 취재하는 그런 쪽. TV에 직접 나오고 그러는 건 아닌데, 음, 감독 같은 거라고 하면 알아들으려나? 아, PD랑은 좀 다른데."

이후로도 채선아는 내게 이런저런 설명을 이어 갔으나 방송국 내의 업무 분담이 어떻게 이루어지는지, 채선아 본인도 자세히 아는 것 같진 않았다.

'그래도 얼추 그 나이에 보도국 차장쯤 되면 제법 능력이 있단 의미지.'

채선아는 기껏해야 그녀의 아버지가 집에서 이야기하는 걸 주워들으며 대강의 생리를 겉핥기식으로 파악한 것뿐이겠지만.

나는 채선아의 친절함에 고개를 끄덕이는 것으로 나 역시 이번 회화에 흥미가 있음을 적절히 드러내 주었다.

그러는 와중에도 그녀는 가정사를 이야기하며 어느 정도 선을 긋고 '여기 이상은 알려 주지 않겠다'는 태도를 정확히 견지하고 있었는데.

이를 테면 이런 식이었다.

"아무래도 일이 일이다 보니 출장도 잦고, 나도 어릴 땐 이사를 자주 했거든. 지금은 서울에 있지만 아빠는…… 아니, 아무것도 아니야."

내가 '근무처를 자주 옮기시나 봐요' 하고 형식적인 맞장구를 쳐 주기도 전에 채선아는 서둘러 그녀 스스로 꺼낸 화제를 봉합해 냈다.

"아무튼, 그래서 얼마 전까진 지방을 오가는 전근 생활을 이어 가다가 슬슬 내 교육 문제도 있고 해서 서울에 자리를 잡게 된 거야."

그리고 채선아의 대략적인 가족사 속에는 필요에 의해 나온 그녀의 아버지 이야기 외엔 좀처럼 다른 것이 나오질 않았다.

채선아가 살짝 웃으며 귀밑머리를 쓸어 귓바퀴 뒤로 넘겼다.

"미안, 이야기가 잠시 다른 곳으로 샜네."

아.

그 표정, 몸짓, 행동. 버릇.

나는 거기서 떠오르는 얼굴과 지금 그녀가 품은 앳된 얼굴의 간극이 보이기 시작했다.

'류선아 의원?'

아나운서로서 모 정당의 대변인으로 활동하다가 당당히 지역구 의원으로 선발된 젊은 국회의원.

그녀의 대략적인 가정환경을 듣고 나니, 어쩌면.

'부모의 이혼 및 재혼 후 성씨를 바꾼 건가.'

장담하긴 어렵지만, 의혹은 점차 확신으로 굳어져 갔다.

'류선아 의원'과는 얼굴을 마주한 일도, 직접적으로 엮인 일도 없었지만, 몇 번인가 TV에서 흘려들은 그녀의 집안 사정이 하나둘 머릿속에 떠올랐다.

지방 전근이 잦은 채선아의 가정사와 부부 간의 불화, 그리고 이혼과 재혼으로 이어지는 일련의 흐름.

가정사가 어떻게 흘러갔을지에 대한 확언은 어렵다.

멀리서 지켜본 것이 아님에야 어느 가정이건 저마다의 사정은 각별하기 마련이니까.

'정작 나는 채씨에 주안점을 두고 있어서 그런 것들이 보이질 않았던 거로군.'

한편으론 그런 것을 포착해 낸 내 기억력이 고맙기까지 했다.

'전생에 좀 더 제대로 된 인생을 살았더라면 일찍 보였을 기회긴 하지만……. 이제라도 알았으니 늦지 않았어.'

채선아가 말을 이었다.

"그러고 보니 오늘부터 방과 후 교실 수업이 시작되는 거였지?"

슬그머니 화제를 바꾸는 투가, 벌써부터 가족사에 대한 언급을 피하려는 느낌이 물씬해서 이미 그 전조가 시작되려는 것처럼 보였다.

"네, 우선은 저학년을 대상으로요. 남진이 형이랑 윤선아 대리님은 관련해서 학급을 돌아다닌다고 하셨는데."

"응, 맞아. 아까 복도에서 뵈었어. 우리가 아직 5, 6교시 수업 중일 때."

그러더니 채선아는 가만히 임시 사무실을 둘러보았다.

"그러면 이제 방과 후 교실 프로젝트도 곧 끝나겠구나."

그러면서 채선아가 나를 보며 살짝 쓴웃음을 지었다.

"뭔가, 되게 많은 일을 해낸 것 같으면서도 정작 내가 한 일은 없는 거 같아. 그치?"

"그렇다면 선배의 활동 내용이 추후 내신에 반영될 수 있도록 조정해 보죠."

"그런 의미가 아니잖아. 너도 참, 이런 상황에서 그런. 농담인지 아닌지 분간이 안 가네."

아닌가?

"뭐랄까, 나도 처음엔 어른들이 하는 일에서 우린 그저 자리만 채우는 게 아닐까 했거든."

채선아는 미소 띤 채로 말을 이었다.

"사실 전교회장이라고 해 봐야 정작 할 수 있는 일은 제한되어 있고. 좀 더 다니기 좋은 학교로 만들겠습니다, 하고 선거 때 말은 하지만 근본적인 건 손댈 수 없는 거였거든."

말하는 채선아는 미소를 띤 채였으나 목소리엔 어린이가 가질 법한 회한이 서려 있었다.

"그런데 성진이가 하는 걸 옆에서 지켜보면서, 정작 나는 어른이 하는 일과 어린이가 하는 일을 구분 짓고 있었던 것 같아."

"아녜요. 선배도 잘해 주셨는데요."

"후후, 고마워. 하지만 나도 알아. 성진이가 해낸 것에 비하면 그야말로 자리 채우기에 불과했는걸. 그래도."

채선아는 어딘지 개운해 보이는 웃음을 지었다.

"네 덕분에 어리다는 이유로 핑계를 대선 아무것도 하지 않는 것과 마찬가지라는 걸 깨닫게 됐어. 제대로 된 절차와 형식만 익힌다면 성진이처럼 나이가 어려도 뭐든 할 수 있지 않겠어?"

"그렇지만도 않아요. 저도 선배나 다른 어른들이 없으면 이번 일은 해내지 못했을 거예요."

"그건 '혼자서는 할 수 없었던 일'이지, '어린이라서 할 수 없었던 일'은 아니지 않니?"

거참, 애 맞나?

내가 할 말은 아니다만.

나야 본체가 어른이니 당연한 이야기지만, 채선아는 제법 길고 낯간지러운 말을 서슴없이 해 댔다.

그것이 그녀의 개성일지 아니면 어린이 특유의 스스럼없음인지, 분간은 되질 않았다.

하지만 그런 말을 하는 채선아의 됨됨이는 떡잎부터 다르단 걸 새삼 깨달아 갔다.

"음, 이야기가 나온 김에."

나는 스크랩해 둔 신문 기사를 찾아 채선아에게 내밀었다.

"슬슬 그 성과가 가시화되는 시점에서 지상파방송에 우리가 하는 일을 알려도 괜찮지 않을까요?"

채선아는 가자미눈을 뜨고 나를 흘겨보았다.

"설마, 우리 아빠를 통해서 뉴스에 내보내자는 거야?"

"가능한 인맥을 끌어 쓰는 것도 어른들이 하는 일 같은데요. 그리고 저는 오히려 순수한 선의에서 비롯한, 보도 권한을 지인에게 제공하는 이야기를 하는 중이에요."

"……너도 참. 뭐, 아빠도 흥미로워하셨으니까, 이야기는 해 볼게."

내 목적은 방과 후 교실이 언론을 타는 것보다, 그것을 이용한 보도 지침에 있지만.

"그럼 부탁할게요."

"들으니까 전교회장인 채선아 선배 집이 방송국 관련 일을 한대요."

그날 저녁.

식탁은 이휘철과 이태석, 사모 그리고 내가 참석해 있었다.

"응, 엄마도 알지."

사모가 웃으며 고개를 끄덕였다.

"안 그래도 요즘 방과 후 교실 건으로 같이 일하고 있다며?"

"네."

사모가 방긋방긋 웃으며 나를 보았다.

"혹시, 민정이가 아니라 연상의 누나에게 관심이 있는 거니?"

이 사람은 왜 나를 그런 쪽으로 못 몰아가서 안달인 걸까.

그리고 연상이 아니라 한참 연하다.

더군다나 내 기준에선 둘 다 엄연히 범죄다.

"그런 게 아니라니까요. 그만 좀 놀리세요."

"어머머, 그런 게 아니긴? 흐음, 생각해 보니까 우리 성진이 주위엔 예쁜 아가씨가 되게 많구나."

"네, 네. 어머니도 포함해서요."

"어휴, 말도 참 예쁘게 하지."

비아냥거린 거지만, 칭찬으로 받았으니 됐다.

사모와 내 대화를 듣던 이태석이 입을 뗐다.

"성진아, 아직도 그 일을 붙들고 있는 거냐? 이제 방과 후 교실 수업도 시작했다면서."

"네. 슬슬 마무리 단계입니다."

"책임감을 갖는 것도 좋지만 선택과 집중도 중요하다. 굳이 네가 할 필요가 없는 일까지 나서서 신경을 쏟을 필요는 없단다."

댁이 할 말인가.

하지만 일단 고개를 숙였다.

"예, 유념하겠습니다."

가만히 있던 이휘철이 클클 웃으며 끼어들었다.

"그래서?"

그래서.

그가 뱉은 건 단 한마디였지만, 역시 예리했다.

이태석이 내 대신 그 말을 받았다.

"급식과 방과 후 교실 건을 언론에 보도하면 어떨까, 하는 생각이겠죠."

그것도 준비는 하고 있습니다만, 이번 주제는 아닙니다.

사모가 웃었다.

"저는 우리 성진이에게 방송 출연 섭외가 들어온 거라고 소중한 한 표를 행사하겠어요. 똑똑하고, 잘생기고, 착한 성진이라면 뭐든 잘하겠죠?"

그건 아예 핀트가 어긋났고.

이휘철과 이태석이 입을 모았다.

"안 된다."

"안 돼."

저럴 땐 둘이 꼭 합이 맞더라.

나도 그럴 생각은 없다.

재벌가 3세의 방송 출연이라니. 누구 좋으라고?

나는 시무룩해하는 사모를 살피며 입을 열었다.

"얼마 전 압구정 쪽으로 지나갈 일이 있었잖아요?"

내 말에 사모가 고개를 끄덕였다.

"응, 그랬지. 서울대 갔을 때 이야기니?"

"네. 그런데 성수대교를 지나면서 조금 덜컹거린단 느낌을 받았거든요."

"어머."

"어쩌다 관련해서 이야기를 하다 보니까, 마침 채선아 선배가 '거기는 위험하다'는 말을 했어요."

"위험? 왜?"

"들으니까, 얼마 전에 부실공사와 관련된 취재를 했대요. 그때 채선아 선배의 아버지 이야기가 나왔고……. 관련해서 취재를 하셨대요."

내 말에 이태석이 고개를 끄덕였다.

"맞아, 그랬지. 대대적인 일은 아니었지만, 동화건설 측도 관련한 입장 표명은 했었어."

"어떻게요?"

"어떻긴, 뭘……."

이태석은 대답하려다가 그 바닥의 추악한 일면은 알려 주기 싫다는 양 말을 아꼈다.

"일단 알았다고 했지."

일단.

제법 많은 의미가 담긴 말이었다.

그리고 이휘철이 씩 웃으며 나를 보았다.

"그래서?"

또, 그래서.

나는 대답했다.

"그러다가 혹시라도 다리가 무너지면 큰일이지 않겠어요?"

내 말을 들은 이태석이 피식 웃었다.

"다리가 무너져? 쓸데없는 걱정이다."

저, 저, 안전 불감증을 어찌할꼬.

하지만 내 말을 들은 이휘철은 씩 웃고 있었다.

"재밌군."

다리가 무너진다는데, 그런 감상이라니. 소시오패스이신

가.

우리가 그런 의미를 담아 이휘철을 보니, 이휘철은 태연하게 말을 이었다.

"하긴, 동화의 졸부 놈들은 능히 그러고도 남지. 그런 단가로 후려쳐 마진을 남기려면 못된 장난을 쳐야 했을 게다."

"아버지, 억측이 심하십니다."

이태석이 인상을 찌푸렸다.

"게다가 애 앞에서 할 말도 아니고요."

"성진이도 이제 어엿한 사장이니 알 건 알아야지."

"……."

갑자기 나를 걸고넘어지시네.

"태석아, 얼마 전 놈들에게 분당 도로 토목 수주에서 밀린 걸 잊었느냐?"

"흠, 글쎄요. 뭐, 건설 쪽은 태환 형님 관할이지 않습니까."

이태석은 계열사의 사촌 형님, 내게는 이태준에 이어 또 다른 당숙을 들먹였다.

"저는 제 일의 선택과 집중에 여념이 없어서요."

이태석도 그렇게 뻗대니 이휘철이 싫어하지.

"냉소로 무지를 감추려 하는 거냐?"

이휘철도 그렇게 꼽을 주니 이태석이 싫어하지.

"저도 압니다. 그 정도는요."

이태석이 투덜거리며 말을 이었다.

"그래도 나름 관할이라는 게 있지 않습니까. 듣기론 그 바닥에 있는 일종의 불문율이라고 들었는데요."

"당장의 영달을 위한 담합이? 그따위니 이 나라가 발전이 없는 게다."

이어서 이휘철은 나를 힐끗 살피며 어딘가 뒤틀린 미소를 지었다.

"그런 것으로 사상누각을 지어 봤자 폭삭 무너져 주저앉고 나면 모두 허사가 되는 법이거늘."

"……."

"모회사와 자회사의 관계만 식구가 아니다. 계열사 또한 한식구인데, 그런 뻔한 허물을 덮어 주다 보면 결국 내게도 피해가 오는 법이다."

"그래서 아버지께선, 도로 수주에서 미끄러진 까닭을 동화건설의 수작질로 보신 겁니까?"

"그렇게 본 게 아니라 그런 거지."

이휘철은 냉소했다.

"어디 보자, 그게 지어진 건……."

이휘철이 곰곰 생각하더니 답을 내놓았다.

"그래, 박통 때구나. 그때는 주먹구구식 날림이 제법 많았으니 말이다. 기술도 지금에 비하면 못하고, 또 얼마 전 동부 간선도로가 개통되며 교통량도 늘었지. 그러니 성진이 말처

럼 하중을 버티지 못하고 무너지는 것도 허무맹랑한 이야긴
아니다."

"그래도 다리는 서울시에서 관리하고 있지 않습니까?"

"정부 놈들을 믿느니 죽지. 허구한 날 돈이나 뜯어 가려
눈이 벌건 놈들이 아니냐."

"……."

이태석은 나를 힐끗 살피는 것으로 이휘철에게 행동 언어
를 표했다.

애 앞에서 자제 좀 하란 의미일 터지만.

이휘철도 어째 그런 걸 신경 쓰고 사는 위인이 아니었다.

오히려.

"성진아, 제일 못 믿을 놈들이 정부다."

김일성의 죽음이 머지않은 이 시국에 손주의 애국심을 고
취시켜 주지는 못할망정.

이휘철이 말을 이었다.

"놈들은 걸핏하면 찾아와 투자 좀 하라느니 하며 돈을 걷
어 가려 하지. 그런 주제에 규제를 풀 생각도 없고, 사사건건
독점이니 뭐니 하며 발목만 붙잡을 뿐이다. 게다가 어디 그
뿐이냐? 정권은 변하기 마련인데 그때마다 요구하는 게 달
라지니."

이휘철이 쯧, 하고 혀를 찼다.

"이제 냉전이 종식되어 가는 마당인데, 당최 무엇이 중요

한지 분간을 못 해. 마치 태평성대가 쭉 이어질 것처럼 굴고들 있어. 냉전 때는 그래, 강대국들이 약소국을 영향권에 두기 위해서라도 면세며 경제적 지원을 해 주었다. 하나."

이휘철은 그윽한 눈으로 나를 보았다.

"두 대국 사이의 전쟁이 끝나면, 남은 약소국은 어떻게 되는지 아느냐?"

"음……."

이휘철이 바라는 대답은 정해져 있었다.

"승자에게 넘어가게 되나요?"

내 대답이 만족스러웠는지, 이휘철이 입꼬리를 올렸다.

"그래, 맞다. 잡아먹히는 거지."

이휘철은 '이제 모두 모두 행복하게 살 거예요' 따위의 동화 같은 대답을 싫어했다.

그는 근본적으로 냉소적이었고, 가끔씩 던지는 농담마저 기괴하게 비틀려 있기 일쑤였다.

이휘철이 손가락 끝으로 탁자를 톡톡 두드렸다.

"앞으로는 판도를 재편하기 위한 새로운 전쟁이 벌어질 거다. 그래…… 그건 경제 전쟁이라고 말해도 좋겠군."

이어서 이휘철은 탁자 위에 올린 손가락을 접으며 주먹을 꾹 쥐었다.

"토사구팽. 강한 자는 더욱 강해지고, 약자는 도태된다. 그리고 냄비 속의 개구리처럼 자기가 죽는 줄도 모른 채, 서서히 끓어 버리겠지. 뜨겁다는 것을 알았을 때는 늦는다."

"……."

"GATT라는 방벽도 사라지고 말 거야. 지금은 괜찮을지 몰라도 무역은 강자의 논리를 따라 움직이게 될 것이야."

제법 놀랍게도, 이휘철은 지금 앉은 자리에서 95년에 출범할 WTO와 FTA 체제를 예견하고 있었다.

'대한민국은 IMF 이후 그들의 요구에 의해 자유무역을 시작하게 되니.'

또, 미국이 발의한 슈퍼 301조도 잊으면 안 된다.

'그걸로 국내 자동차 업계가 사라질 뻔했지.'

잠자코 듣고 있던 이태석이 말을 이었다.

"하지만 아버지."

"뭐냐."

"어느 강자가 나오게 되면, 다른 신흥 강자도 새로이 부상하는 법이죠. 중국이 다시 커지려 하고 있습니다."

"흠."

"비록 미국이 냉전에서 승리하긴 했으되, 온전한 승리는 아닙니다. 결국 그 승리의 원인은 우연한 계기로 일어난 베를린 장벽의 붕괴와 소련의 자멸이었고, 중국은 이제 시장 개방을 준비하고 있습니다."

"투키디데스의 함정이냐."

투키디데스의 함정.

아직은 경제 용어로서 정착하지 않은 말이었지만, 의미 자체는 패권국에 대항하는 신흥 강국의 등장을 뜻한다.

"예. 아버진 경제 전쟁이 벌어질 것이라 하셨죠. 그래요, 그렇게 되면 더 이상 무력 충돌이 아닌 자본과 화폐, 무역을 통한 전쟁이 될 겁니다. 하지만 이는 기존의 전쟁과 달라요. 전쟁의 성패는 이제 국가의 생산량과 소비 지수로 결정될 겁니다. 그런 의미에서 중국은 능히 미국에 대항할 만하죠."

이태석도 제법이었다.

게다가 중국의 성장기에 적절한 투자로 제법 돈을 벌어들이기도 했으니까.

하지만 그가 간과한 사실이라면, 중국은 생각 이상의 양아치였단 점이었다.

세상사, 모든 일이 합리적으로만 돌아가진 않는 법이다.

'그래서 결국엔 분비 끝에 마련한 중국 공장도 철수하게 되지.'

내 생각처럼, 이휘철이 피식 웃었다.

"중국은 불안정하다. 흑묘백묘(黑猫白猫)니 뭐니 해서 조금쯤 자본주의 흉내를 내곤 있으나 금세 한계가 올 게야."

"체제가 불안정하긴 미국도 마찬가지죠. 공화당이냐 민주당이냐에 따라 국제 정세도 휙휙 뒤바뀌지 않습니까?"

"꽌시가 통용되는 중국보단 안정적이지. 더욱이 세계는 달러를 기축통화로 쓰고 있다. 우리나라도 고정환율제를 쓰고 있는 데다가 이는 결국 우리의 발목을 붙잡게 될 것이야. 바로 옆 나라인 일본의 플라자 합의를 봐라. 순식간에 엔화 가치가 올랐고, 우리는 그 반사이익을 얻고 있는 것에 지나지 않아."

이휘철이 이죽거렸다.

"그러니 결국엔 국제 정세를 읽는 눈을 가져야 할 국가의 역할도 중요한 것이거늘. 하나 이리저리 휘둘리고 대중의 인기에 영합하려는 정부를 믿어선 안 될 일이다. 지금 대부분의 기업이 외국의 자본을 끌어들여 어떻게든 덩치를 늘려 가고 있는 형국이다만."

"……."

"다들 이 시류에 부채도 자산이라는 헛소리를 자기 식대로 해석했을 뿐이지. 두고 봐라, 미국이 손바닥을 뒤집기라도 하는 순간, 이 사상누각은 무너지고 말 게다. 원칙을 잊어선 안 돼. 기업의 목적은 돈 놀음이 아닌 자기 자신의 힘으로 헤쳐 나갈 힘을 갖추는 데서 온다."

이휘철이 나를 향해 싱긋 미소를 지었다.

"그러니 어떤 일에서건 원리 원칙을 지켜야 하는 법이지. 경제도, 다리도 방심하면 폭삭 주저앉기 마련이거든."

성수대교 붕괴에서 시작한 대화가 갈피를 잡을 수 없는 방향으로 흐르고 있었다는 생각을 한 순간, 이야기는 다시 원론으로 돌아와 있었다.

'이놈의 밥상머리 교육은.'

하지만.

'……이휘철은 IMF 사태를 예견하고 있어.'

예견까지는 아닐지라도.

그의 경영에 관한 철학과 신념은 분명 앞으로 닥쳐올 위기에 시의적절히 들어맞는 것이었다.

솔직히, 식은땀이 났다.

대기업의 줄도산이 이어지던 IMF, 삼광은 이 위기를 제법 지혜롭게 대처해 나갔다.

자산에서 차지하던 부채의 비중을 줄이고, 불필요한 계열사를 정리하면서 전자, 금융, 무역이라는 세 요소에 선택과 집중을 꾀했다.

'그때는 이미 이휘철의 사후지만, 그 영향도 적지 않은 것일까…….'

그리고 어쩌면.

이휘철이 살아 있었더라면, IMF 사태도 막을 수 있지 않았을까.

'아니, 그건 아니야.'

IMF 사태는 여러 외적 요인과 내적 요인이 결합되어 나타난 재앙이었다.

'그래도 그의 존재 유무가 협상을 조금 더 유리한 방향으로 바꿀 수 있을지는 모르지.'

나는 생각했다.

'IMF를 이용해 돈을 벌 계획은 잔뜩 있어. 그리고 내가 가진 힘은 그 확정된 파멸에서 기인한 미래 지식이지. 하지만 만일, 그를 이용해 국가 부도를 피하거나 어떻게든 완화할 수 있게 된다면…… 어떻게 될까.'

그리고.

결정했다.

"할아버지, 아버지. 두 분 말씀하시는 게 너무 어려워요."

내 말에 이휘철과 이태석은 서로를 멀뚱히 쳐다보다가 피식 웃었다.

"그런가?"

"그렇겠죠."

나는 둘을 보며 말을 이었다.

"결국, 결론은 빚내서 사업하면 안 된다는 말씀이시죠? 제가 할 이야기는 아니지만요."

SJ컴퍼니는 모회사인 삼광전자에 빚진 부채비율이 높으니까.

"크하하하핫! 그래, 그거지. 성진이가 그래도 잘 듣고 있었구나."

이휘철은 웃었고.

"맞다. 그러니 증자를 하는 게 어떠냐? 이 아버지가 주식을 잔뜩 사 주마."

이태석은 은근슬쩍 나를 떠보고 있었다.

싫어요.

그렇게 대답하는 대신, 나는 미소를 지었다.

"아뇨. 말씀은 감사합니다만 제 회사는 분명 엄청나게 성장할 거거든요. 그러니까, 줬던 걸 되사는 것보단 갚기 쉬운 빚으로 하겠습니다."

"……하."

이태석은 쓴웃음을 지었고.

"하하하핫, 역시 내 손자다!"

이휘철은 너털웃음을 터뜨렸다.

이어서, 웃음을 머금은 이휘철은 턱을 긁적이더니 고개를 짧게 끄덕였다.

"어쨌거나 동화 놈들이 못된 장난질을 쳐 놓은 게 사실이라면, 어디 살펴봄 직하겠군."

"아버지, 암만 그래도 다리가 무너지겠습니까?"

"크크, 무너지건 무너지지 않건, 그런 건 하등 상관없다."

이휘철이 입꼬리를 비틀었다.

"어쨌거나 그들에게 문제가 있다고 떠들어 대 주기만 하면 될 것 아니냐? 한번 알아보도록 해라. 재무제표라도 뒤적여 보면 뭐든 나오겠지."

"……분당 수주가 마음에 걸리시는 모양입니다?"

"흥, 그렇지 않고서야 이태환 그 녀석이 미끄러질 리가 없지. 내가 손수 가르친 놈이야. 일을 허투루 한 건 아닐 거다. 원래는 내 것이어야 했을 걸 편법으로 가져간 거라면, 응당 돌려받아야지."

이어서 이휘철은 잠시 생각하다가 다시 씩 웃었다.

"뭐, 겸사겸사 땅도 좀 사 두려무나."

"……하, 방금 전까지 거품 경제를 성토하던 분이 하실 말씀입니까?"

어차피 살 거면서.

"눈앞에 먹음직스러운 떡이 제발 먹어 달라 말하고 있는데 그걸 마다할 수야 없지. 아, 그래."

이휘철이 나를 보며 자상한 미소를 지었다.

"우리 손주, 혹시 용돈이 필요지 않니?"

"용돈요?"

증여세가 왕창 붙을 만큼 필요하긴 한데.

"그래. 어떠냐, 가져가 볼 테냐?"

나는 미소를 지었다.

"이번엔 유리병을 깨트릴 필요까진 없는 거겠죠?"

"클클, 굳이 말하자면 굴러다니는 사탕을 커다란 유리병 속으로 주워 담는 일이 될 거란다."

돈만 있다면야.

돈을 불리는 건 어렵지 않지.

뒷배가 생겼으니 움직일 때였다.

방으로 돌아온 나는 핸드폰을 통해 유상훈 변호사를 시켜 채선아의 아버지에 대해 알아보도록 지시했다.

-이제는 여자 친구 후보의 집안 사정까지도 알아보는 겁니까?

그 실없는 소리를 내가 어떻게 받아쳐야 했을까, 나는 핸드폰을 끊어 버릴까 하다가 생각을 고쳤다.

"저번에 공매도 관련해서 이야기를 나누었죠?"

-아, 예. 물론입니다. 중국집에서 말이죠.

유상훈 변호사의 목소리가 핸드폰의 잡음에 섞여 흘러나왔다.

이 시대의 핸드폰 통화 품질은 영 쓸 만한 것이 못 되었다.

'통화 품질 어쩌고 하던 광고가 괜히 나온 게 아니었군.'

무선사업과 관련된 업무도 조만간 손봐야 할 것 같다.

'내 휘하엔 미래 무선사업부의 거물로 거듭날 남경민도 있으니.'

하지만 그 전에 먼저.

"그것과 관련한 이야기입니다."

수화기 너머의 헤실헤실한 유상훈 변호사의 목소리가 잦아들고 침묵이 찾아왔다.

나는 그 침묵 사이를 비집고 들어갔다.

"유상훈 변호사님, 얼마 전 CBS 방송국에서 성수대교 관련 집중 보도를 낸 적이 있었죠?"

―아, 그랬죠. 녹화된 비디오테이프를 사장님께 보내 드리지 않았습니까.

"예. 하지만 제법 힘을 실은 고발 프로그램이었음에도 불구하고 별다른 반향을 불러일으키지 않은 듯한데요."

―뭐어…….

유상훈 변호사는 잠시 뜸을 들이더니 말을 이었다.

―사장님, 이제 와서 어린이 사장님께 어른의 사정 운운하는 건 새삼스러운 이야기이긴 합니다만.

내가 딱히 지시하지 않은 일임에도 불구하고 미리 준비해 둔 걸 보니 유상훈은 유능했다.

―음, 채한열 씨, 그러니까 채선아 양의 아버지입니다. 채한열 씨의 경우, 관련한 보도를 내보낸 것으로 인해 다소, 경질 비슷한 불합리한 처우를 받은 모양입니다.

"그래요?"

―예. 그 뒤 동화건설의 기업 광고가 CBS의 황금 시간대에 방영되었던 건 우연이 아니겠죠. 뭐, 그 경질이라는 것도 직접적인 건 아니고, 아직은 음습한 괴롭힘에 가까운 모양새이긴 합니다.

동화건설의 부실공사는 생각 이상으로 뒤가 구린 모양이었다.

'그렇다고 성수대교가 붕괴할 때까지 기다리는 건 시간 낭비지.'

유상훈 변호사가 말을 이었다.

-제가 모은 정보는 일단 그 정도입니다만, 그 외에 다른 것도 필요하단 말씀이시죠?

"그 방향이면 충분합니다."

-뭐, 그래도 사장님의 특별 지시니까 따로 더 알아보긴 하겠습니다만……

유상훈이 말을 이었다.

-하하핫, 뭐 어차피 별도로 수고가 더 드는 일도 아니거든요.

"알겠습니다. 그럼 계속 수고해 주세요."

-예. 그럼 일단 동화건설 측은……

"그건 별도로 움직일 생각입니다."

거기까지 말한 것만으로도, 유상훈은 얼추 상황이 어떻게 흘러가는지 눈치챈 양, 평소의 활발한 어조를 다소 누그러뜨렸다.

-알겠습니다. 그쪽은 손을 떼지요.

삼광 본사가 움직인다.

그건 유상훈과 내 선에서 다룰 만한 일은 아니란 의미이기도 했다.

-그럼 채한열 씨에 대한 조사는……

"예. 만일을 대비한 것이라고 해 두겠습니다."

-흐음, 알겠습니다.

유상훈은 일견 유쾌하고 넉살이 좋아 보이는 인물이지만, 어느 때건 나아갈 때와 물러설 때를 잘 알았다.

그 처세야말로 유상훈이 가진 가장 큰 무기였을 것이다.

―그럼 저는 사장님이 맡기신 일을 수행해 보겠습니다. 밤이 깊었는데 이만 주무시지요.

"그 말씀은 이 늦은 시간까지 업무 보고를 요구하는 저를 향한 말씀인가요?"

―하하하, 그렇게 알아들으신 건 제 잘못이 아닙니다. 아무튼, 보고는 예의 그 '이메일'이라는 것을 통해도 되겠습니까?

처음에야 '뭐 이런 걸 쓰나' 하는 유상훈도 이제는 이메일이 갖고 있는 가능성과 나름의 편의성을 눈여겨보기 시작한 듯했다.

"그렇게 해 주세요. 매번 전화 통화를 하는 것도 번거로운 일이니까요."

―하핫, 알겠습니다.

어쩐지 보고 있지 않아도 사무실에 홀로 앉아 투실투실한 턱을 흔들고 있을 유상훈이 상상되었다.

―그럼 먼저 끊겠습니다. 자세한 건 이메일로 보내 드리도록 하죠. 편안한 밤 보내십시오, 사장님.

그렇지 않을까 했는데 그런 낌새는 있었다.

유상훈이 인맥을 통해 알아낸 정보에 의하면, 채한열의 결혼 생활은 슬슬 파국을 맞이하려는 낌새가 보이더란 말이 나왔다.

「이런 것까지 보고에 넣긴 좀 어떨까 싶긴 했습니다만. 그래도 뭐, 일단 알아 두시라는 의미에서.」

잦은 전근과 살인적인 스케줄 와중 부부 관계가 원만하지 않은 형태로 변모했으리란 이야기였다.

'그걸 모든 것의 원인으로 엮는 건 일반적이지 않은 억지지만, 보에 담긴 물이 넘쳐흐르는 건 이런저런 것들이 쌓인 결과야.'

그럼에도 즉.

내가 아는 미래의 류선아는 과거의 채선아였을 수 있다는 의혹이 신빙성을 더하는 정황근거 중 하나였다.

'류선아. 이혼 후 재혼 과정에서 성씨가 바뀐 것이겠지. 어머니를 따라 재혼 상대의 성씨를 따른 것일 테고.'

하지만 아버지인 채한열이 버젓이 살아 있는 마당에, 그럼에도 불구하고 류 씨로 개명을 할까.

'채선아는 그녀의 아버지를 존경하고 사랑함에 틀림없어. 그렇다는 건 그 과정에 모종의 내가 알지 못하는 가정사가 있었단 거겠지.'

필요에 의해 이용하는 것이긴 하나, 남의 가정사까지 신경 쓸 일은 아니었다.

　다만.

「동화건설 측이 언론 노조를 통해 채한열을 압박하려는 듯
한 움직임이 보였습니다. CBS 측에서도 당시 보도에 나섰던
채한열의 팀에 인사 개편을 감행하려는 거 같더군요. 그쪽
분위기가 뒤숭숭합니다.」

　그런 일련의 일들이 채씨 집안에 어떤 형태로든 평지풍파
를 일으켰으리란 추측은 가능했다.
　'전형적이긴 하지만 채한열을 고과에서 배제하고 그 와중
그에게 어떤 개인적으로 불미스러운 일이 발생했겠지.'
　나는 전생의 기억을 떠올려 보았다.
　'그 당시 학생회장은 어떻게 되었더라?'
　성수대교가 붕괴한 것은 1994년 10월 중순.
　채한열에게 씌워진 모함이며 공작, 불명예스러운 낙인이
걷히려면 아직 몇 달이나 남은 시기였다.
　전생의 나는 학생회장과 엮일 일이 없었으므로, 당시의 그
녀가 어땠는지는 도통 감이 오질 않았으나…….
　'아, 그래. 맞아.'
　퍼뜩 뇌리를 스친 기억이 있었다.
　94년도 2학기, 학생회장은 모습을 드러내지 않고 부회장

이 임시 회장이 되어 이런저런 행사에 얼굴을 비쳤다는 것이 어렴풋하게 떠올랐다.

'애매한 시기에 또다시 전학을 간 건가.'

그런 그녀이니, 재적에 천화국민학교가 졸업 학교로 기재되는 일도 없었을 것이다.

'무려 학생회장까지 역임했는데도. 흠.'

공교로운 일이었다.

'우연, 또는 인연……인가.'

내가 채한열을 대면한 건, 채선아와 이야기를 나누고 얼마 지나지 않아서였다.

학교 화단에 심은 철쭉이 전날 내린 부슬비를 머금어 울긋 불긋하게 꽃망울을 피웠고, 한낮의 더위는 이마에 옅은 땀을 배이게 할 정도의 날씨였다.

채한열은 방송 장비며 촬영기사, 젊고 파릇파릇한 현장 아나운서를 대동한 채 직접 학교로 찾아왔다.

촬영기사며 아나운서가 잠시 바깥에서 별도의 준비를 하는 사이, 채한열은 홀로 방과 후 교실 특설 사무실로 찾아왔다.

사무실에서 만난 채한열은 마른 체구에 강직한 인상을 한,

눈빛이 형형한 그런 사람이었다.

하지만 눈가가 붉고 동공이 탁해서, 그런 본연의 기세도 풍파를 겪으며 한풀 꺾인 듯한 모양새였다.

"CBS 보도국 차장 채한열입니다."

채한열의 소개에 사정을 잘 모르는 이남진은 보도국 차장 쯤 되는 사람이 현장에 얼굴을 들이밀 줄은 몰랐다는 눈치였다.

"아, 예. 봉효삼광장학재단의 이남진 이사입니다. 혹시……."

이남진은 흘끗, 그 곁에 바짝 붙어 있는 채선아를 보았다.

"예, 채선아의 아비 되는 사람입니다."

채한열은 순순히 인정했고, 이남진은 그제야 고개를 끄덕였다.

"그러셨군요."

그리고 그것이 채한열이 직접 여기까지 오도록 한 계기였음을 확신하며 이번 언론 보도가 성공적으로 전파를 타리란 낙관적인 관측마저 해내고 있는 눈치였다.

'내 생각엔 일종의 좌천 비슷한 것으로 비치는데 말이지만.'

윤선희 대리도 인사했다.

"삼광 그룹 전략기획실 소속의 윤선희 대리입니다."

"예, 반갑습니다."

이어서 채한열은 자연스럽게 고개를 돌려 나를 향했다.

"천화국민학교 4학년 1반 이성진이에요."

"음."

나를 보는 채한열의 눈에 언뜻 이채가 스치고 지나갔는데, 나로선 그 눈빛의 저의를 알기 어려웠다.

'경계?'

혹여나, 재벌가 도련님을 향한 일반적인 반감일까.

그렇게 생각했더니 채한열이 손을 내밀었다.

"우리 딸이 네 이야기를 많이 하더구나."

"아, 예."

나는 그 내민 손을 맞잡았다.

꾹.

채한열은 악수를 하며 내게 은근한 악력을 더했다.

"친하게 지낸다지?"

"아, 음, 예. 업무 외적으로도 많은 도움을 받고 있습니다."

"그래. 들으니 삼광 그룹의 사람이라고."

"그렇습니다."

"영리하게 생겼구나."

"예? 아, 예. 감사합니다."

"얼굴도 멀끔하니 잘생겼고."

"……예?"

"게다가 따로 친하게 지내는 여자애도 있다던데."

"……."

그때 채선아가 눈을 흘기며 채한열의 어깨를 툭하고 쳤다.

"아빠도 참. 그런 이야기를 왜 여기서 해."

뭐냐.

설마 딸의 남자 친구를 보는 그런 눈이었나.

내 손을 놓은 채한열은 다시 고개를 돌려 사무적인 눈을 띠고 이남진을 보았다.

"실례했습니다. 그럼 인터뷰 이야기를 조율해 보죠."

머릿속에 업무상의 스위치를 켜고 끄는 기능이라도 있는지, 채한열은 팔불출에서 금세 사람이 달라졌다.

"아, 예. 그러시죠."

이남진도 쓴웃음을 지으며 채한열을 자리로 안내했다.

"그럼 인터뷰 방향을 정해 보겠습니다. 이번 프로젝트의 대표자로는 이남진 씨를 소개하면 되겠습니까?"

"예, 문제없습니다."

"그럼 팩스로 보내 드린 내용을 토대로, 방과 후 교실 수업이 진행되는 장면을 짧게 비추고……."

이후는 사전에 이야기가 나온 대로 업무가 진행되었다.

비록 이런저런 일로 회사 내에서 힘든 나날을 보내고 있을 채한열이었지만, 업무에 있어서는 빠릿빠릿하고 품위 있는 모양새를 유지하고 있었다.

채선아는 내 곁에서 싱글벙글 웃으며 내 어깨를 툭하고 쳤다.

"우리 아빠 멋지지?"

"……그러네요."

대답하면서, 나는 전생에 있었을 채선아의 가정 붕괴를 떠올렸다.

'사이가 좋은 부녀지간이야. 그런데도.'

그 아이러니함에 나는 쓴웃음을 지었다.

'추후 채선아가 아나운서의 길을 걷게 되는 건 분명 아버지의 영향도 있었겠지. CBS 방송사가 아닌 다른 방송국의 녹을 받게 되지만.'

잠시 그러고 있으려니, 장비를 짊어진 촬영기사와 아나운서가 사무실로 찾아왔다.

"실례하겠습니다."

젊은 현장 아나운서는 아직 신입으로, 아나운서다운 정갈한 생김새였다.

"아, 수진 씨. 먼저 인사해. 오늘 인터뷰를 도와주실 분들이야."

"안녕하세요, 아나운서인 심수진입니다. 잘 부탁드려요."

채한열은 이어서 촬영기사에게 말을 건넸고, 나는 그런 채한열의 말에 응해 우리와 인사를 나누는 대신, 채한열을 힐끗 쳐다보는 아나운서 심수진의 짧은 순간에 대강의 사정을 눈치챘다.

그건 아침 드라마에나 나올 법한 치정의 냄새였다.

"채한열 차장님, 그러면 인터뷰 대본은 숙지만 해 둔 상황에서 현장의 분위기를 살펴 약간의 임기응변을 가하면 되지 않을까요?"

"어차피 대본이라는 건 참조 목적의 지시 사항에 가깝고, 현장 분위기에 따라 논조도 달라지기 마련이니까 너무 긴장할 필욘 없어."

"네."

나는 심수진과 채한열의 일견 사무적으로 들리는 대화를 들으면서 생각에 잠겼다.

'불륜⋯⋯은 아니야.'

아직까진.

현재로선 채한열을 향한 심수진의 일방적인 연심에 가깝다.

'하지만 모르지. 궁지에 몰린 채한열을 위로하면서 내밀한 관계로 발전하게 되었을지도.

이후는 뭐, 그런 '품위' 문제를 걸고넘어진 방송국의 윗선은 어떤 식으로든 채한열의 인사 조치에 영향을 가했을 것이고, 이는 채선아가 류선아로 바뀌는 일에 일조했으리라.

'모처럼 채한열을 이용해야 하는 마당에 그런 막장 전개로

걸리적거리는 일을 만들 필요는 없지.'

그러고 가만히 있으려니 잠시 짬을 낸 심수진이 채선아와 내가 있는 자리로 다가왔다.

"안녕, 네가 채한열 차장님 딸이니?"

"네, 안녕하세요. 채선아입니다."

그런 사정은 추호도 모를 채선아가 방긋 웃는 얼굴로 심수진의 인사를 받았다.

"들으니까 이번 방과 후 교실은 학생들 주도로 이루어진 일이라면서?"

"그렇긴 하지만요……. 사실상 제 옆에 있는 성진이가 대부분의 일을 해 줬어요."

그제야 심수진은 고개를 돌려 나를 보았다.

"어머, 그랬니?"

"천화국민학교 4학년 1반 이성진입니다."

"인사가 늦었지? 심수진이야. 누나라고 불러. 선아도 언니라고 불러 주면 고맙겠어."

연심을 품고 있는 대상의 딸에게 아무렇지 않은 것처럼 대할 수 있는 건 무슨 심리일까.

겉보기엔 아나운서치곤 순진해 보이는 용모였다.

메인 뉴스의 앵커를 맡을 만한 카리스마는 없었지만, 일반인 기준에서는 무난하게 호감을 살 만한 레벨.

채한열이 심수진에게 몸과 마음을 의지했던 것도 그런, 마음을 편하게 해 주는 생김새며 태도가 한몫했던 건 아닐까.

「불륜 상대가 조강지처보다 용모가 뛰어난 경우는 거의 없
거든요.」

전생에 자주 이용하던 흥신소 인물이 전하던 통계적 지론
이기도 했다.

'더욱이 채선아의 모친을 뵌 적은 없지만, 채선아의 외모에
서 유추해 본다면 남들을 편안하게 하는 용모는 아니겠지.'

채선아 역시 초면엔 어딘지 모르게 섣불리 다가서기 힘든,
이지적인 용모였다.

당시에는 전교회장이라는 감투 때문일까 생각하기도 했지
만 그런 건 채선아의 천성이 아니었고.

채선아는 오히려 남들과 쉽게 친해지고 곧잘 말을 붙이는
그런, 외향적인 성격이었다.

잦은 전학에서 익혀 온 그녀 나름의 사교적인 처세술이었
으리라.

심수진이 미소 띤 얼굴로 말을 이었다.

"그러면 인터뷰는 성진이랑 할까?"

"아뇨, 저는 TV에 나오는 게 어색해서요."

"왜, 성진이는 얼굴도 잘생겼고. 뉴스에 나오면 펜팔 친구
들이 많이 생길걸."

싫은데.

마음 같아선 전교회장인 채선아에게 명분이 있으니 떠넘겨 버리고 싶었지만, 양심상의 이유로 차마 그렇겐 하지 못했다.

"제 생각에 저희와 인터뷰를 하더라도 그 내용은 이남진 이사님 같은 분의 내용과 겹칠 거라고 생각해요. 그러니 방과 후 교실에 참석하고 있는 학생 위주로 인터뷰를 해 보시는 건 어떠세요?"

"……그것도 그러네. 알았어, 나중에 참조할게."

심수진은 메모지에 내가 말했던 내용으로 짐작되는 내용을 끼적이곤 고개를 들었다.

"선아도 그렇게 생각하니?"

"네, 언니."

사실 채선아는 TV에 출연하고 싶었던 모양이지만, 내 말에 따르듯 그냥저냥 동의를 표했다.

"그런데 지금 수업 시간 아니니?"

심수진은 일부러 그런 말을 꺼냈고, 나는 웃으며 그 말을 받아주었다.

"선생님께 허락받았거든요. 학과 수업도 중요하지만, 지금처럼 다양한 것을 보고 배울 때는 흔치 않잖아요?"

"후후, 설마 평소에도 이렇게 땡땡이를 치는 건 아니겠지?"

"설마요."

그사이 저쪽도 이럭저럭 협의가 끝난 모양이라, 심수진은 자연스럽게 자리를 피했다.

"아나운서……."

채선아는 그렇게 중얼거리곤 어른을 향한 동경이 담긴 눈으로 나를 돌아보았다.

"성진이는 장래 희망이 어떻게 돼?"

"저요?"

다소 뜬금없는 말이었다.

"저는 뭐……."

그러고 보면, 내 꿈은 뭐였을까.

전생에는 이성진의 개로, 지금은 어쨌든 이성진으로서, 살아남기 위해.

'……그다지 꿈이랄 것이 없었던 것 같군.'

나는 고개를 저었다.

"글쎄요. 해야 할 일은 많은데, 그게 희망 사항인지는 모르겠어요."

"왜. 성진이는 다재다능하잖아? 머리도 좋고."

머리가 좋다는 평가.

암기력이 남들보다 뛰어날 뿐, 나는 결코 천재라 불릴 위인은 아니었다.

지금 해 오고 있는 일도 어디까지나 미래의 정보를 바탕으로 이루어지는 일이고, 무에서 유를 창조하거나 있던 것을 결합해 새로운 것을 자아내는 천재의 영역은 다른 사람들을 위한 자리였다.

'굳이 말하자면 바이올린에 재능이 있는 모양이지만……..'

그조차도 어딘지 께름칙했다.

사모에게 바이올린을 체계적으로 배우며 확장된 생각이지만, 내가 연주하는 바이올린 솜씨는 이성진에게서 비롯한 것도, 한성진으로서 타고났던 것도 아니었다.

정작 내 본체라고 할 한성진의 음악적 재능은 어느 쪽이냐하면, 뛰어나지도 못나지도 않은 수준.

'그러다 보니 한성진도 어느샌가 첼로로 방향을 바꿨고.'

오히려 의외의 재능을 보인 건 동생인 한성아였다.

한성아는 이럭저럭 처음 바이올린을 잡아 본 것치곤 남다른 감각을 보여 줬는데, 사모의 말에 의하면 남들보다 배우는 속도가 빠른 편이라고.

'그것만으로 재능의 유무를 판별할 수는 없겠지만, 언급을 할 만한 수준은 된다는 거지.'

채선아가 쓴웃음을 지으며 내 어깨를 가만히 툭하고 쳤다.

"생각이 많은 모양이네. 할 줄 아는 게 많아서 그런가?"

"아뇨. 그냥……."

나는 대강 둘러대며 화제를 바꿨다.

"선배는 아나운서가 되고 싶은 건가요?"

"응? 아니, 그렇게 말할 건 아니고."

채선아는 왠지 부끄러워하며 우물쭈물 내 말을 받았다.

"그런 것도 있겠구나 하는 정도야. 사실, 학교에서 '제 장래 희망은 이렇습니다' 하고 말은 하지만, 정말로 그런 걸 하고 싶으냐고 물으면 잘 모르겠어."

어린 시절 품는 꿈이며 목표란 보통 허황되거나 주변의 영향을 받아 텅 빈 말을 끄집어내는 것이 일반적이다.

채선아의 가슴 속에 아나운서라는 존재가 각인되는 건 그녀가 자라 오면서 생겨난 심층 의식에 아버지의 영향이 지대했으리란 것도 어렵지 않게 짐작할 수 있었다.

"왠지 이럴 땐 연장자이자 선배로서 무언가 명확한 이야기를 해 줄 수 있으면 좋겠지만, 성진이가 골똘히 생각하는 걸 보니 그러기도 쉽지 않네."

채선아는 웃으며 말했지만, 괜히 잘난 체하지 않는 그녀는 분명 나이에 비해 사고가 깊었다.

"그럼 움직여 봅시다."

채한열이 신호를 주자, 가운데 모여 있던 어른들이 자리에서 일어섰다.

"되도록 자연스럽게 현장을 촬영할 수 있게끔, 멀찍이서 카메라를 잡아 주고."

"예."

"수진 씨는 엔딩 컷 녹화를 잡아 보자. 오면서 보니까 철쭉이 제법 화사하게 피었던데……. 쉬는 시간에 애들이 자연스럽게 카메라로 모여들게끔 구도를 잡아도 좋겠어."

"예, 차장님."

그리고 채한열이 움직이기 전, 나는 윤선희 대리에게 신호를 주고자 자리에서 일어섰다.

"저도 따라가도 괜찮을까요?"

"아, 물론. 상관없어."

거기서 윤선희는 내 시선을 의식하곤 짧게 고개를 끄덕였다.

이제부터는 채한열과 협의가 필요한 일이니까.

"채한열 차장님, 잠시 시간을 빌려도 괜찮을까요?"

채한열은 어리둥절한 얼굴로 고개를 끄덕였다.

"아, 예. 달리 하실 말씀이 있으십니까?"

윤선희와 나, 채한열 이렇게 세 사람.

우리는 아무도 찾아오지 않는 적당한 계단 사이 층계참에 모였다.

"생각보다 으슥한 곳이군요."

채한열은 일부러 그런 말을 꺼내 슬그머니 경계하는 투를 내비쳤다.

"삼광 그룹의 윤선희 대리님과 그곳의 자제분이 저를 만나고자 하시니."

그러곤 습관적으로 담배를 찾아 재킷 안주머니를 뒤적이려다가 이곳이 국민학교임을 자각하곤 갈 곳 잃은 손을 슬그머니 바지 주머니로 찔러 넣었다.

"사전에 인터뷰 협의를 거치며 관련한 부분은 엠바고를 걸기로 합의하지 않았습니까?"

채한열의 말에 윤선희는 고개를 저었다.

"아뇨. 오늘 방송과는 별개로 채한열 차장님과 나누고픈 이야기가 있어서요."

"개인적인 이야기는 아니겠고……. 삼광 그룹에서 저를 필요로 하는 일입니까?"

이번엔 또 뭐냐는 식의 반응을 끌어낸 채한열의 얼굴은 방어적이고 야성적인 낌새가 풀풀 풍겨 나왔다.

'타협하는 건 좋아하지 않는 성미겠지.'

그러던 채한열은 곁에 있던 나를 의식했는지 슬그머니 매섭게 치뜬 눈을 풀어 내리며 말을 이었다.

"제 기억에 삼광 측과 할 이야기는 딱히 없는 것 같습니다만. 그것도 애 앞에서는 더더욱."

애.

윤선희는 채한열의 입에서 나온 말에 쓴웃음을 지었다.

윤선희 본인 스스로도 얼마 전까진 나를 애 취급하고 있었단 걸 새삼스럽게 자각한 자조였다.

　"아뇨, 오히려 이번 일은 이성진 군의 제의예요. 그리고 채한열 차장님에게도 결코 나쁜 제안은 아닐 것이고요."

　"⋯⋯제안?"

　그렇게 말하며 채한열은 새삼스럽다는 양 나를 내려다보았다.

　"들어나 봅시다. 제게 무슨 제안을 하겠단 겁니까?"

　시선은 다시 윤선희를 향하고 있었지만, 그건 나를 향한 물음이기도 해서, 내가 그 말을 받았다.

　"최근 방송국 내에서 부당한 처우를 받고 계시다는 풍문을 들었습니다만."

　내 말에 채한열의 얼굴엔 언뜻 불쾌감과 더불어 호기심이 뒤섞인 낯빛이 스치고 지나갔다.

　"무슨 이야기냐?"

　"삼광의 정보력은 나쁜 편이 아니거든요. 그러니 허심탄회하게 이야기해 보죠. 저희는 채한열 차장님께 결코 나쁘지 않은 제안을 드리려는 겁니다."

　"⋯⋯계속해, 봐."

　채한열은 무의식중에 존댓말을 사용하려다가 의식적으로 말을 낮췄다.

　"예. 아마도 그건 얼마 전에 채한열 차장님께서 기획해 방송에 내보냈던 성수대교 부실공사와 관련한 외압이 있었을 거라는 게 저희 의견입니다."

"……."

"그 침묵은 긍정으로 받아들이도록 하죠."

"무슨 속셈으로 이런 이야기를 꺼낸 거지?"

나는 방어적으로 일관하는 채한열에게 일부러 어깨를 으쓱였다.

"사실, 채한열 차장님께서 추진하신 성수대교 부실공사 보도는 공공선을 추구하는 입장에서 옳은 일이 아닌가요?"

"……."

"잘못된 일은 바로잡고 혹시 있을지 모를 사고는 대비하는 것이 중요하죠. 만약의 일이지만, 취재하신 대로 성수대교의 부실공사가 지금도 지대한 영향을 끼치고 있다고 할 경우 일어날 대참사는 동화건설 측이 감당하기 어려운 일이 될 겁니다."

"……."

"하인리히의 법칙이라는 것이 있죠. 큰 참사가 일어나기 전에는 얼마든지 그 전조가 발견되기 마련이라는. 이번 성수대교의 부실공사를 찾아내신 건 그런 대참사가 일어나기 전의 중대한 전조라고 생각하는데요."

"……그러고 보니, 얼마 전 분당 수주 건으로 동화건설과 삼광건설이 경매에 들어간 적이 있었는데."

채한열이 내게 이를 보이며 히죽 웃었다.

"혹시 그걸 노리고?"

"글쎄요."

나는 미소 띤 얼굴로 말을 이었다.

"저희는 그저, 채한열 차장님의 든든한 뒷배가 되어 드리고픈 마음일 뿐입니다. 삼광의 창업 이념은 어디까지나 기업 활동을 통한 공공선의 이바지에 있습니다."

"⋯⋯하."

채한열은 어처구니없다는 양 짧은 웃음을 터뜨렸다.

"하하하."

그것이 물꼬를 터뜨리기라도 한 양 채한열은 건조한 웃음을 터뜨렸고, 나는 윤선희에게 준비한 서류를 건네도록 눈짓했다.

"채한열 차장님이 조사하신 내용을 토대로 각종 언론사에 보도 지침을 내릴 준비가 되어 있습니다. 삼광이 광고를 넣고 있는 신문사부터 타 방송국. 그리고 상황이 여의치 않으면 잠시 휴식을 가지실 동안, 자사에 별도로 자리를 마련하게 해 두었습니다. 채한열 차장님껜 그에 따른 협조를 부탁드리는 바입니다."

나는 묵묵히 서류를 받아 드는 채한열을 보며 윤선희의 말을 거들어 주었다.

"동화건설도 물론 큰 회사지만, 저희도 제법 덩치가 크거든요."

우뚝.

채한열은 무심결에 뒷걸음을 치더니 나를 물끄러미 쳐다
보았다.

"너, 우리 선아보다 어리다고 들었는데. 혹시 몇 년인가
끓은 건 아니지?"

애써 농담조로 말하는 채한열에게 나는 미소를 보냈다.

"나이가 중요한 건 아니잖아요?"

결과적으로 채한열은 우리와의 거래에 응했다.

'흔쾌히' 응했다고 말할 수 있었다면 더 좋았겠지만 그렇게
추켜세울 정도는 아니고.

채한열은 생각보다 자존심이 강한 사내였다.

'전형적인 자수성가 타입이지. 굽힐 줄도 모르고 성공 경
험의 오류에 빠져 있는.'

그렇기에 채한열 같은 부류의 사람은 더더욱 주위의 인정
을 바란다.

'그래서 좀 더 나이가 들고 나면 젊은이들에게 이런저런
조언을 해 주려 안달을 내는, 이른바 꼰대가 되지.'

가족에게서 얻지 못한 성취감과 자기 충족을 그는 그 자

신에게 동경과 연모를 보이는 대상을 통해 충족하려 했을 것이다.

'하지만 결혼 생활은 이미 파국일 거고. 하긴, 어지간하면 이혼 후 양육권이 모친에게 넘어가도 성씨를 변경하는 경우는 좀처럼 없는 시대잖아.'

어쩌면 채선아의 가정 붕괴는 생각보다 더 심각했던 것일지도 모르겠단 생각도 들었다.

그래도 그건 결국 채한열의 불찰이다.

그는 그 나름대로의 실존을 공과 사에 나누어 분리하려 했겠지만 그에게 있어서 공사의 구분은 이미 뒤섞여 버렸고, 공사의 구분은 뒤섞인 상태로 그라고 하는 인물의 본질 깊숙이 스미고 만 상황이었을 테니까.

그는 한 가정의 가장이기 이전에 CBS 방송국의 차장일 수밖에 없었고, CBS 방송국에서 겪은 불민한 일은 물과 기름을 뒤섞어 두는 알코올처럼 고스란히 그 가정사에 섞여 들었으리라.

거기에서 어쩌면, 장래엔 심수진과 불미스러운 육체적 불륜 관계로 발전했을지도 모를 일이고.

'감정이란 딱딱 구분 지어 나뉘는 것이 아니니까.'

채선아가 앞으로 류선아가 되건, 성씨를 바꾸지 않은 채 이혼 가정의 아이가 되건, 내가 오지랖 넓게 신경 쓸 일은 아니지만.

'······결과적인 거지. 내가 할 수 있고 하는 일은 판을 깔아 두는 것뿐, 나머진 당사자들의 문제야.'

채한열과 거래를 마치고 돌아오니, 그들은 이미 촬영을 마치고 두런두런 이야기를 나누는 중이었다.

"고생하셨습니다."

웃으며 인사하는 심수진의 말을 이남진이 멋쩍은 웃음으로 받았다.

"아뇨, 뭘요. 그럼 방송은 언제쯤 나가게 될까요?"

"예정대로면 오늘 저녁 8시 뉴스에 송출될 거예요."

"그렇게나 빠릅니까?"

"방송국 일이라는 게 그렇거든요. 아, 차장님. 인터뷰 촬영한 것 좀 보시겠어요?"

채한열은 생각에 잠긴 얼굴을 지우며 고개를 끄덕여 업무의 구분을 명확히 했다.

촬영 자체는 무탈하게 진행되었다.

그다지 특별할 것 없는 평범한 내용이었고, 내가 본 바로도 크게 이슈거리 될 리 없이 지나가는 뉴스 중 하나 정도로 그칠 것이라 생각했는데.

"이제 방과 후 교실 업무도 종료되겠네요."

윤선희가 웃으며 말할 정도였다.

사실상 기틀을 닦아 두었으니, 나머지는 흘러가는 대로 두어도 처리될 것이었으니까.

"아뇨."

우리 이야기를 들었는지, 채한열이 짐을 챙기며 덤덤하게 부정했다.

"오히려 인원 충당을 해야 할 겁니다. 저녁 뉴스의 파급력은 생각보다 크거든요."

"예?"

"분명 이슈가 될 겁니다. 그럼 관련해서, 추후 따로 연락드리겠습니다."

그가 말한 '관련한 일'은 이번 취재 내용이 아닌 성수대교와 관련한 보도 자료일 것이다.

용무를 마친 채한열은 즉시 짐을 챙긴 뒤 떠나려 했다.

"아, 잠시만요."

나는 떠나려는 채한열을 붙들었다.

"왜?"

"오늘은 모처럼 외근이신데, 따님과 함께 일찍 퇴근하는 건 어떠세요?"

"……."

나를 보는 채한열의 눈빛이 기묘했다.

방금 전 이야기를 나누던 나와, 어린아이다운 천진함이 뒤섞인, 영 기특한 소릴 해 대는 눈앞의 소년을 어떻게 분간해야 할지 모르겠단 얼굴이었다.

"……오늘 뉴스 내보내려면 편집도 해야 하고……."

그런 채한열에게 심수진이 다가와 웃어 보였다.

"차장님, 그렇게 하세요."

"······응?"

"모처럼 오셨는데 따님과 별로 이야기도 못 하셨잖아요? 나머진 저희가 알아서 할게요. 어려운 일도 아니고요."

심수진의 이러한 태도는 나로서도 조금 놀라웠다.

'하긴, 누군들 작정하고 남의 가정을 파탄 내려 하겠냐마는. 다 어쩌다 보니 감정적으로 흘러가 버리는 거겠지.'

촬영기사도 고개를 끄덕였다.

"그렇게 하시죠, 차장님. 딱히 손댈 것도 없을 것 같습니다."

어차피 회사에 가도 근신 아닌 근신 느낌으로 시간이나 때워야 할 처지.

그러니 워커홀릭인 채한열에게 달리 가족과의 시간이라도 선물하자.

다들 그런 것을 입 밖에 담지는 않았지만, 촬영기사도 심수진도 얼추 그런 의미를 담아 한 말이었으리라.

채한열은 혼란스러워하고 있었다.

생각해 보면, 그는 그의 공을 사의 영역에 끌고 들어와 본 적이 없던 사람이었다.

그런데 이번의 공은 딸이 하고 있던 일과 관련되어 있었고, 이미 사가 공에 섞이기 시작했다.

그런 사람에게는 옆에서 슬쩍, 등을 떠밀어 주기만 해도 된다.

나는 채선아에게 눈짓했다.

"선배도 그러는 편이 좋지 않겠어요?"

"응? 응. 나도 아빠랑 일찍 집에 가는 게 좋아."

채선아의, 나와는 다른, 그야말로 어린아이에 걸맞은 미소가 더해지자 채한열은 결국 고개를 끄덕일 수밖에 없었다.

"……그럼 오늘은 일찍 퇴근해 볼까."

그리고 채한열은 채선아가 매달린 팔을 쓴웃음 지은 채 내려다보며, 나를 향해 슬쩍 목례를 해 보였다.

그건 그에게 보인 변화의 조짐이기도 했다.

'이슈가 될 것'이라던 채한열의 예언 아닌 예언은 생각보다 일찍 이루어졌다.

정확히.

뉴스가 나가고, 처음 비상연락망에 전화가 걸려 왔다고 했다.

그 뒤 자정까지 이어진 여러 통의 전화는 다음 날이 되자 본격적으로 쏟아져 들어왔고, 관련한 문의는 인근 학교부터 여러 학원 그리고 심지어는 교육청에 재직 중인 비교적 고위직 공무원의 연락까지 있었다.

아이러니한 일이지만, 방과 후 교실 특설 사무실이 눈 코 뜰 새 없이 바빠지기 시작하면서 나는 역으로 무척 한가해졌다.

일은 이제 더 이상 이남진, 윤선희 그리고 어린이 몇몇과 가끔씩 찾아오는 김민혁의 '봉사 활동'으론 감당이 되질 않는 수준에 이르며 공식적으로 추가 인원을 계약하고 모집하게 됐다.

그러다 보니 지금까지 그래 왔듯 어린이들이 사무실을 들락거리며 노동 착취를 당하는 일은 완전히 사라졌다고 할 수 있었다.

"왠지 국민학생이 할 만한 일은 아니었던 거 같아."

그래서 모처럼 둘이서만 이루어진 하굣길, 김민정이 툭하고 뱉은 말에 나도 고개를 끄덕였다.

"그렇긴 하지."

"새삼스럽단 듯 말하지 마. 전부 이성진 네가 벌인 일이었잖아?"

"민혁이 형이 도와줬던 거지."

"흥, 내가 모를 줄 알고? 나는 옆에서 다 지켜봤는걸."

김민정은 입을 삐죽이며 길가에 핀, 이제 막 꽃망울을 틔우려 하는 수국을 바라보았다.

수국은 어린 그녀의 눈높이만큼이나 높이 웃자라 있었다.

"선아 언니, 이번 여름방학 때 가족들이랑 해외여행 갈 거래."

나도 들은 적이 있다.

"그래?"

"응, 뭐라더라. 저번에 본 선아 언니네 아빠가 미국에 발령받는다고 하셔서. 겸사겸사."

"그러면 이민?"

"아아니. 언니는 한국에 있겠대."

그냥 채한열을 따라 해외로 가도 나쁘지 않을 거 같은데.

타인의 가족사에 내가 신경 쓸 바는 아니지만.

이후, CBS 방송국 내의 채한열의 입지도 미묘해졌다.

보도국 국장과 사장으로 대표되는 두 파벌 싸움의 중심에 선 채한열은 그간 동화건설의 외압이 끼어들며 이도저도 아닌 신세였다가, 이번 일로 삼광 그룹이 슬그머니 접근하게 되면서 사장파의 입지가 커지게 됐다.

하지만 채한열의 소속은 어디까지나 보도국. 어느 정도 눈엣가시 같은 그를 계속 품고 있으려니 보도국장의 입장도 난처해졌고.

결국 채한열을 미국으로 유배 아닌 유배를 보내겠단 협의를 본 모양이었다.

'미국 특파원 자리는 인기가 많지. 사실상 사장 라인에 줄을 걸치게 된 건가.'

그 바람에 시간이 많이 남게 된 채한열은 그간 소홀했던 가족과의 시간을 보내는 것으로 어떻게든 관계를 회복하려는 모양이었다.

'거기까진 기대한 바가 아니었는데.'

어쩌면.

내 움직임으로 인한 변화는.

장차 누군가의 미래를 바꿀 수도 있게 되지 않을까.

'더 나아가선, 나 스스로의 미래까지도.'

2장

1994년 7월 9일, 폭염이 예상되는 그날 김일성의 사망이 공식 보도되었다.

여론은 뒤숭숭했고, 사람들은 전쟁의 두려움으로 말미암아 라면 등 생필품을 사재기했다.

950선에서 출발한 코스피는 소폭 하락했으며, 당분간 더 떨어질 것이 예상되었다.

'더 떨어질 테니까 좀 더 기다렸다가 사들이지 뭐.'

그사이, 나는 제법 많은 현찰을 보유하고 있었다.

각종 언론이 성수대교로 대표되는 동화건설의 부실시공을 집중적으로 다루었고, 동화건설의 주가는 연일 하락세를 찍다가 결국 분당 토목공사 수주 건에서 드러난 회계 조작이 문제가 되어 펑, 하고 완전히 터져 버렸다.

이후 자연스러운 흐름대로.

여론의 압박을 받은 정부는 성수대교의 보수뿐만 아니라 암암리에 행해진 각종 부실공사를 전수조사하겠다고 나섰다.

그 과정에서 성수대교와 맞닿은 압구정동의 부동산 시세가 뚝 떨어졌다.

나는 동화건설의 공매도와 삼광건설의 주식 매매로 벌어들인 돈을 합쳐 압구정의 땅을 되는대로 사들인 뒤, 그 땅을 다시 팔아 적지 않은 시세 차익을 챙겼다.

그리고 급격히 불어난 SJ컴퍼니의 자산 일부는 분당에 재투자되었다.

88년 당시 분당 재개발이 수많은 투자자들을 끌어들이긴 했지만, 실제론 그때 당시의 예상보다 더 오르게 된다.

'언젠가 개통될 신분당선 인근에 건물이라도 올리면, 몇 년 뒤엔 그걸로 또 돈을 벌겠고.'

설립과 동시에 벌여 놓은 사업도 하나둘씩 수습되는 중이었다.

세간에는 일산출판사와 삼광장학재단이 공동 개발한 것으로 알려진 '일산디지털대백과사전'의 발매도 코앞이었고, 이는 여름방학을 기점으로 한 신형 컴퓨터에 번들로 탑재, 제공하기로 협의가 되었다.

아리랑 한글을 개발한 한국대학교 동아리 사람들은 ㈜한

국어와 컴퓨터를 설립했다.

이후 협의대로 시중에는 삼광전자의 퍼블리싱을 통해 워드 프로그램인 한글 94를 유통하기로 했다.

그 과정에서 SJ컴퍼니가 징검다리 역할을 도맡으며, 나는 관련 지분을 20%가량 손에 넣을 수 있었다.

'한컴은 그 자체론 큰돈이 되진 않아. 하지만 이를 기반으로 여러 일을 할 수 있지.'

이 시점에서 SJ컴퍼니의 자산은 다음과 같다.

1. 삼광전자가 보유한 채권

2. 삼광건설을 비롯한 여러 상장회사의 주식과 부동산 투자 자산

3. 삼광전자 멀티미디어 사업부에서 이관한 업무와 거기서 온 사업 내용 일부

4. 일산과 '공동 개발'한 디지털 백과사전의 지적재산권

5. ㈜한국어와 컴퓨터의 지분 20%

6. (아직 법인 등록은 하지 않은)넥스트의 채권 일부

'……이거 참, 아직은 애매하군.'

아직까진 보유 부동산과 주식이 자산 대부분을 차지하고 있어서, 기업 경영 평가라도 들어가면 부실하기 그지없는 회사, 페이퍼 컴퍼니 따위로 평가될 여지가 높았다.

'돈 놓고 돈 먹기가 아닌, 좀 더 제대로 된 돈벌이가 필요해.'

결국 시간이 해결해 줄 문제이긴 하지만, 가능하다면 97년 경제 위기가 닥치기 전에 기반을 마련해 두고 싶은 것도 사실.

'내가 기획하는 이른바 IT 버블은 세기말이 닥쳐와야 본격적으로 시작될 테니…….'

마침 무선사업부의 임원이 될 남경민이 내 아래에 있었다.

'무선사업부야말로 알짜배기지. 이걸 가져올 수만 있다면 키우는 것도 가능할 텐데. 어디 보자, 분명…….'

생각에 잠겨 서성이던 나는 새된 목소리에 고개를 돌렸다.

"얘, 너 방금 내 드레스 밟았어."

나는 고개를 들었다.

"응?"

"드레스. 발."

그 말에 나는 여자애의 치맛자락을 밟고 선 내 발치를 보고 슬쩍 비켜섰다.

"미안."

"……괜찮아, 긴장하면 그럴 수도 있지. 그래도 평상시 주위를 파악하는 습관을 들이도록 해."

초면부터 무어라 잘난 척 조언을 입에 담은 여자애는 흥,

하고 보란 듯 머리칼을 귀 뒤로 넘겼다.

현재 나보단 살짝 연상으로 보이는 예쁘장한 소녀였다.

이곳은 CBS 방송사가 주최하는 유소년 콩쿠르 회장의 대기실.

문화회관 무대 뒤편에는 그녀와 나뿐만 아니라 콩쿠르에 참석한 여러 꼬맹이들로 북적이고 있었다.

"너, 못 보던 얼굴 같은데. 이번이 처음이니?"

그렇게 말하는 여자애의 얼굴은 왠지 모르게 낯이 익었다.

"아, 뭐. 그렇지."

여자애가 손을 내밀었다.

"나는 윤아름이야."

"······윤아름?"

"그래. 내 이름 정도는 당연히 들어 봤겠지?"

윤아름.

'아, 왠지 낯이 익더라니.'

그건 다른 의미로 들어 본 이름이어서 놀란 것이지만, 그녀는 내 당혹감을 다른 식으로 받아들인 모양이었다.

"맞아. 네가 생각하는 그 사람이 바로 나야."

윤아름은 '당연히 알고 있겠지' 하는 투로 말했지만, 솔직히 말해 이 시절 그녀의 행보에 대해선 피상적인 것밖에 알지 못했다.

'그러고 보니 어릴 땐 유소년 콩쿠르에 종종 참가했단 이 야길 들었지.'

지금도 아역 배우로 여기저기 얼굴을 비치는 윤아름이지 만, 나중엔 아예 대한민국을 대표하는 유명한 배우로 거듭나 게 된다.

'여기서 그녀를 만난 건 상정 외의 일인데.'

계획에 없던 일이고, 딱히 생각해 본 적 없던 인연이었 다.

전생엔 이성진을 통해 연예계를 제법 들락거렸던 나지만, 그녀와 직접 엮였던 일은 없었다.

내가 이성진의 개 노릇을 할 때 그녀는 이미 '스폰'의 개념 이 필요한 위치가 아니었다.

그런 상황이니 내가 윤아름에 대해 아는 바라곤 그저, 내 가 살았던 전생 당시, '우리 세대를 대표하는 배우' 중 한 사 람으로 어렴풋한 지식을 갖고 있을 뿐.

'이것도 인연인가.'

그 윤아름이 나를 빤히 쳐다보고 있어서, 나도 얼른 인사 했다.

"아, 나는 이성진이야. 천화국민학교 4학년."

"그럼 나보다 동생이네. 반가워, 나는 세화국민학교 5학 년. 사인해 줄까?"

나는 윤아름과 만남에서 공교로움을 느끼며 고개를 끄덕

였다.

"나중에. 그보단 나더러 처음 본 얼굴 운운한 걸 보니, 다들 알고 지내나 봐?"

"뭐, 그렇지."

윤아름은 새침하게 고개를 끄덕이곤 주위를 둘러보았다.

에어컨 근처엔 저마다 맞춤 정장을 입은 아이들이 악보를 보거나 빈 허공에 손가락을 까딱이며 주위를 서성이고 있었다.

윤아름이 그런 나를 보며 말을 이었다.

"어쨌거나 좋든 싫든 다들 경연장에서 몇 번씩 얼굴을 마주치게 되는 사이니까. 나는 사람 얼굴 외우는 데 일가견이 있기도 하고. 그래서 너는 무슨 악기 해?"

"바이올린."

"그래? 나는 피아노야. 오늘은 쇼팽을 연주할 생각인데. 너는?"

"파가니니."

"파가니니? 흐음."

윤아름은 새삼스럽단 듯이 나를 보았다.

"유소년 콩쿠르에서 파가니니라니……. 하긴, 뭐 이번 콩쿠르는 지정곡이 있는 것도 아니니까."

"그냥 경험 삼아 나온 거야. 어머니가 성화여서."

내 대답에 윤아름은 어딘지 아이답지 않은 얼굴로 쓴웃음을 지었다.

"……그렇긴 하겠다."

그 표정에서 나는 저변에 깔린 모종의 암시를 읽고 되물었다.

"너도 그래?"

윤아름은 미간을 살짝 찡그렸다.

"너, 가 아니라 누나. 아름 누나라고 불러. 나보다 한 살 어리잖아?"

"……아, 그러셔. 아름 누님."

"아무튼."

나름의 처세술로 치맛바람과 관련된 불편한 대화를 회피해 낸 그녀는 어깨를 으쓱였다.

"연장자이자 경험자로서 네가 긴장한 것 같아 충고하는 건데 그렇게 떨 것 없단 이야기를 해 주고 싶어서."

긴장?

나는 단지 사업 관련해서 생각이 많을 뿐이었다.

하지만 새삼 젠체하며 선뜻 이야기를 건네는 윤아름의 태도가 선의에 비롯한 것임을 알아서, 괜히 이 만남을 초 치기 싫었던 나는 감사의 표시로 미소를 지었다.

"고마워. 혹시 노하우라도 있어?"

"여러 가지가 있지."

내가 상대해 주는 걸 반기는 양, 윤아름이 눈을 반짝이더니 의자를 끌어와 맞은편에 놓았다.

"자, 앉아."

"……흠."

대강 주위를 살피니 '또 시작이네' 하며 피식거리는 애들의 눈치가 있어서, 윤아름이 오지랖에 비해 인망이 높지 않다는 건 알았다.

'……언젠가 인터뷰에서 의외로 외로움을 많이 타는 편이었댔나.'

이후 몇 차례인가 찾아오던 그녀의 슬럼프도 그런 인간관계에서 비롯한 것이었다는 내용이 생각났다.

그녀는 어릴 때부터 치맛바람에 휩쓸려 여기저기 오가다 보니 또래에 마음을 터놓을 친구도 별로 없고, 있다 하더라도 그녀와 상황이 마찬가지인 연예계가 대부분.

더욱이 그녀는 아역 출신이었기에 또래에 비해서도 '짬'에서 나오는 오라가 강했단 것 같다.

게다가 그녀의 '친절함'은 특유의 가시 돋친 고압적인 말투 —이 또한 방어기제의 하나겠지만—와 맞물려 '잘난 척한다'는 식의 오해도 불러오기 쉬웠고, 자기 세계에 확신을 가진 어린아이들로선 윤아름의 태도에 확고한 편견을 가지고 있을 터였다.

'한편으론 윤아름 역시 대부분 어른들과 마주칠 일이 많다 보니, 또래 애들은 수준에 안 맞단 생각도 있겠지.'

지금도 윤아름은 고작 한 살 차이인 나를 손위 어른이라도 된 양 가르치려 들고 있었으니까.

그러니 순순히 조언을 청하는 내 태도는 그런 윤아름의 취향에 제법 들어맞아 보였을 것이다.

내가 맞은편에 앉자마자, 윤아름이 입을 열었다.

"우선은 다른 사람들을 감자라고 생각하는 거야."

"감자?"

"응. 영어론 포테이토라고 하는 그거. 아무튼 그런 식으로 다른 사람들을 감자라고 생각해 버리면, 긴장 같은 거 안 하게 될걸."

그러곤 윤아름이 어깨를 으쓱였다.

"뭐, 나쯤 되면 그런 걸 의식하지도 않게 되지만."

"장하네."

"……그런 건 연장자가 하는 말이야."

"그러게."

"아무튼 다른 방법은 내면에 집중하는 건데, 내 레벨에서야 가능한 방법이지."

거기서 나는 윤아름의 긴장 해소법이 아무나 붙잡아 두고 수다를 떠는 것임을 알았지만, 내색하지 않고 고개를 끄덕여 가며 맞장구를 쳐 주었다.

"어떤 식으로?"

"에헴. 메소드 기법이라고 해서, 나 자신이 극중의 등장인

물이라고 생각하며 행동하는 건데…….”

아마도 연기 스쿨이나 선배 연기자에게 피상적으로 들은 내용을 말을 앵무새처럼 흉내 내는 것뿐이겠지만, 나는 대강 맞장구를 쳐 가며 고개를 끄덕여 주었다.

그러다 보니 대기실로 진주 목걸이를 한 아줌마가 찾아왔다.

“아름아, 지금 뭐 하니?”

윤아름은 어머니의 말에 흠칫하더니 괜히 내 쪽을 힐끔거리곤 애써 태연한 척 그 말을 받았다.

“엄마, 엄마는 대기실에 오면 안 된다니까.”

“뭘 그런 걸 신경 쓰고 그러니? 새삼스럽게. 그나저나 악보는 다 외웠어?”

“……당연하지.”

“그래도 한 번 더 봐야지. 여기 다른 사람들도 잔뜩 와 있고 또 방송국 카메라도 있는데.”

그러곤 그제야 아줌마가 일부러 그러듯 나를 보았다.

“넌 누구니? 못 보던 얼굴 같은데.”

약간의 경계심마저 섞인 그 말투에 나는 속으로 쓴웃음을 지었다.

윤아름이 대신 답했다.

“얘는 이성진이라고, 바이올린 하는 애래.”

“안녕하세요, 천화국민학교에 다니는 이성진이라고 합니

다."

경쟁 부문인 피아노가 아닌 바이올린을 한단 말에 아줌마
는 약간이나마 경계의 기색을 덜고 가식적인 미소를 지었다.

또 거기엔 부촌으로 유명한 데다 최근 방과 후 교실이며
급식의 도입으로 언론의 주목을 받았던 천화국민학교 소속
이라는 점도 한몫했으리라.

"그래?"

동시에 그녀는 내가 입은 정장을 힐끗 살폈다.

다분히 속물적인 눈치였는데, 내가 입은 옷에서 내 집안
배경을 가늠해 보려는 듯한 기색을 어렵지 않게 읽을 수 있
었다.

'단골 테일러에서 맞춘 양장이라 브랜드는 없지만.'

그리고 아줌마가 말을 이었다.

"그렇구나. 선생님이 누구시니?"

이름만 대면 알 법한 교수에게 가르침을 받았다거나 하면
금세 태도가 달라질 준비를 마친 질문이었지만, 나는 그런
속물 놀음에 맞춰 줄 생각이 없어 건성으로 답했다.

"저는 그냥 어머니께 배웠어요."

그래서 어머니가 이 바닥에서 제법 알아주는 바이올리니
스트 서명선인 건 굳이 언급하지 않았다.

의도한 대로, 내 대답에 아줌마는 퍽 실망한 눈빛이 되었
다.

'이런 부류는 해 볼 만하다 싶으면 질척거리며 들러붙기 마련이니까.'

그녀는 아무래도 소싯적 바이올린을 약간 익힌 학부모가 미련을 버리지 못하고 아들에게 억지로나마 바이올린을 시킨 것이라 여긴 모양이었다.

'뭐, 딱히 틀린 생각은 아니지만.'

생각과 판단을 마친 아줌마가 고개를 끄덕였다.

"그렇구나."

금세 아무 관심도 없다는 듯 변한 눈빛은 이어서 내 얼굴을 살폈다.

"어머, 세상에. 이마에 흉터가 있네?"

"계단에서 넘어졌어요."

"저런, 그래도 흉터가 있으면 안 되지. 병원에 안 갔어?"

주치의에게 이상이 없단 진단도 받았지만.

"아버지께서 남자에게 흉터 하나둘쯤은 신경 쓸 일 아니라고 말씀하셨거든요."

"……."

그 짧은 대화에서 그녀는 내 가풍에 편견을 담아 어림짐작한 눈치였다.

"그럼."

아줌마가 윤아름을 보았다.

"아름아, 그래도 곧 무대인데 악보라도 한 번 더 봐야지."

"그치만, 엄마……."

"얘는. 네가 지금 다른 애들 신경 쓸 때니? 저번에도 실수해서 미끄러졌으면서."

"……."

윤아름은 민망함과 분노, 자책이 뒤섞인 복잡한 눈으로 나를 힐끗 살폈다.

"성진이가 처음이래서, 연장자로서 조언을 해 주던 참이란 말이야."

아줌마는 아랑곳하지 않고 그 말을 받아쳤다.

"엄마가 누차 말했지? 수준 맞는 애들이랑 놀아야지, 사사건건 아무하고 이야기하면 못 써. 너도 명색이 연예인인데 이젠 다른 사람 시선도 신경 써야지."

수준? 거 애 앞에서 말하는 수준하곤.

아줌마는 윤아름의 가느다란 팔목을 잡아챘다.

"엄마가 저 안쪽에 따로 연습실 잡아 뒀으니까, 가서 한 곡이라도 더 연습하자."

"엄마……."

"따라와."

윤선아는 아줌마에게 붙잡혀 반쯤 끌려가다시피 자리를 떠났고, 그 뒤 나는 주위 애들이 수군거리는 걸 들었다.

"쟤네 엄마도 참 극성이네."

"어쩌겠어? 잘나신 연예인이잖아."

"실력도 별론 게 척이나 하고."

그리고 이즈음은, 선행 학습으로 인한 우위보다 서서히 선천적인 재능이 부각될 때였다.

그리고 내가 아는 윤아름은 그 음악적 실력이 평균 이상이긴 해도 재능이 아주 빛나는 부류는 아니었다.

'그래도 어릴 적 갈고닦은 기본이 있어서인지, 성인이 되었을 땐 출연한 드라마의 OST를 직접 불러 화제가 되긴 했고. 음악적 재능이 어중간하다곤 해도 어쨌거나 음색은 타고난 미성이니까.'

거기서 나는 문득, 윤아름이라고 하는 장래의 걸물을 만났다고 하는 이 공교로움 속에서 한 가지, 일부러 간과하고 있던 아이템을 생각해 냈다.

'엔터 사업……'

사실, 이는 지금 내가 구태여 콩쿠르 회장에 발걸음을 한 까닭이기도 했다.

아직은 장외시장에서도 개잡주로 불리는 엔터 시장이지만.

이미 몇 가지 머릿속에 생각해 두고 있던 바는 있었다.

'일단 누가 뜨고 질지, 어느 작품이 성공할지 대략적인 지식은 꿰고 있으니까.'

겉핥기 지식이긴 해도, 이 바닥과 관련한 대강의 생리는 파악하고 있었다.

'생각 외로 지저분한 바닥이긴 하지. 개자식도 많고.'

그런 와중에 윤아름이라고 하면.

'장래의 우량주.'

지금은 별 볼일 없지만, 잘만 키운다면…….

'그 원석을 미리부터 다듬어 예정보다 일찍, 찬란하게 빛 나는 보석으로 바꾸는 것도.'

가능하다.

아직은 계획의 조율 단계고, 당장 시작할 생각은 없었지 만, 내 인생에 스치듯 지나가기 시작한 윤아름을 보고 생각 이 바뀌었다.

단순히 스치고 말 인연을 붙잡는 건, 내 의지의 문제였다.

더군다나.

'……미래 지식을 바탕으로 한 콘텐츠 개발을 병행하면 제 법 해 볼만 할 거 같은데?'

마침 관련해서 만날 계획을 준비해 둔 사람도 이 장소에 있으니까.

'종합 엔터테인먼트 사업이라…….'

홀로 생각에 잠겨 있으려니, 둘둘 만 편성표를 손에 쥔 관 계자가 대기실로 찾아왔다.

"여러분, 다들 무대 준비해 주세요."

관계자의 말에 아이들은 무표정한 얼굴로 주섬주섬 각자 의 악기를 챙겼고, 나 역시 윤아름이 사라진 자리를 물끄러미 쳐다보다가 고개를 끄덕였다.

'그럼, 빌드 업을 잡아 볼까.'

그 전에.

'준비해 둔 걸 해결해야지.'

나는 바이올린을 꺼내 들었다.

짝짝짝.

의례적인 박수를 받으며, 연주를 마친 국민학생은 꾸벅 고개를 숙였다.

하지만 그 표정은 영 만족스럽질 않았고, 그 스스로도 자신의 실수와 미숙함을 자각했는지 아랫입술을 꾹 깨문 채 인사를 마치자마자 성큼성큼 걸어 무대 뒤편으로 걸어가 버렸다.

"올해는 수준이 높네요."

심사위원석에 앉은 이는 어색한 웃음으로 입을 뗐다.

"강찬환 학생인가? 작년에 비하면 제법 원숙해지기도 했고요."

"음."

곁에 앉은 노교수는 무표정하게 고개를 끄덕였다.

노교수가 별다른 반응이 없자, 그는 어색한 표정 그대로 고개를 왼편으로 돌렸다.

"그래도 비교적 집중력을 끝까지 잘 유지한 거 같습니다. 상향 평준화가 이루어지고 있군요."

"아, 그렇죠. 방금은 어른들도 연주하기 어려운 곡임을 감안해야죠. 나이에 비하면 잘했다고 볼 수 있겠습니다."

두런두런 이야기를 나누고 있으려니 잠자코 있던 그녀가 굳게 다문 입을 뗐다.

"제겐 이른바 영재교육의 폐해가 차츰 눈에 띄는 거 같군요."

"예?"

"기교는 제법 뛰어난데, 단지 그뿐이란 말이죠. 작곡가가 무엇을 의도했는지도 모르고, 누군가에게 주입받은 그대로, 배운 대로만 연주할 줄 아는 그 수준입니다. 전형적인 입시 곡. 감정이 실리질 않으니 기계를 보는 거 같군요. 본인부터가 즐겁질 않은데 보는 사람이야 두말할 필요도 없겠지요."

"……"

무어라 말해야 할까.

고작해야 국민학생을 대상으로 너무 귀가 높은 거 아닙니까, 하고 한마디 할까 말까 망설이던 교수는 그냥 입을 꾹 다물어 버렸다.

'1세대 노땅이란.'

어쨌건, 특별 심사위원으로 초빙된 백하윤은 이런—제법 큰 콩쿠르이긴 해도 유소년부를 중심으로 하는—자리에 모

시기도 힘든 대단한 사람임은 틀림없었다.

그녀는 런던 필하모닉 오케스트라의 한국인 여성 최초 수석 바이올리니스트이자 한국 클래식의 원로이며 모 예술대 음악과의 명예교수였으니.

백하윤의 건너편에 앉은 이가 몸을 앞으로 기울였다.

"그래도 다음 학생은 백 교수님도 흥미로워하실 거 같습니다만."

"어째서죠?"

"이성진. 서명선 씨의 아들이라더군요."

그 말에 백하윤이 코끝에 걸린 귀갑테 안경을 얼른 고쳐 썼다.

"서명선의 아들이라고요?"

그녀는 안경 너머 눈을 가늘게 뜨며 어슴푸레한 심사석 조명에 비친 팸플릿을 읽었다.

바이올린 이성진, 11세. 천화국민학교.

연주곡은 파가니니, 〈무반주 바이올린을 위한 24개의 카프리스 중 24번째〉

보호자 서명선.

딱딱한 얼굴로 거리감만 두고 있던 백하윤이 흥미를 보이자, 교수는 싱글싱글 웃으며 입을 뗐다.

"바이올리니스트 서명선이라고 하면, 삼광 그룹의 사모님이 되신 그분이죠?"

"……"

"또, 서명선 씨는 선생님의 제자이기도 하고요."

서명선을 떠올리는 백하윤은 복잡한 기분이었다.

'서명선의 아들이라…….'

어느 분야건 마찬가지겠지만, 특히 음악을 하는 이는 결국 자기 자신과의 고독한 싸움을 해 나가야 한다.

백하윤이 마지막으로 본 서명선은 그 벽 어디에서 멈춰 서 있었다.

서명선은 그 기교도, 감정 표현도 모두 훌륭한 편이었으나 활달한 천성 탓인지 유독 그 고독감을 견디기 힘들어했다.

'앞으로 조금이었는데.'

그러다가 유학 시절에 만난 삼광 그룹의 장남인 이태석과 연애결혼을 했고, 당시엔 제법 떠들썩한 이슈였다.

'……그리고 10년이 넘게 지나서, 그 아들을 데리고 온 건가. 그러게, 미련이 남았다면 스스로 나설 것이지.'

백하윤이 생각에 잠긴 사이, 두 교수가 잡담을 나눴다.

"그러면 삼광 그룹의 재벌 3세 도련님이 아닙니까?"

"그렇죠. 뭐, 재벌가 도련님이 취미 삼아 발을 들일 곳은 아니지만요."

"흐음, 다만 아무래도 삼광재단 측에 신세 진 것도 있으니

약간의 가산은 줘야 하지 않겠습니까?"

"장려상 정도면 체면이 서겠죠. 올해 갑자기 콩쿠르에 나왔는데, 그 정도라도 받아 가면……."

"그럴 수 있게끔 기본이라도 해 주면 좋겠습니다만, 하필이면 파가니니를 택했어요. 이거 잘못하면 듣는 사람한테 고문인데."

"하하, 피치카토까진 바라지도 않습니다."

이야기를 흘려듣던 백하윤은 혀를 쯧 하고 찼다.

"심사는 공정하게 하십시오. 서명선이 아들이면 어때서. 오히려 명선이 성격에 애를 제대로 가르칠 리가 없죠. 하물며 친자식이면."

백하윤의 기억에도 서명선은 남 가르치는 건 참 못했다.

'전형적인 천재 타입이긴 했지.'

결국 끝까지 남은 건, 서명선처럼 어릴 때부터 두각을 보이던 천재가 아닌 자신 같은 노력파라는 것이 그녀로선 무척이나 아이러니했다.

"어디 봅시다."

백하윤이 입을 일자로 다물고 자세를 바로하자, 다들 노교수를 따라 허리를 곧추세웠다.

짝짝짝짝.

객석의 건조한 박수 속에서 턱시도 차림의 잘생긴 소년이 걸어 나왔다.

반듯한 그 얼굴은 아직 이목구비가 완전히 자리 잡히진 않았지만, 이태석의 강직함과 서명선의 부드러움이 기묘하게 공존하는 균형 잡힌 용모. 나이가 차면 훤칠하고 잘생긴 청년으로 자라날 것임에 틀림없는 모습이었다.

그러나 백하윤은 소년의 이목구비보단 그 눈빛과 분위기에 주목했다.

지성으로 반짝이는 눈과 입가에 서린 희미한 냉소.

첫 콩쿠르 출전이어서 긴장될 법도 하건만, 외려 소년의 얼굴에 묻은 감정은 당장의 콩쿠르가 아닌 좀 더 먼 곳을 내다보는 듯했다.

일견 건방지다고 평할 수도 있겠으나, 서명선을 닮아 선한 인상의 서글서글한 눈매가 그런 인상을 중화시키며 소년의 분위기를 중의적으로 만들고 있었다.

보는 사람의 심리나 감상에 따라 인상이 달라지는 용모.

아이로 보자면 한없이 천사 같고, 좀 더 물러서서 보자면 그 속내를 알기 어려운.

"아동용 바이올린? 그 나름의 과르네리인가 본데."

심사석의 누군가가, 국민학생이 들기에도 지나치게 작은 초보자용 바이올린을 들고 무대에 선 이성진을 농담거리로 삼았지만.

'아니, 이건 오히려 파가니니를 연주하기 위한 선택이야.'

백하윤은 오히려 차라리 일부러 조악한 악기를 택한 이성진의 의중을 간파했다.

'파가니니의 곡은 성인도 연주하기 힘들지. 손가락이 길어야 소화할 수 있는 곡이니. 하물며 국민학생이야.'

그것이 서명선의 의도인지, 아니면 저 일견 건방져 보이는 소년의 뜻인지는 알기 어려웠다.

박수 소리가 잦아들고.

핀 포인트 조명 아래에 선 이성진이 바이올린을 턱과 어깨 사이에 괴었다.

그리고.

피아니스트에게 쇼팽과 리스트가 있다면, 바이올리니스트에겐 파가니니가 있다.

니콜로 파가니니(Niccolò Paganini).

악마의 바이올리니스트라 불린 연주가이자 작곡가.

비르투오소(Virtuoso : 주로 뛰어난 기교를 펼치는 음악가에게 주어지는 칭호)로서 명성을 떨친 그는 연주 실력이 어찌나 뛰어났는지, 심지어 '악마와 계약하고 그 영혼을 팔아 연주 실력을 얻었다'는 소문이 돌 정도였다.

그처럼, 파가니니는 초절기교를 요구하는 곡을 작곡하고, 그 스스로 연주했다고 전해진다.

수많은 바이올리니스트가 도전했고, 또 좌절한 벽.

이성진은 피아노 반주도 없이 연주를 시작했다.

'……음?!'

바이올린 소리가 공연장에 울려 퍼지고.

현을 울리는 첫 음을 듣자마자 백하윤은 저도 모르게 몸을 앞으로 기울였다.

'이건……'

불길함과 경쾌함을 동시에 품은 도입부.

이성진은 이 변덕스러운 곡의 도입부를 강렬하게 시작했다.

'무슨 의도지? 처음부터 클라이맥스처럼.'

그리고 뒤이어 나오는 기교 파트는 끊길 듯 말 듯 희미하게.

'옳거니, 나름의 변주를 주려고 하는구나.'

백하윤이 고개를 끄덕였다.

다만 여기까지는 '평범하게 잘하는' 것에 속하는 부분이고, 많은 바이올리니스트들이 어렵지 않게 도달하는 부분이다.

하지만.

'이제 곧.'

한 대의 바이올린으로 마치 두 대의 바이올린으로 연주하는 듯한, 연주자의 프로페셔널한 기교가 요구되는 파트.

저음역과 고음역을 현란하게 오가는 이 부분을 잘못 연주하면 '불협화음의 깽깽이'가 되기 일쑤이지만.

'저런!'

연주를 들은 백하윤이 주먹을 불끈 쥐었다.

소년은 해냈다.

활이 현란하게 오가며 현 위를 할퀴었고, 조그만 손가락은 자그마한 바이올린 위를 윤무하듯 춤추었다.

'좀 더, 그래, 그렇게! 활을 길게 써! 음이 계속 이어지는 느낌이 들게끔!'

백하윤은 어느새 심사위원이라는 입장과 체면도 잊고, 이성진의 연주에 흠뻑 빠져들어 있었다.

오히려 너무 작은 연습용 바이올린이 제대로 된 울림을 내지 못하고 말았던 것이 애석할 따름.

'만일, 이 아이가 성장해 제대로 된 바이올린으로 연주한다면⋯⋯!'

그리고 이성진의 바이올린은 기묘한 적막에 휩싸인 홀을 가득 메우고 있었다.

이 적막은 기이했다.

원래 연주 시엔 예의상 정숙하는 게 옳으나, 지금의 적막은 모두 숨 쉬는 것조차 잊을 만큼, 부스럭거리는 소리조차 내지 않게 하는 위압감마저 있었다.

마치 악마가 찾아온 것처럼.

악마는 조그만 숨소리에도 기민하게 반응하는 존재이기라도 한 양.

청중 모두가 저도 모르게 주먹을 꾹 쥔 채 손바닥에 맺힌 식은땀을 의식하지도 못하고 있었다.

뒤이어 이어지는 피치카토(pizzicato).

이성진은 악곡이 끊기는 일 없이 오른손 손가락으로 현을 뜯었다.

톡, 톡, 튀어 오르는 음.

꽉 막힌 것처럼도 들리고, 우산을 두드리는 빗소리처럼도 들리는 피치카토는 카프리스의 변주를 훌륭하게 소화해 내고.

피치카토 직후 끊기는 일 없이 이어지는 현과 활의 마찰, 거기서 빚어지는 고음의 섬뜩하면서도 구슬픈 선율.

'아…….'

이제 곧 끝이로구나.

백하윤은 아쉬움에 침을 꼴깍 삼켰다.

4분가량의 연주가 끝이 났다.

사람들은 이성진이 바이올린을 내리자 일순 어리둥절한 얼굴을 했고, 그제야 연주에 몰입해 있었다는 것을 깨달았다.

"우와아아아!"

누군가, 이 '엄숙한 자리'에 어울리지 않게끔 주책없게 소리를 질렀지만.

"와아아아아!"

"잘했다!"

"최고야!"

짝짝짝짝짝!

우레 같은 박수와 환호성이 튀어나왔다.

결코 그럴 일도, 그랬던 적도 없는 콩쿠르 회장인데도.

정작 박수와 환호를 받은 이성진은 예의 바르게 꾸벅, 허리를 굽혀 인사한 뒤 무대 뒤편으로 떠나 버렸고, 결국엔 진행자가 무대에 나서서 관중을 진정시켜야 했다.

"여러분, 아직 다음 무대가 남아 있으니 착석해 주시기 바랍니다!"

그사이 백하윤은 자리에서 일어나 어디론가 향하려 하고 있었다.

"백 교수님, 어디로 가십니까? 아직……."

"더 볼 것도 없어요."

지금 백하윤의 머릿속에는 이성진이 애제자 서명선의 아들이라는 것도, 삼광 그룹의 후계라는 것도 들어 있지 않았다.

그저 귀중한 원석을 놓치면 안 된다는 조급함과 재능에 대한 질투, 기대감 같은 것이 복잡하게 뒤엉켜 그 발걸음을 반사적으로 움직이게 만드는 중이었다.

"교수님, 교수님!"

백하윤은 심사위원들의 제지에도 아랑곳없이 성큼성큼 빠른 걸음을 걸었고, 무대 뒤편의 대기실 문을 벌컥 열었다.

"이보세요!"

손가락을 물 담긴 컵에 담그고 있던 이성진은 어리둥절한 얼굴로 대기실에 난입한 백하윤을 보았고, 그녀는 그런 이성진의 양 어깨를 턱하고 붙잡았다.

"당신, 잠시 이야기 좀 할 수 있을까요?"

"……예?"

이성진은 어깨를 비틀어 백하윤의 손길을 부드럽게 떨친 뒤 고개를 빤히 들어 그녀를 살폈다.

"실례지만 누구신지요?"

"……날 모르나요?"

"저, 혹시 구면입니까?"

"……음."

그리고 백하윤은 그제야 이성진의 빨갛게 된 왼손가락을 보며 멈칫했다.

'……굳은살이 없어?'

그런 손으로 현 위를 불태우듯 오가는 파가니니의 기교곡을 펼쳤다고?

백하윤은 얼른 이성진의 손을 빼앗아 코앞에 들이댔다.

손가락 끝이 빨갛게 되었을 뿐 전체적으론 하얗고 뽀얀, 어린이의 손이었다.

'뭐지? 이건 완전 초보자의 손이잖아?'

순간 백하윤은 그녀의 이해를 넘어선 상황에 어지럼증을 느끼며 비틀거렸고, 이성진이 재빨리 쓰러지려는 그를 의자에 앉혔다.

"괜찮으세요?"

"아니. 음, 고마워요."

그리고 서명선이 대기실로 들어왔다.

"아들! 너무 잘했…… 어라, 선생님?"

평소처럼 이성진을 꼭 끌어안으려던 서명선은 나이보다 몇 년이나 늙어 버린 듯한 옛 선생과 재회했다.

그리고 이성진은 서명선과 백하윤을 번갈아 보다가 아무도 모르게, 입꼬리를 희미하게 비틀어 올렸다.

그럴 리가.

내가 백하윤을 모를 리 없다.

그녀는 사모의 스승이기 이전에 이미 대한민국 클래식 업계의 대부라 불리는 사람이기도 했으므로.

전생, 클래식에 조예가 있는 이성진을 따라다니다 보니 알게 모르게 그쪽 업계와 인맥을 틀어서 백하윤에 관해선 잘 알고 있었다.

우리는 CBS 아트홀 통로 방향의 카페테리아에 앉아 있었다.

백하윤을 마주한 사모는 어딘지 모르게 좌불안석이었다.

"죄송해요. 찾아뵈어야겠단 생각은 하고 있었는데."

하긴, 시집과 동시에 은퇴를 해 버렸으니 동종업계, 그것도 스승의 얼굴을 이런 식으로 준비 없이 마주하는 건 다소 께름칙한 일이었을 것이다.

심사위원이 누구다 하는 건 '(공공연한) 비밀'이었고, 업계에서 발을 뗀 지 오래인 데다 갑작스레 콩쿠르에 참가한 사모는 백하윤이 올 줄 몰랐다는 눈치였다.

나는 이미 알고 있었지만.

'그야, 내겐 유능한 정보원이 있으니까. 더군다나 주최 측이 CBS 방송국이니.'

반면 사모는 내가 음악의 길을 걷지 않는다는 걸 알고 있었기에 가벼운 마음으로, 그저 경험이나 쌓게 하자는 취지였을 뿐이었다.

백하윤은 사모의 말에 짧게 고개를 저었다.

"괜찮아요. 이렇게라도 봤으니 다행이지요."

말하면서, 그녀는 연신 나를 힐끗거렸다.

"그래도 잘 지내는 모양이군요."

"네. 선생님께서도요."

사모의 말에 백하윤이 싱긋 웃었다.

"뭘요, 어린애들 콩쿠르 심사위원석에 앉아 얼굴이나 팔고 다니는 게 고작이랍니다."

그녀도 이제는 노쇠하여 무대에 설 입장이 아니게 됐지만, 그것도 빈말이었다.

백하윤은 현재 대한민국 음반업계의 한 축을 담당하고 있는 거물이었다.

일선에서 물러난 백하윤이 구태여 콩쿠르 회장에 얼굴을 비치는 건 그런 사업상 이해관계가 엮인 것의 연장선이었다.

간단한 인사를 주고받자마자 백하윤이 앉은 자리에서 몸을 들썩였다.

"성진 군이라고 했던가요?"

"예, 그렇습니다."

"바이올린은 언제부터 시작했지요?"

"4살 때부터입니다."

"제법 일찍 시작했군요. 그런데."

백하윤이 안경 너머로 나를, 그리고 내 손을 물끄러미 쳐다보았다.

"제가 알기로 성진 군을 콩쿠르에서 보는 건 이번이 처음 같은데요?"

그 말에 답한 건 사모였다.

"사연이 좀 길어요. 아니, 생각해 보니 별로 길진 않네요."

"응?"

"사실…… 성진이도 바이올린을 한동안 손에서 놓고 있다가 얼마 전부터 다시 시작했거든요."

사모의 말에 백하윤은 반사적으로 고개를 끄덕이려다가 멈칫했다.

"그게 언제쯤이죠?"

"올해 4월? 네, 그쯤 되네요."

"……흠."

백하윤은 눈을 깜빡이더니 다시 물었다.

"손에서 놓은 지는?"

그 말에 사모는 곰곰이 생각하다가 확신은 없는 듯한 목소리로 대꾸했다.

"어디 보자……. 다섯 살인가 여섯 살 때 관뒀으니 한 5~6년? 그쯤 되네요."

그 말에 백하윤은 잠시 멍하니 있다가 나를 뚫어져라 쳐다보곤, 고개를 확 돌려 다시 사모를 보았다.

"아니, 잠깐만. 지금 성진 군이 나이가 11살이죠?"

"네."

"들으니 시작한 건 4살이고."

"네."

"그러면 실질적인 경력은 2~3년도 되지 않는단 거잖아요?!"

백하윤은 어처구니없다는 듯 소리쳤고, 사모는 주위를 살피며 움찔했다.

"……뭐어, 그건 그렇죠. 선생님."

마이페이스인 사모도 옛 스승 앞에선 가녀린 제자에 불과했다.

백하윤이 힘없이 의자에 등을 기댔다.

"하아, 이거 참."

즉, '이성진'이 바이올린을 배운 건 실질 경력을 포함하더라도 2~3년 사이.

아니, 그런 걸 차치하고서라도 4살 때부터 꾸준히 영재교육을 받았다 한들, 고작 6년이라는 경력이었다.

"그래서 손에 굳은살도 없었던 거로군."

그녀는 힘없이 중얼거리며 커피를 마셨다.

심경이 복잡한 듯했다.

'그 정도인가?'

나도 조금 혼란스러웠다.

'나도 제법 잘한단 생각은 했지만, 내 실력은 그런 것 이상이었나.'

아는 만큼 보이고, 아는 만큼 들린다더니, 거장이 보기엔 또 남달랐던 모양이었다.

백하윤은 고개를 가로젓곤 커피를 한 모금 마신 뒤에야 다시 입을 뗐다.

"명선 양, 왜 진작 제게 연락을 하지 않았나요? 제가 좀 더 일찍 성진 군을 만났으면 좋았을 텐데."

그 말에 사모는 쓴웃음을 지었다.

그녀 또한 내 재능이 어느 수준인지, 내 실력이 어땠는지를 모를 리 없었다.

다만, 일부러.

내가 음악가의 길을 걸을 리도, 걸을 수도 없다는 것을 알기에 그녀 스스로 체념하고 있을 뿐이었다.

그때 뚱뚱한 남자가 헐레벌떡 달려오더니 우리를 발견하

곧 멈춰 섰다.

"아, 백 교수님! 여기 계셨습니까?"

그는 사모와 나를 보곤 멈칫했다가, 어쨌건 백하윤에게 목소리를 낮췄다.

"시상식을 하러 가셔야죠."

"벌써 그럴 시간이 됐나요?"

백한중은 나를 보더니 고개를 끄덕였다.

"그래도 일단 대회이니, 상은 받아야겠죠. 이번 콩쿠르의 바이올린 대상은 논의의 여지없이 성진 군이니까요. 그래, 성진 군도 어쨌건 얼굴은 비춰야 하지 않겠어요. 후후, 얼굴도 잘생겼겠다, 클래식 업계에 새로운 스타가 탄생하겠네요."

백하윤은 확신을 담아 말했고, 그 말을 듣는 뚱뚱한 남자는 손수건으로 이마의 땀을 닦았다.

"아, 저기, 그게, 백 교수님."

"뭔가요?"

"그, 그……. 다른 심사위원들의 생각은 조금 다른 모양이라……."

백하윤이 곱게 그린 눈썹을 씰룩였다.

"네?"

"아뇨, 저기, 그게."

뚱뚱한 남자는 눈치를 살피다가 신중히 말을 골랐다.

"아무래도, 어, 음, 성진 군이 무척 잘하긴 했으나, 아무래도 바이올린이 어린이용…….”

“…….”

“아, 그, 또, 또 있습니다! 저희도 나름의 판단 기준이라는
게 있는데, 성진 군의 연주는 기교면에서 훌륭했지만 교과서
적이라곤 할 수 없…….”

“닥치세요.”

백하윤이 나직이 꺼낸 말에 뚱뚱한 남자는 헛숨을 들이켰
다.

“흥, 어차피 이번 우승자는 내정되어 있단 거겠죠?”

“…….”

이 시대의 관행이었다.

어차피 다들 실력은 고만고만했고, 큰 실수가 없는 이상은
빽이 누구냐에 따라 우승자가 정해지는 바닥이었으니까.

백하윤도 그걸 모를 만큼 순진하진 않았을 터이나.

문제는 나였다.

내가 등장하고부터, 원래라면 조용히 업계의 몰락을 지켜
볼 뿐이었을 호랑이가 기지개를 켰다.

아무래도 내 실력은 또래에 비해 압도적이었던 것에 그치
지 않고, 그녀 스스로 끊어 낸 욕심을 끄집어낼 만한 것이었
던가.

그런 나를 놓치고 싶지 않다는 생각과 곪아 가는 업계를
지켜보며 켜켜이 쌓인 염증이 결국 백하윤 안에서 폭발하고

말았다.

"이딴 식이니 클래식 업계에 발전이 없는 거예요. 그래, 그래서 그게 누구죠? 누구 제자지?"

"······아니, 그게 아니라, 교수님, 고정하시고······."

"좋아, 한번 싸워 보자 이거군요. 흠. 제가 암만 일선에서 물러난 늙은이라곤 하지만······."

그래도 이거 참.

'왜 내 주변 노인네들은 다 이런 식일까.'

나는 뚱뚱한 남자의 안색이 창백해지는 걸 지켜보다가 나직이 입을 열었다.

"말씀을 끊어서 죄송합니다만. 괜찮아요, 어차피 전 기권할 테니까요."

내 말에 사모는 조금 놀란 눈치이긴 해도, 여전히 그 입에 쓴웃음을 짓고 있었고.

"뭐? 아니, 지금 무슨 소립니까, 그게!"

백하윤은 화들짝 놀라 자리에서 벌떡 일어섰다.

"제가 말만 하면 성진 군은 뭐든 할 수 있어요. 성진 군, 신경 쓰지 말아요. 당신은 방금 전, 대중들에게 그 실력을 각인시켰으니까. 오히려 성진 군이 상을 못 탄다면, 그야말로 난리가 날 겁니다."

원래라면 형식적인 장려상이라도 받아 챙길까, 생각하던 차였으나.

'오히려 잘됐지.'

어차피 당초 목적이던 백하윤과 접선은 성공했으니, 계획이 바뀌었다.

"어차피 저는 음악가가 될 생각이 없었거든요. 집안에서도 반대하고요."

"……."

"그러니 저보단 다른 아이들한테 그 기회가 주어지는 게 좋다고 봐요."

멍하니 내 말을 들은 백하윤은 순간, 털썩, 힘없이. 허물어지듯 의자에 주저앉았다.

"아, 하아, 후우, 이거 참."

채 말을 잇지도 못하던 백하윤은 그제야 사모의 얼굴에 걸린 곤혹스러움이 어디서 기인한 것인지를 눈치챘다.

삼광 그룹의 사람.

그리고 그 총수의 직계 손자.

내 위치와 사모의 입장에선 아무리 음악적 성취가 뛰어나다 하더라도, 이를 전문적으로 공고히 할 순 없다는 걸 깨달은 것이다.

"어째서."

힘없이 중얼거린 백하윤의 의도는 명확했다.

차라리 재능이나 보이질 말든가.

평범한 가정에서 태어났더라면, 어떻게든.

백하윤은 쓴웃음을 지은 채 나를 보았다.

"성진 군. 당신의 조부님이 이 휘 자 철 자 되시는 분이지 않나요?"

"그렇습니다."

"……면식은 있으니 찾아뵙고 말씀을 드려 보면…… 아니, 아니에요."

백하윤은 소주를 마시듯 커피를 쓰게 한 모금 마셨다.

더군다나 장손.

그 와중, 문득 백하윤은 희망의 끈을 놓치지 않은 듯, 눈을 반개하며 말을 이었다.

"혹시 공부는 잘하나요?"

혹시라도, 다른 재능이 없어 가문에서 내쳐질 거라면?

애석하게도, 망나니 버전의 이성진이라면 그 길도 걸을 수 있었을 것이다만.

이휘철과 이태석은 차마 그러진 못하지만, 요즘 주위에 내 자랑을 하고 싶어 안달이 난 상태였다.

"전교 1등이에요."

"……후우."

한숨만 깊어졌다.

그 와중 뚱뚱한 교수는 연신 손목시계를 들여다보다가 힘겹게 입을 열었다.

"저어, 교수님……."

"됐어요."

백하윤은 힘없이 손을 내저었다.

"성진 군의 바람대로 기권 처리하세요. 저는…… 불참하지요."

"예?"

"노인네의 의견 따위, 건강상의 이유든 뭐든 갖다 붙이기만 하면 될 거 아닌가요."

백하윤이 그 나이를 짐작하기 힘든 매서운 눈으로 노려보자, 뚱뚱한 남자는 고개를 꾸벅 숙이곤 허둥지둥 돌아갔다.

"죄송해요, 선생님."

뒤이은 서명선의 말은 여러 의미를 담고 있었고, 백하윤은 이제 서명선의 얼굴에 걸린 것과 비슷한 쓸쓸함을 담고 있었다.

"아니에요. 그냥…… 오랜만에 얼굴이라도 봐서 반갑네요."

오히려 확신만 짙어졌다.

천재 소년 이성진은 정말로 음악계로 나아갈 뜻이 없고, 오히려 지금 콩쿠르에 출전한 것조차도 서명선이 가진 일말의 미련 때문이었음을.

그리고 '다른 아이에게 자신의 자리를 양보'하겠다는 말을 했다.

거기서 백하윤은 이성진이 가진 총기 어린 눈빛과 표정에서, 소년이 또래보다 의젓하다는 것을 새삼 깨달을 수 있었다.

'재능이 아깝다.'

여러모로 쓰일 수 있는 말이지만, 이번 경우는 특히 뼈에 사무쳤다.

"바쁜 일이 없거든 같이 식사나 하죠. 그 정도는 괜찮겠죠?"

"물론이죠, 선생님. 그런데 다른 손님도 있거든요. 괜찮을까요?"

생글생글 웃어 보이는 서명선을 보며 백하윤은 피식 웃었다.

'다른 일면선 심지가 곧고 강한 아이였어.'

남이나 다름없는 자신이 이럴진대, 진즉 아들의 재능을 알아보았을 서명선은 오죽할까.

"상관없어요. 그래, 누군지는 미리 알아 둬도 괜찮겠죠?"

"저희 집 고용인네 가족이에요. 성진이 또래인데, 함께 바이올린을 배우고 있거든요."

그 말에 백하윤의 눈이 이채를 발했다.

"그래요?"

혹시 걔들도 재능이 있는지, 기대를 담은 얼굴이었으나.

서명선은 웃는 낯으로 대답했다.

"열심히는 하고 있어요. 오늘 성진이가 쓴 바이올린도 그 아이 거예요."

하긴 이성진만 한 천재가 동시대에 둘이나, 그것도 가까이 있을 리가 없다.

한성아는 사실 제법 소질이 있었지만, 그건 이성진으로 인해 눈이 부쩍 높아진 서명선의 눈에 찰 정도는 아니었다.

백하윤은 쓴웃음으로 고개를 끄덕였다.

"잘됐군요. 마침 오늘 지갑이 제법 두둑해서 말이죠. 체면 치레는 가능하겠어요."

"감사합니다. 성진이도 괜찮지?"

서명선의 물음에 이성진이 고개를 끄덕였다.

"네, 어머니."

"그럼 엄마는 성아랑 한군 데리러 다녀올게. 선생님이랑 기다리고 있을래?"

"문제없어요."

"응, 다녀올게. 선생님, 잠시만 성진이를 부탁드려요."

서명선이 자리를 뜨자, 이성진이 기다렸다는 듯 입을 뗐다.

"저, 교수님."

"그냥 선생님이라 불러 주세요. 군사부일체를 들먹일 생각은 없지만, 그래도 제 수제자인 명선이의 아들이니 친하게 지냈으면 좋겠군요."

"네, 선생님."

호칭을 정정한 이성진이 말을 이었다.

"선생님. 제 실력은 냉정하게 평가해서, 어느 정도 수준인가요?"

그렇게 묻는 이성진의 눈은 눈앞의 백하윤을 향하고 있었지만, 그 뒤의 더 먼 곳을 보는 듯한 눈이었다.

'흠, 바이올린에 흥미가 없다는 녀석치곤 당돌한걸. 자만하지 않도록 답해 줘야겠어.'

백하윤은 그런 이성진을 보며 빙긋 웃었다.

"국내의 성진 군 또래에선 뛰어나지만 월드클래스로 꼽을 만큼은 아니에요. 하지만 원한다면 지금도 프로는 노릴 수 있고, 성장 여하에 따라선……."

거기까지 말한 백하윤은 말을 아끼고 고개를 저었다.

'너무 깎아내렸나?'

하지만 이렇게라도 해 두면 설령 바이올린의 길을 걷지 않더라도 언제고 세계의 크기를 의식하며 살아갈 것이다.

"왜, 흥미가 생기나요?"

백하윤의 말에 이성진이 미소를 지었다.

"그럼요. 저라고 해서 왜 바이올린에 흥미가 없겠어요? 다만 사정이 여의치 않아 그럴 수 없을 뿐이죠."

그 대답을 들은 백하윤의 눈이 이채를 발했다.

'그런 거였어?'

딱히 그런 것만은 아니지만.

이성진의 고백 아닌 고백을 들은 백하윤은 아무런 말 없이 커피를 한 모금 마셨다가 잔을 내려놓았다.

깡마르고 매서운 인상 위로 예리한 빛이 언뜻 스쳐 지나갔지만, 지난 세월 동안 쌓아 올린 연륜은 그녀의 표정을 읽기 어렵게 갈무리해 주었다.

"그랬군요."

가만히 운을 뗀 백하윤은 담담한 어조로 말을 이었다.

"성진 군, 저는 어디까지나 부외자에 불과해요."

말은 그렇게 했지만.

이성진의 고백은 오히려 반쯤 체념하려던 백하윤의 입장에 조그마한 불씨를 다시금 지피며, 까맣게 탄 숯이 꽃처럼 아름다운 붉은색을 내듯 은근한 열기를 불러일으켰다.

"하지만 음악이란 꼭 직업으로 삼지 않아도, 삶을 풍요롭게 해 준다는 점에서는 효용성이 있죠. 글을 쓰고 읽는 것처럼, 그 자체는 어떤 실익을 불러오지 않지만."

나름의 속셈을 감춘 백하윤이 아무렇지 않은 양 말을 이었다.

"그래도 음악을 안다는 건 삶을 더욱 깊이 있게 만들어 주겠죠. 때론 눈에 보이지 않고 귀로 들리지 않는 것들이 사람들에겐 알게 모르게 영향을 끼친답니다."

말하면서 백하윤은 그윽한 눈으로 이성진을 바라보았다.

"성진 군은 어떤 음악이 좋은 음악이라고 생각하나요?"

그건 선호하는 스타일이며 장르를 물어본 것이 아니었다.

백하윤은 이성진에게 음악에 대해 어떤 식으로 생각하는지, 원론적인 물음을 던진 것이었다.

이성진은 잠시 생각에 잠겼다가 천천히 입을 열었다.

"가능하다면 많은 사람들에게 기쁨을 주는 것이었으면 해요."

그 대답이 기특했는지, 백하윤은 그제야 이성진이 아직 11살에 불과한 어린아이라는 것을 의식하며 진심 어린 미소를 보였다.

"그렇다면 클래식은 아니겠군요?"

백하윤의 짓궂은 말엔 어느 정도 자조가 섞여 있었지만, 이성진의 그 대답은 백하윤이 지향하는 음악성과도 맞닿아 있었다.

하지만.

이성진은 백하윤의 농담에 어떻게 반응해야 할지 몰라 잠시 난처한 얼굴을 했다.

"저는 클래식도 좋은 음악이라고 생각해요."

"알아요. 미안해요, 농담이에요. 클래식, 다들 어렵게 생각하지만 그 당시엔 그게 대중음악이었답니다. 오늘 성진 군이 연주했던 파가니니, 그 사람도 당시엔 여러 염문이……."

백하윤은 즐겁게 이야기를 이어 가다가, 어린이 앞에서 염문 운운하는 건 바람직하지 않다는 걸 깨닫곤 얼른 말을 고쳤다.

"흠, 흠. 여러 사람에게 인기가 많았죠."

백하윤이 쓴웃음을 머금은 채 말을 이었다.

"성진 군, 솔직하게 말해 당신에겐 제법 재능이 있어요. 또한 음악을 통해 남들에게 기쁨을 주고 싶다……. 일견 좋은 생각이죠. 하지만 동시에 그런 생각은 나중에 변질되고 말 위험도 커요."

"어떻게요?"

"명예욕. 이를테면 남들 앞에서 우쭐대고 싶은 마음. 남들이 나를 우러러보고 존경했으면 하는 마음이죠. 대중성을 지향한다는 건 결국 그 사람의 인기와도 결부되는 일이 될 테니까요."

이성진은 고개를 저었다.

"그런 생각은 전혀 없어요."

백하윤에게 접근한 의도는 그렇지 않을지 몰라도, 방금 한 말만큼은 진심이었다.

오랜 시간을 그림자로 살아 본 그 생각에 명예란, 쓸데없는 것이라는 경험칙이었다.

이름뿐인 명예를 좇다가 몰락한 사람들.

사람은 죽어서 이름을 남기고, 호랑이는 죽어서 가죽을 남긴다지만.

호랑이는 가죽 때문에 죽고, 사람은 이름 때문에 죽는 법이라고 이성진은 생각했다.

"사실, 필요하다면 이번 콩쿠르의 주최 측인 CBS 방송국 측에 제 분량은 편집해 달라고 부탁할 참이었고요."

그러잖아도 CBS 보도국엔 이번 동화건설 부실공사 보도로 특종을 터뜨린 채선아의 아버지가 있으니, 그 정도 부탁은 어렵지 않을 터였다.

'게다가 윤아름을 비롯해서 다들 1초라도 TV에 나왔으면 할 테니, 자청해서 잘라 달라는 것쯤이야.'

백하윤이 이성진의 말을 받았다.

"성진 군. 음악에서, 아니 어느 한 분야에서 정점을 찍어 보고 싶지 않나요?"

"거기에는 무슨 의미가 있죠?"

"인정을 통해 내가 어느 위치에 있는지 확신할 수 있지요."

"다른 사람의 평가에 의해서만 그것을 확인할 수 있나요?"

"꼭 그런 것은 아니나, 타인에게 인정을 받는다면 그만큼 남들보다 더 많은 기회가 생기는 법 아니겠어요? 기회가 커질수록 할 수 있는 일도 늘어나는 법이죠."

"만일 제가 이번 콩쿠르에서 우승했더라면, 어떤 기회가 생겼을까요?"

"언론이 주목하고, 음악인들이 눈여겨보려 하겠죠. 그런 식으로 하나둘 수상 경력을 쌓아 올리다 보면, 해외에도 이름을 알릴 기회가 올 겁니다."

"그다음은요?"

백하윤은 영특해 보이는 이성진이 무슨 의도로 꼬리에 꼬리를 무는 질문을 이어 가는지 퍽 흥미로워했다.

"해외에서도 인정을 받고 나면 더 큰 무대에 설 기회도 생긴답니다. 예술의 전당뿐만 아니라 카네기홀, 무지크베어아인, 로열 알버트 홀……."

세계 유수의 공연장을 읊는 백하윤은 당시의 기억을 떠올렸는지 잠시 아련한 얼굴이 되었다가 이성진을 의식하며 표정을 다시 고쳤다.

"자리가 사람을 만든다는 말도 있죠. 세계 유수의 음악가들과 마주하다 보면 자신의 성취 또한 늘어나고요. 그렇게 되면 자신의 이름을 건 음반도 낼 수 있겠고……."

거기까지 말한 백하윤이 미소를 지었다.

그제야, 이 소년이 던진 물음의 진의를 그녀 스스로 파악한 것이다.

"아니, 지금 성진 군이 한 말은 이미 그 모든 과정을 건너뛰고서 고려한 이야기겠군요."

백하윤의 말에 이성진은 순진한 얼굴로 고개를 갸웃했다.

"말씀하신 바는 어려워서 잘 모르겠지만, 네, 결국 오늘 세계 최고의 음악가께서 저를 인정하신 거 아닌가요? 저를 위해 선생님께서 일부러 화를 내 주셨을 정도였으니까요."

그 말을 들은 백하윤의 얼굴에 미소가 가득 번졌다.

"세계 최고의 음악가에게……. 금칠이 과하지만, 그렇죠. 결과적으론 같은 이야기겠군요. 후후후."

세 가지.

음악 하는 이에겐 목표와 의도, 과정이 있겠다.

1. 한 차원 높은 음악을 추구하거나
2. 역사에 이름을 남기는 것을 목표로 하거나
3. 그로서 돈을 버는 것을 목표로 하거나

이 세 가지는 스스로가 다른 요인의 원인이기도 하고 결과이기도 하고 과정이기도 한 것들이었다.

하지만 이성진에겐 본질적으론 마찬가지이거나 애당초 무의미한 일이었다.

이성진은 그 입장상 음악적인 면에서 이름을 남길 수 없다고 생각하는 것이 첫 번째 이유고, 삼광 그룹의 후계이니 그것으로 돈을 벌 필요도 없으니 세 번째 이유도 배제된다.

어찌 보면.

그 지향점에는 이성진이 의도로 하는 가장 순수한 원인

과 목표, 한 차원 높은 음악을 추구하는 것만이 오롯하게
남는다.

그렇게 생각한 백하윤의 얼굴엔 기이한 열망이 떠올라 있
었다.

"성진 군, 성진 군이 음악을 하는 까닭은 무엇인가요? 명
선…… 그러니까 어머니의 기대감을 충족시키기 위해서?"

이성진은 곰곰이 생각에 잠긴 듯 입을 다물었다가 고개를
저었다.

"당장은 취미일 뿐이에요."

"취미?"

"네. 음악은 즐거움을 주는 것이고, 남에게 즐거움을 주려
면 나부터 즐거워야 하는 거잖아요?"

이성진은 물론, 백하윤의 음악론에 대해 잘 알고 있었다.

'음악은 근본적으로 나와 너에게 즐거움을 주어야 한다.'

그건 공식적인 인터뷰에 필요한 겉치레 답변일 수도 있겠
으나.

클래식 업계의 관행인 '엄숙주의'에서 벗어나 클래식의 대
중화, 나아가 대중음악 전반에 영향력을 행사하는 백하윤의
발언이 말뿐인 텅 빈 것이라곤 생각하지 않았다.

평생을 클래식이라는 진입 장벽이 높은 세계에서 살아온
백하윤이었지만, 그녀의 바람은 달랐다.

그렇기에.

백하윤은 젊은 시절부터 쌓아 올린 그 명성을 클래식이라는 세계 속에 가둬 두는 것이 아닌, 대중 음반 회사인 '바른손레코드'의 공동 창립에 힘썼던 것이다.

그리고 백하윤은 그 바른손레코드의 대표이사를 역임하고 있었다.

이성진의 생각대로 백하윤은 그 대답에 만족스러운 미소를 지었다.

"그 부분은 과연 명선 양의 아들답군요. 맞아요, 음악은 본질적으로 즐거움이죠. 미(美). 아름다움을 다루는 것은 우리가 그것을 사랑하기 때문이며, 그걸 추구하는 본연의 까닭은 즐겁기 때문입니다. 즐거움을 주지 못하는, 또 연주자 스스로 즐겁지 않은 음악이란 저도 잘못되었다고 생각해요."

백하윤은 커피를 한 모금 마셨다가 내려놓았다.

"성진 군은 그럼, 음악 하는 것이 즐거운 모양이군요."

"네. 그렇지 않으면 다시 시작하지도 않았을 거예요."

반쯤 거짓말이다.

이성진이 음악을 시작한 건 서명선의 의도였고, 이번 생에서 음악을 시작한 것 또한 서명선의 은근한 권유가 있었기 때문이므로.

하지만.

어느 정도는 진실이기도 했다.

이성진에게 음악 하는 것이 즐겁지 않느냐고 물으면 그렇지만도 않았다.

이성진은 바이올린을 연주할 때면 자신의 감정과 상황을 관조할 수 있었다.

그러한 짧은 몰입 속에서 이성진은 미래에 대한 불안감과 확정 요소일지 모를 죽음에 대해 잠시나마 잊을 수 있었고, 한동안은 그 중압감이 씻긴 듯 사라지는 걸 느낄 수 있었다.

그러니 지금의 이성진에게도 음악은 돈이 될 만한 일일 뿐만 아니라 동시에 일종의 순수한 취미인 셈이었다.

백하윤은 고개를 끄덕였다.

'하긴, 그렇기에 자의식으로 가득한 연주와 그런 악곡의 대표 주자인 파가니니를 택한 것이겠지. 어느 한 곳에 얽매일 필요가 없으니 자유롭고.'

이성진이 파가니니를 연주하기 위해 어린이용 바이올린을 택한 것 또한.

따지고 보면, '대회에선 제대로 된 규격의 바이올린을 사용해야 한다'는 암묵적인 룰을 깨부순 데 일조한 것이다.

그리고 깨닫자마자, 백하윤의 가슴 속에서 불씨를 피워 올린 기묘한 열망이, 풀무로 공기를 불어 넣은 것처럼 거세게 타올랐다.

한편으론.

어디에도 얽맬 필요가 없다는 건.

가장 순수한 정신으로 음악에 접근할 수 있단 뜻이기도 했다.

부자의 취미?

근대화를 이끈 대부분은 부르주아의 취미에서 비롯했고, 문화와 예술은 배부름의 잉여에 기인한 것이다.

배고픔 또한 동기며 성장 요인이 될 수는 있겠으나, 거기엔 영합이라고 하는 위험 요소 또한 공존했다.

'하고 싶은 걸 하고 싶은 만큼 할 자유.'

집안 사정 때문에 자신의 입장을 표면화할 수 없는 이성진의 입장을 생각해 보면 다분히 역설적인 일이긴 하지만.

오히려 그렇기에 음악가가 추구하는 명예라는 다른 외적 욕망에도 순수할 수 있었다.

백하윤은 문득, 이성진이라고 하는 천재가 순수성을 품은 채 어디까지 나아갈 수 있을지 확인해 보고 싶단 열망에 사로잡혔다.

"좋아요, 성진 군. 그럼 언제 한번 놀러 오세요. 요즘은 남는 게 시간이니까."

네가 원한다면 바이올린 지도도 감수하겠다는 의미였다.

그렇게 말하며 백하윤은 핸드백에서 명함을 꺼내 테이블 위로 쓱 밀었다.

"네, 선생님. 아, 저도."

이성진은 허둥지둥 품을 뒤지더니 메모지를 꺼내 전화번호를 적어 백하윤에게 건넸다.

"제 개인 연락처예요."

"개인 연락처? 어머, 휴대전화 번호가 있군요. 그런 것도 가지고 있나요?"

그 말에 이성진이 씩 웃으며 주머니에서 삼광 로고가 박힌 핸드폰을 꺼냈다.

"네. 저희 회사에서 핸드폰도 만들잖아요?"

"맞아요, 그랬죠."

이 당시의 핸드폰은 무척 고가였고, 이용료도 만만치 않은 것이었지만.

생각해 보면 재계 서열 2위인 삼광 그룹의 부잣집 도련님이니 딱히 이상할 것도 없겠단 생각도 들었다.

"흠, 휴대전화, 핸드폰이라……. 나도 하나 장만할까……."

혼잣말을 중얼거리는 백하윤에게 이성진이 어깨를 으쓱였다.

"저로선 조금 더 있다가 사는 걸 추천드릴게요."

"응?"

"아차, 기업 내부 정보를 누설할 뻔했네요. 못 들은 걸로 해 주세요."

그러면서 한쪽 눈을 찡긋하는 이성진의 귀여운 모습에 백하윤은 함박 미소를 지었다.

"그래요, 못 들은 걸로 할게요. 하지만 입막음 비용이 만만치 않을 텐데."

농까지 걸고.

"제가 드릴 건 없으니……. 대신 열심히 하겠습니다."

"어머, 열심히 하지 않을 생각이었어요? 저, 호랑이 선생님이라고 불리는 사람인데."

"세상에, 큰일 났네요."

"후후."

분위기가 퍽 화기애애해진 상황에.

이성진이 고개를 돌렸다.

"아."

"명선 양이 왔나요?"

백하윤도 이성진을 따라 고개를 돌렸다.

백하윤과의 대화가 생각 이상으로 잘 풀려나가던 상황에서 나는 그 어머니의 손에 이끌려 나가는 중인 윤아름을 발견했다.

'표정을 보니 시원찮은 결과를 낸 모양이군.'

나는 고개를 다시 돌려 백하윤을 보았다.

"잠시 인사 좀 하고 와도 될까요?"

"아는 사람인가요?"

"네. 아까 대기실에서 인사를 나누었어요."

"괜찮으니 다녀오세요."

"그럼 실례하겠습니다."

마침 잘됐다.

양해를 구한 뒤, 나는 윤아름에게 다가갔다.

"안녕하세요. 그리고 누님도 안녕."

내 인사에 아줌마는 힐끗, 가자미눈으로 나를 보았다.

"아, 너는 대기실에서……."

"네, 천화국민학교에 다니는 이성진이라고 합니다."

"그래, 그랬지."

이어서 아줌마는 주위를 슥 훑었다.

"시상식에는 참가 안 하고?"

"기권했어요."

"그랬구나. 하긴 올해엔 다들 수준이 높았다지. 바이올린에서 대단한 애가 나왔다고 하던데."

심드렁하게 답하는 걸 보니 정작 내 공연을 보진 않은 모양이었다.

'아마 연습실에서 윤아름을 들들 볶고 있었겠지 뭐.'

윤아름은 다소 의기소침한 상황에서 아줌마의 눈치를 살피더니 내게 미소를 보냈다.

"괜찮아, 다음에도 기회가 있을 거야."

"네가 그런 말 할 상황이니? 실수를 몇 번이나 했는데."

또래 앞에서 꼽을 준 아줌마를 윤아름은 다소 원망스럽다는 듯 보았지만, 나는 내색하지 않으려 그녀를 일부러 무시했다.

"누님, 잠깐 시간 좀 내줄 수 있어?"

내 말에 윤아름은 아줌마를 힐끗 보았다.

"엄마."

"얘는. 당장 집에 가서 할 게 산더미인데……."

나는 미소를 지었다.

"잠깐이면 돼요. 괜찮을까요?"

아주 잠깐이면.

백하윤과 윤아름을 동시에 포섭할 수 있다.

그사이, 내가 인사를 건넨 여자애가 궁금했던 모양인지 백하윤이 슬며시 다가왔다.

아줌마는 백하윤의 그 차림새―티가 나지 않는 명품으로 도배된―를 보고 슬쩍 눈치를 살피며 먼저 인사했다.

결국 이는 저도 모르는 사이, 백하윤의 카리스마에 경도되어 한 걸음 물러선 셈이었다.

"안녕하……세요."

동시에 그녀는 나와 백하윤이 인척 관계는 아닌지 살피는 기색이었고, 백하윤은 그런 아줌마의 시선을 받아넘기듯 짧게 고개를 끄덕였다.

"성진 군, 아는 사람인가요?"

"네, 선생님. 아까 대기실에서 잠깐 이야기를 나누었어요. 윤아름이라고 피아노를 친대요."

내 말에 아줌마와 윤아름은 어리둥절한 얼굴이었다.

대기실에서 인사하기론 '어머니께 배웠다'고 했는데, 백하윤을 내 어머니로 보기엔 늦둥이라고 쳐도 그 나이 차이가 컸던 탓이었다.

그래서 먼저 선수를 쳤다.

"이쪽은 백하윤 선생님. 우리 어머니의 음악 스승님이세요."

백하윤.

비록 연주하는 장르가 바이올린이 아닌 피아노고, 또 아무리 무지하더라도, 콩쿠르 회장에 발을 들일 정도라면 클래식계의 대모라 불리는 백하윤 이름 석 자를 듣지 못했을 리 없다.

그 바람에 갑작스러운 소개를 받은 아줌마와 윤아름은 깜짝 놀란 얼굴을 보였다.

"반가워요. 백하윤입니다."

그러거나 말거나, 백하윤은 자연스럽고도 우아하게 인사했다.

"세상에, 아, 저는 금복희라고, 여기 있는 윤아름이 엄마 되는 사람이에요. 호호, 이렇게 선생님을 뵙게 되다니, 참 영광이네요. 아름아, 너도 인사드려야지."

"으, 응. 안녕하세요, 윤아름입니다."

아줌마는 이번 '우연한' 만남을 기회라 여긴 듯했고, 백하윤은 아줌마의 그런 속물근성을 한눈에 꿰뚫어 보았음에도 내색하지 않는 얼굴이었다.

"윤아름……. 어디서 본 적이 있는 거 같은데."

"아, 저기 어쩌면 텔레비전에서 보신 적이 있을지도 몰라요. 저, TV에 나오고 있거든요."

윤아름의 조심스러우면서 자신감 있는 대답에 백하윤은 '그런가' 하며 가만히 고개를 끄덕였다. 그사이, 아줌마가 잽싸게 끼어들었다.

"우리 아름이는 광고에도 나오고, 얼마 전엔 드라마 '사랑은 둘이서'의 이혜수 씨 딸 역할로 나왔거든요. 그래서 낯이 익으실 거예요. 호호."

"그랬군요."

담담하게 대답한 백하윤은 무슨 생각인지 문득 짓궂은 미소를 지으며 나를 보았다.

"그런데, 성진 군."

"……예?"

"혹시, 그건가요? 역시 얼굴값을 하는군요."

"……."

또 연애로 엮나.

사모도 그렇고, 그 스승도 이런 식이라니.

나는 어리둥절해하는 윤아름을 뒤로하고 황급히 고개를
저었다.

"그런 게 아니라 대기실에서 있었던 일의 인사를 하려는
거예요."

내 대답에 윤아름은 쓴웃음을 지었다.

"그래도 기권했다면서?"

"기권은 개인 사정 때문에 그런 거고, 무대는 그럭저럭 해
냈어. 아무튼 고마워, 누님."

"그래……? 그럼 됐고."

새침하게 대답하는 윤아름은 내 무대가 어땠는지 조금 궁
금해하는 눈치였다.

그러고 있으려니, 사모가 한성진 남매를 데리고 돌아왔다.

"이성진 오빠아!"

한성아는 그 몸에 바이올린을 꼭 품은 채 눈을 반짝이며
한달음에 달려왔다.

"용용이 좋았어? 좋았지?"

참고로 용용이는 한성아가 붙인 바이올린의 이름이다.

"그래, 잘 썼어. 그리고 실내에서 뛰면?"

"……안 된다?"

"앞으론 뛰지 마."

"응. 근데, 근데, 오빠 되게 멋있었어! 따봉! 캡!"

나는 한성아의 머리를 쓱쓱 쓰다듬었고, 그러는 동안 사모

가 한성진을 대동하고 걸어왔다.

"어머, 처음 뵙는 분이 계시네요."

"……."

사모의 목소리를 들은 아줌마는 잠시 인사를 받을 생각도 못하고 흠칫하는 기색이었다.

기품, 미모, 어느 하나 빠질 것 없는 사모를 보면서 대체 누구인가, 혹시 자신이 모르는 연예계 인물은 아닌가 싶었겠지.

"아, 안녕하세요. 저는 흠, 흠, 윤아름의 어머니인 금복희라고 합니다."

"그러셨군요. 반가워요. 이성진의 엄마 되는 서명선입니다."

서명선.

그 이름을 혀끝에서 한 번 굴린 아줌마는 곁에 선 백하윤과 서명선이라는 이름을 대조해 보고, 또 뒤이어 이성진의 이름이 가진 이(李) 씨 성의 의미를 되짚은 뒤엔 아예 눈이 동그랗게 변했다.

"아, 그럼, 혹시……."

사모는 아줌마의 입에서 나오려는 말을 사근사근하지만 날카롭게 끊어 냈다.

"이 자리에서 굳이 말하지 않은 내용을 밖으로 낼 필요는 없겠죠."

"……."

"애, 너는 누구니? 괜찮다면 소개해 줄래?"

그러면서 사모는 자연스럽게 윤아름을 보았다. 윤아름은
두 어른의 반응에 어리둥절해하며 고개를 꾸벅 숙였다.

"처음 뵙겠습니다. 아줌……."

내가 끼어들기도 전에 미리 대기 중이던 한성진이 윤아름
에게 슬며시 귓속말을 했다.

녀석, 잘 배웠군.

한성진에게 귓속말을 들은 윤아름은 허둥지둥 말을 고쳤
다.

"아, 음, 사모님. 저는 세화국민학교 5학년에 재학 중인 윤
아름이라고 해요."

"예쁘게 생겼네. 어디 보자, 피아노?"

"어떻게 아셨어요?"

어떻게 알긴, 손에 든 악기가 없으니까.

"후후, 비밀. 우리 성진이랑 아는 사이니?"

"아, 네. 대기실에서 잠깐 만났어요."

그때 한성아가 눈을 반짝 빛냈다.

"아, 나, 저 언니 알아! TV 나오는 언니!"

"응? 알아봤어?"

"응! 나 매일매일 TV 챙겨 봐. 또또또에서 봤어!"

"그거 관둔 지 좀 되는데. 아무튼 고마워. 사인해 줄까?"

"응!"

자연스럽게 화제가 넘어간 사이, 사모는 아줌마에게 말을 건넸다.

"그럼 선약이 있으니, 먼저 실례할게요."

"네, 네! 아, 그리고……."

"……?"

아줌마는 모처럼 생긴 이번 인맥을 어떻게든 끌어가고 싶은 눈치였다.

하긴, 재계 서열 2위인 삼광 그룹의 사모와 그 아들에 클래식 업계의 거장 백하윤까지.

'만나려고 해도 만나기 힘든 인맥이니 어떻게든 인연을 이어 가고 싶겠지.'

사모는 아줌마의 그 속물성을 진즉에 파악했는지, 미소 뒤에서 싸늘한 말을 끄집어내려 하고 있었다.

'사모도 결코 호락호락한 사람은 아니야.'

매일 생글생글 웃고 다닌다고 해서, 그 속까지 무른 사람은 아닌 것이다.

나 역시, 사모의 의도대로 이 관계가 툭 끊기는 것은 원치 않았기에 먼저 말을 꺼냈다.

"저, 어머니."

"응? 왜? 우리 아들."

언제 그랬냐는 듯 내게 생긋 웃어 보이는 사모.

나는 일부러 윤아름 곁에 서서 말을 이었다.

"사실 오늘 콩쿠르 전에 긴장되고 걱정이 많았는데, 이 누나가 많이 도와줬거든요."

"어머? 그랬구나."

"네. 그래서 방금은 감사차 인사를 하던 참이었어요."

"그래……?"

사모는 생각을 감춘 얼굴로 윤아름을 힐끗 쳐다보곤 그녀에게 미소를 보냈다.

"고마워. 성진이를 신경 써 줘서."

"아, 아니에요. 정말 별거 아니었는데요."

잠시 나를 멍하니 쳐다보던 윤아름은 내 앞에서 하던 오지랖은 어디 갔는지 얼굴을 붉히며 사모의 솔직한 공치사를 쑥스러워하고 있었다.

'칭찬과 감사에 굶주린 게지.'

스스로 좋아서 배우를 시작하는 아이들이 몇이나 될까.

그것도 철들기 전부터 아역 배우를 시작하는 많은 연예인들은 치맛바람의 영향에서 자유롭지 않았다.

많은 지망생이 있다.

그중 한 줌만이 배우로서 이름을 알리고, 그 안에서 셀 수 있을 만큼만 배우로 대성한다.

윤아름은 그 모래 알갱이 중에서 반짝반짝 빛나는 하나의 보석이었다.

나는 이어서 백하윤을 보았다.

"선생님, 실례가 안 된다면 윤아름 누나도 함께했으면 좋겠는데, 괜찮을까요?"

"그런가요?"

방금 전 대화를 들은 탓인지, 윤아름을 보는 백하윤의 눈빛도 제법 호의적이었다.

다만.

백하윤은 아줌마를 보며 말을 이었다.

"나야 괜찮지만, 차가 좁아서."

방법이 없을 리 없다.

차 두 대에 나눠 타거나 택시를 타면 될 일이지만.

그 부드러운 사양에 나는 숟가락을 얹었다.

"애들은 뒷자리에 함께 타면 되지 않겠어요? 저희 어머니 차 넓어요."

독일제 중형 세단이니, 당연히 넓지.

그사이 아줌마도 대강 눈치를 챈 듯, 그녀 스스로 타협안을 제시했다.

"그렇게 해 주시면 저야 고맙죠. 마침 저도 볼일이 있었는데."

염치가 없기는 했지만, 이 인맥을 붙들 기회 앞에서 염치 따위야.

백하윤도 아줌마를 떼어 놓는 것 정도에서 타협을 받아들이곤 고개를 끄덕였다.

"알겠습니다. 그럼 아름 양을 맡겨 주시면 일찍 돌려보내 겠습니다."

"어휴, 괜찮아요. 천천히 있다가 오셔도. 애들끼리 놀다가 친해지고 그러면 좋죠. 아름아, 자."

아줌마는 마음이 뒤바뀔 새라 허둥지둥 핸드백을 뒤져 만 원짜리 지폐 몇 장을 손에 잡히는 대로 윤아름에게 쥐여 주 었다.

"친구들이랑 놀다 와. 올 때는 택시 타고. 알았지?"

갑작스러운 태도 변화에 놀란 윤아름은 그런 자신의 어머 니를 어리둥절한 듯 보다가 얌전히 돈을 받아 들었다.

"……응, 알았어."

이 상황을 파악했는지 아닌지는 모르나, 어쨌건 그녀로 서도 집에 돌아가 들들 볶이는 것보단 나은 것이라 여긴 듯 했다.

"늦을 거 같으면 전화하고."

"응."

"그럼, 저는 이만 가 보겠습니다. 딸아이를 잘 부탁드려요."

아줌마는 인사한 뒤, 마음이 바뀔세라 재빨리 아트홀을 빠 져나갔다.

'잘 가쇼. 따님은 내가 잘 키워 줄 테니까.'

내가 구태여 이렇게까지 오지랖 넓게 나섰던 까닭.

당연히 윤아름이라는 미래의 대배우를 내 관할하에 넣기 위함이었다.

'잘됐어. 백하윤과 윤아름을 동시에 끌어들이다니. 생각보다 일의 진척이 빨라졌는데?'

흐뭇하게 아줌마를 떠나보내고 있으려니, 사모가 다가와 내 옆구리를 손가락으로 쿡쿡 찔렀다.

"우리 아들, 제법인걸?"

"예? 뭐가요?"

"4학년 민정이, 5학년 아름이, 6학년 채선아. 이러다가 우리 아들, 전 학년에 여자 친구가 생기는 거 아니야?"

"……대체 무슨 말씀이신지."

이 사람은 왜 계속 나를 그런 식으로 취급하는 걸까.

언감생심 내가 꼬맹이들에게 그런 생각을 품을 리도 없고, 전부 업무상의 제휴 관계일 뿐인데.

그 뒤에서 백하윤도 고개를 끄덕이고 있었다.

"과연. 그럴 거라고 생각은 했지만, 역시 그랬군요."

"네, 선생님. 우리 성진이가 요즘 이렇다니까요. 사춘기인가?"

"뭐어, 한창 그럴 나이긴 하죠."

다정하게 이야기를 주고받는 사제지간을 보며 나는 고개를 저었다.

'대체 사람을 뭐로 보고.'

저런 걸 보면 사제지간이 맞구나 싶다니까.

그때 한성아가 내 소매를 꾹꾹 당겼다.

"응, 왜?"

"나는 1학년."

"그래, 아는데. 왜?"

"……."

나를 물끄러미 쳐다보던 한성아는 고개를 홱 돌려 쪼르르,
한성진과 이야기를 주고받던 윤아름에게로 갔다.

"나 언니 옆자리, 찜뽕!"

"으, 응. 그래."

우리는 사모의 차를 타고 백하윤이 알선한 호텔 양식당으
로 갔다.

자동차 뒷자석.

"너희 어머니, 배우시니?"

내 옆자리의 윤아름이 속닥였다.

"되게 예쁘시다."

"아니. 배우는 아니고, 바이올리니스트."

"어? 아, 그래서구나. 어머니께 배웠다는 거."

"뭐, 그렇지."

지금은 '바이올리니스트 서명선'보단 '삼광 그룹의 맏며느리'로 더 유명하지만.

"우리 엄마도 나처럼 배우셨어."

"그랬구나. 배우신 분이었네."

"뭐? 아니…… 이상한 말 하지 마. 아무튼, 아주 유명한 건 아니었다고 하시지만, 그래도 드라마에 몇 편인가 출연한 적이 있대."

어쩌면 그렇지 않을까 생각은 했지만, 전형적이라면 전형적인 아역 배우의 노선이었다.

'자식을 통해 못다 한 꿈을 이루려는 타입.'

아이들이란 으레 주변에 휩쓸리기 쉬운 존재이다 보니, 시류에 의해 장래 희망이니 뭐니 하는 것도 영향을 받기 쉬웠다.

'전생의 시기엔 유튜버가 초등학생 장래 희망 1순위였지?'

그 이전의 '공무원'보단 꿈과 희망이 있단 점에서 낫다 싶지만.

세상사, 바라는 대로 흘러가진 않는 법이다.

"나도 그래서 스포트라이트를 받는 대배우가 꿈이야."

머리가 굵어지고 자신을 메타화하는 것이 가능해질 즈음엔 무엇을 하면 좋을지, 앞으론 무엇을 직업으로 택하면 괜찮을지 생각이 깊어지기 마련이었다.

"사실 피아노는 좀, 그렇긴 하지만."

그리고 윤아름은 조금씩 자신을 객관적으로 바라보는 길
에 놓여 있었다.

"누님은 어때, 연기하는 건 즐거워?"

"잘 모르겠어."

윤아름은 골똘히 생각하다가 고개를 저었다.

"사실, 좋기도 하고 싫기도 해. 남들 앞에 서거나 카메라
앞에 설 땐 괜찮지만…… 거기까지 이르는 과정은 좀, 피곤
하다고 할까?"

"그래도 적성에 맞는 일을 택했네."

"그런가? 근데 너, 말하는 거 좀 어른스럽다."

"고맙군."

"별로 칭찬 아닌데."

"왜?"

윤아름이 내게 속닥였다.

"너, 어른들 앞에서 애들처럼 구는 건 연기하는 거잖아."

"……"

"보통은 어른인 척 연기하는 게 대부분인데, 너는 그 반대
인 게 좀 신기해서."

과연 미래의 대배우라고 할까.

나이에 걸맞지 않은 통찰력이 일품이다.

나는 윤아름의 말에 내색하지 않으려 애쓰며 미소를 지었
다.

"티 났어?"

"글쎄. 제법 잘하긴 해. 나쯤 되니까 눈치챈 거지. 그런 의미에선 제법이야."

다시 몸을 바로 한 윤아름이 말을 이었다.

"너도 혹시 연예계에 관심 있니?"

"흥미는 있지만 직접 나서고 싶은 생각은 없어."

나는 창밖으로 고개를 돌렸다.

"게다가 나는 할 일이 많거든."

"흥, 그건 나도 마찬가지거든?"

"그래그래."

내 심드렁한 태도에, 창에 얼핏 윤아름이 입을 삐죽이는 게 비쳤다.

하지만 윤아름은 뒤이어 그 옆에서 기회를 노리고 있던 한성아의 질문 공세에 시달려야 했고, 나는 그사이 생각을 정리할 수 있었다.

'어린애인 척……이라.'

슬슬, 그냥 좀 많이 조숙한 어린이로 행동해도 괜찮지 않을까?

'어쩌면, 내가 애들을 너무 애 취급하는 건 나 자신의 선입견일지도 모르겠고.'

12살짜리 애도 알아볼 정도인데.

그러니 어쩌면, 이휘철이나 이태석, 사모도 그런 내 뻔한 어린애 연기를 간파하고 있을지 모르겠단 생각이 들었다.

'하긴, 그렇지 않고서야 여간해선 사업체를 맡길 생각은 하지 않을 테니.'

다만 그것이 어느 정도 '선'까지 통용될지는 신중하게 조율해 볼 필요가 있겠다.

'……슬슬 회사에도 한 번쯤 얼굴을 비칠 필요가 있고.'

하나씩, 한 걸음씩.

'역으로, 어른들의 선입견이랄 수 있는 것도 역이용할 수 있겠지.'

애들은 주변에 휩쓸리기 쉽다지만, 지금 내 입장이야 말로 주변의 어른들이 다 호락호락하지 않은 인물들이니.

'주위 어른들의 영향을 받은 어린이를 연기하는 속 어른이라.'

연기 디렉팅이 어렵긴 하지만.

어쨌건 제반 조건이 갖춰져 있으니 내 점진적인 변화를 보여 주기는 쉽겠단 생각도 했다.

레스토랑에 도착한 뒤, 이야기는 사모와 백화윤의 근황을 묻는 것에서 콩쿠르의 수준, 클래식 업계의 방향, 윤아름을 통한 연예계 이야기까지 자연스럽게-내 은근한 유도를 통해 흘러갔다.

그때는 스테이크가 반쯤 남았을 때였고, 나는 입을 열어 기다렸던 화두를 던졌다.

"들으니까 연예인들에겐 매니저가 따라다닌다고 하던데, 누님도 그래?"

윤아름은 고개를 갸웃했다.

"아니. 나는 그냥 엄마가 알아서 해 주고 계셔."

한성아가 끼어들었다.

"언니, 매니저가 뭐야?"

"으음, 그러니까……."

대강의 개념은 연예인을 대신해 스케줄을 조율하거나 프로그램 편성, 방송국과 사이에서 중계며 계약금 관련 협상까지 도맡아 해 주는 존재라고 할 수 있다.

즉, 좋게 말하면 비즈니스적 협력 관계.

'……지금은 유상훈 변호사가 내 매니저인 셈인가?'

나도 입이 무겁고 믿을 만한 사람이 한둘쯤 더 필요하단 생각은 하고 있었다.

'한성진이 해 주면 좋겠다만, 아직은 어리고.'

그러잖아도 유상훈은 '사장님, 너무 바쁩니다!' 하고 징징 거리는 차였으니.

'본사에서 붙여 준 윤선희 대리는 아직 내 사람이란 느낌 은 아니야. 김민혁도 달리 시키는 일이 있고.'

슬슬 인사 문제도 고려를 해 봐야 하겠다.

나는 윤아름이 한성아에게 이런저런 설명을 하는 사이 백하윤을 보았다.

"선생님, 선생님도 그럼 매니저가 있나요?"

"그럼요, 있죠. 요즘은 제가 한가하다 보니 그럴 일은 좀처럼 없지만."

백하윤이 미소를 지었다.

"그래도 어쩌다 보니 그런 사람들을 모아서 조그만 사업도 하고 있답니다."

조그만 사업?

백하윤이 대주주로 있는 바른손레코드는 그녀의 겸손처럼 결코 얕잡아 볼 회사는 아니었다.

'하긴, 시총으로 따져 삼광에 비하면 그렇겠지만.'

바른손레코드는 음반뿐만 아니라 기획사도 겸하면서, 장래엔 무수한 자회사를 통해 대한민국 연예계의 대표적인 기획사로 거듭나게 될 뻔한 포텐셜을 가지고 있었다.

'원래 역사에선 백하윤의 은퇴 이후 후계자의 경영 실패로 인해 무너지고 말지만.'

그래도 그 자회사 격인 여러 엔터는 나중에 다른 회사 등과 인수 합병의 절차를 겪어 가며 이럭저럭 나쁘지 않은 상태로 남는다.

'보통은 파산이 나기 마련인데도.'

사실, 엔터 사업이야말로 나 같은 기업가들에겐 엘도라도 나 다름없는 바닥이었다.

원자재를 수입할 필요도, 기술 개발도, 무역 수지를 가늠할 필요도 없이 말 그대로 사람만 집어넣으면 맨땅에서 돈이 솟아나는 화수분이었으니까.

'아니지. 연예인을 원자재로, 기술 개발을 인맥으로, 무역 계약을 방송 계약 등으로 하나씩 대입해 보면 그것도 사실상 사업의 메타포나 마찬가지지.'

연예인이라는 상품을 포장해 방송가에 유통, 시청자들에게 판매한단 것이 차이.

다만 사람을 취급하는 일이고 레드 오션이 심각하다 보니 계약이 중요한 데다 시류를 읽고 분석하는 눈, 인맥이 무엇보다 중요할 뿐.

'불량품을 선별할 수 있는 운도 필요하고.'

소속 연예인이 사고를 친다고 해서 그걸 리콜하거나 환불하는 것도 여의치 않으니까.

'살벌한 바닥이긴 해도.'

대강이나마 무엇이 흥하고 망할지 알고 있는 내겐 크게 문제 될 것이 없는 사업이었다.

'나로선 지뢰를 피해 금덩어리를 주워 가기만 하면 될 뿐이지.'

그러한 과정에 나아가기 위해서, 무엇보다도 원천 기술(인맥)을 가진 백하윤의 협력은 당장에 필수 불가결한 요소였다.

사모가 끼어들었다.

"어머, 성진이도 TV에 관심 있니? 전혀 그런 티도 안 내더니."

"네, 물론이죠."

"그치만, TV 출연은 힘들 텐데."

"아뇨, 그런 게 아니라 저도 관련해서 사업을 해 보면 어떨까 하고요."

슬슬.

조금씩 나를 드러내기로 했다.

"사업? 무슨 이야기인가요?"

의아해하는 백하윤에게 사모가 웃으며 말을 받았다.

"있잖아요, 왜 저희 집안. 그래서인지 일찍부터 그런 걸 시작하거든요."

"아."

대강 알아들은 백하윤이 고개를 끄덕였다.

"하지만 가풍이 다소…… 특이하군요. 결코 나쁜 건 아니지만 그래도 좀 어리지 않나."

"어머, 선생님. 우리 성진이가 얼마나 똑똑한데요. 저도 가끔 아버님과 바깥양반이 무슨 이야길 하는지 못 알아들을 때가 많은데도, 성진이는 그걸 척척 알아듣는다니까요."

백하윤은 나를 새삼스럽단 듯이 쳐다보았다.

"그랬군요. 하긴 성진 군이 똑똑하단 건 알고 있었지만…… 다방면에 두루 조예가 있다는 건 몰랐네요. 무슨 회사인가요?"

나는 신중히 선을 보았다.

"삼광전자의 자회사를 운영하고 있어요."

"자회사. 그런 개념도 알고 있고."

"아버지와 할아버지께 배웠거든요. 주위에 많은 어른들이 도와주고 계시고요."

"그렇군요. 그런데 연예계까지 넘보려 하시다니, 성진 군은 욕심쟁이네요."

지금은 낯설지만, 내가 살았던 시절엔 대기업이 엔터테인먼트 시장에 발을 들이는 일은 이상한 일이 아니었다.

나는 여기서 한 걸음 물러섰다.

"아직은 여러 가지를 배우는 입장이에요. 가능하면 선생님께도 가르침을 받고 싶고요."

"후후, 이거 어쩜담. 대기업인 삼광이 나서면 저희 입지가 좁아질 텐데."

"삼광과는 무관하게 저 혼자서 하는 일인걸요. 아마 아버지나 할아버지도 모르실 거예요. 제 회사는 저에게 전권을 위임하셨거든요."

"성진 군은 참 영특하네요. 아마, 명선이가 생각하는 것보다 훨씬."

백하윤은 미소를 지었다.

"하지만 섣불리 발을 들이긴 어렵죠. 사람과 사람 사이의 일이니까요. 사람과 사람 사이의 일은 인연이 쌓여 만들어지는 것이고, 인연이 쌓이는 시간은 생각보다 짧지 않답니다."

"……."

"성진 군은 성진 군이 잘할 수 있는 일이 있을 테니까, 굳이 이런 곳을 기웃거릴 필요가 없을 텐데요."

"리카도의 법칙 말씀인가요?"

"……리카도의 법칙?"

"네. 정확히는 리카도의 비교우위론이에요. 아버지께 들은 내용인데……."

어쨌건 그놈의 밥상머리 교육에서 나온 이야기임을 언급할 필요는 있었다.

리카도의 비교우위론.

어디까지나 이론이고, 현실은 다소 다르지만.

이를테면 기회비용의 가치 판단 방법이다.

A는 a와 b를 잘한다고 할 때.

B는 오직 b만을 잘한다.

이때 A가 생산 가능한 총량 중 a의 최댓값이 10, b의 값은 12라고 하자.

그리고 B가 생산하는 a의 최댓값은 6, b의 값은 10.

이때 A는 a와 b 둘 다 생산하는 것보다 B로부터 b를 수입하고 a를 수출하는 것이 더 큰 이득이 된다.

쉽게 말하면.

"조금 더 잘하는 것까지 무리해서 하기보단, 남보다 훨씬 잘할 수 있는 것에 집중하는 편이 좋다는 거죠."

"그럼…… 성진 군은 본인의 바이올린 실력보다도 사업에 더 빼어난 소질이 있다고 생각하는 거군요."

그 말을 꺼낸 이태석의 입장은 '선택과 집중'이라는 불문율을 들먹인 것이지만.

문어발식 확장을 일삼는 삼광은 물론 그렇게 일처리를 하지 않는다.

실제 이론대로 적용되어 버리면 상품은 어느 한쪽의 독점으로 기울어지고, 거기서 전략자원화되는 상품이 될 여지가 커지기 때문.

전부 다 잘할 수 있다면.

굳이 남에게 그 기회를 양도할 필요가 없다.

'무선사업과 관련해 퀄컴이 펩리스로 CDMA 통신칩 기술을 독점한 것도 마찬가지지……. 그쪽도 손을 보곤 있지만.'

거기까지 언급할 필요는 없고.

나는 그걸 내색하는 대신 미소를 지었다.

"아직 제가 뭘 잘할 수 있을지 모르는 이상, 할 수 있는 건 두루 체험해 보려고 해요."

내 말에 백하윤은 눈을 빛내며 고개를 끄덕였다.

"즉, 성진 군은 이것저것 다 해 보고 싶다? 후후, 재밌네요."

"네. 그래서 음악도 해 보고 싶은 거구요."

나는 백하윤과 단둘이서 나누었던 이야기를 슬쩍 패로 꺼내 들었다.

놀란 건 사모였다.

"어머, 성진아, 그게 무슨 소리니?"

그리고 방금 전부터 줄곧 멍하니 나를 보는 윤아름.

이제 와선 그러려니 하는 한성진.

무슨 이야긴지 도통 따라오지 못한 채 그냥 고기를 열심히 썰고 있는 한성아.

백하윤은 인물들의 면면을 살핀 뒤 빙긋 웃었다.

"성진 군, 1층에 가면 맛있는 아이스크림을 파는 곳이 있어요. 잠시 기다리고 있을래요? 저는 잠시 명선 양이랑 할 이야기가 있어서."

사모는 무슨 이야기인가 싶어 나와 백하윤을 번갈아 보았지만.

"네, 알겠습니다."

마침 메인디시도 다 먹었겠다, 나는 디저트 대신 자리를 비켜 달라는 완곡한 말에 응하기로 했다.

"자, 그럼 우린 아이스크림 먹으러 가자."

먼저 일어서서, 엘리베이터를 기다리는 사이.

"······너 대체 뭐니?"

어처구니없어하며 중얼거리는 윤아름의 말을 한성진이 어깨를 으쓱이며 받았다.

"누나, 엄마 친구 아들이라고 알아요?"

"응? 당연히 모르지. 한군네 어머니는 누구신데?"

뭐, 한성진은 어머니가 없지만, 이제 와서 그런 걸 내색할 녀석은 아니었다.

"비유예요, 비유. 보통 엄마들이 '엄마 친구 아들은 전교 1등이고 어쩌고' 하잖아요?"

"그렇······지?"

엄마 친구의 딸이거나 아들이거나.

어쨌건 쉬이 공감이 가는 내용이어서 윤아름이 고개를 끄덕였다.

"그런 거예요. 엄마 친구 아들. 성진이 말론 엄친아라고 하던데, 뭐. 쟤가 그런 애예요."

"······혹시 전교 1등도 하는 거야?"

"네. 그러니까 그러려니 하세요."

"······."

"아, 그리고 저는 전교 2등······."

"안 궁금해."

"······네."

"그리고 말 놔. 한 살 차이에 무슨 존대니? 네 동생도 말

놓는데 그냥 누나라고만 불러."

"어? 으응. 알았어."

그나저나 엄친아란 말이 이 시대에도 먹힌다니.

이거 참 시대를 초월한 관념이로군.

"그렇게 됐으니 누님, 우린 우리끼리 사업 이야기나 하
자."

내 말에 윤아름이 움찔하더니 질색했다.

"사업? 무슨 사업?"

띵.

엘리베이터가 도착하고.

"무슨 사업이긴. 엔터 사업이지."

나는 엘리베이터에 올랐다.

"슬슬 소속사가 필요하지 않아?"

한성진 남매는 나를 따라 냉큼 엘리베이터에 탑승했고.

윤아름은 들어오지 않고 잠시 망설이더니.

"……."

엘리베이터 안에 발을 디디며.

"……그래? 어디 한번 들어나 볼게."

내 곁에 섰다.

"조금 흥미도 있고."

나는 미소를 지었다.

"물론 흥미로울 거야."

3장

결과적으로, 나는 백하윤의 바른손레코드와 손을 잡았다.

형태상은 새로이 SJ컴퍼니의 자회사를 설립해 바른손레코드와 SJ컴퍼니의 지분을 나눠 가지는 형태.

내 쪽에서 대부분의 자금을 대고, 경영 일부와 인력 알선은 바른손레코드 측이 부담하기로 했다.

그것을 유상훈 변호사에게 하달했더니.

'사장님, 또 일거리를 늘리셨습니까?!' 하며 우는 소릴 해대서 달래 주느라 고생을 좀 했다.

하긴, 인력을 충당할 필요는 있지.

여기서 잠깐.

과연 SJ컴퍼니의 정체성은 어떻게 되는 것인가.

삼광전자의 자회사이자 소프트웨어 개발 회사이며 유통 회사에 국내외 하드웨어 유통 및 인력 파견 회사이고 펀드 회사이기도 하며 이제는 엔터테인먼트 회사이기까지.

이렇듯 온갖 잡탕이 뒤섞인 것이 내가 사장으로 있는 SJ컴퍼니였다.

'너무 빨리 키웠나?'

나는 정리차 띄워 놓은 내 방의 모니터 화면을 보며 생각에 잠겼다.

'하지만 돈이 될 만한 것이 사방에 널린 마당인데, 이걸 놓칠 순 없지.'

다만.

나는 브라운관 모니터를 가만히 쳐다보았다.

'어쨌건 분산을 해 둘 필요는 있겠어.'

거기에 맞춘 인력 수급도.

타닥, 타닥.

나는 도표에 타이핑을 이어 갔다.

'이게 여기서 막히네.'

모니터에는 모회사인 삼광전자에서 받아 온 자원들이 기입되어 있었다.

멀티미디어 사업부의 일부를 받아 온 것이긴 해도.

'이건…… 계륵인데.'

어느 사업이건 마찬가지지만, 특히 다방면에 손을 뻗치고 있는 삼광의 경우는 부서 간 업무 연계가 필수적이었다.

'이태석의 노림수야.'

당장 이번 창업의 계기가 되었던 게임기 유통 사업만 하더라도, 우리가 획득한 라이센스를 이용해 공장에서 금형을 찍어 내는 건 하드웨어 사업부와 협력해서 처리할 일이었다.

'자회사의 목줄을 쥐고 흔들겠단 거지.'

그렇다고 다른 회사와 계약하는 건 일종의 반역이나 다름없고, 결과적으론 남 좋은 일만 시켜 줄 뿐이니 어불성설.

'게다가 언제든 직원을 도로 빼 갈 수 있게끔 해 뒀고.'

상위 부서가 건재하고 협조가 필수불가결한 상황에서.

계륵 같은 부서를 적당한 자회사로 분류시켜 타 부서의 압박을 줄이고, 이득은 이득대로 챙기는.

'말 그대로 멀티.'

……씁.

정말이지, 이태석의 이런 철두철미한 부분은 혀를 내두르게 한다.

'그나마 소프트웨어와 유통의 재량권을 넘겨주었다는 것 정도는 안심할 만해.'

마침 2학기 개학을 기점으로 '마이티 스테이션'의 신규 기종을 출시할 예정이었다.

번들로 제공 예정인 '한글 94'와 '일산대백과사전'은 마케팅적 측면에서 쏠쏠한 재미를 볼 것이 예상되지만.

'사실상의 캐시 카우인데 나눠 먹는 게 너무 많아.'

그러니 사업 자체가 사실상 큰돈이 되지는 않는다.

'여기선 명분 다지기용으로 써먹는 데서 만족하고 넘어가야지.'

아직은 대기업 완성형 PC가 대세지만, 오래 지나지 않아 조립형 PC가 대세가 되는 시대가 온다.

'그러니 조립형으론 대체하기 어려운 노트북(laptop) 시장으로 넘어갈 필요가 있다……고 하기엔.'

노트북이 본격적으로 대중화되는 건 2000년대 후반쯤 하드웨어 성능이 폭발적으로 성장한 뒤의 이야기다.

아직은 배터리도, 금형도, 성능 면에서도 머나면.

'한 번 크게 꺾일 때가 오겠군.'

그러니 사실상 SJ컴퍼니의 본체랄 수 있는 멀티미디어 사업부는 모회사인 삼광전자와의 동아줄 정도로만 취급해야 할 일이었다.

'몇 년 뒤 IT 산업이 급성장할 때 내 회사의 영향력도 커진다.'

문제는 그 전에 닥칠 IMF 사태를 어떻게 극복하느냐가 관건.

자칫하면 구조 조정을 당해 모회사인 삼광전자로 다시 흡수될 가능성도 있으니까.

'그 전까지 채권을 갚는 게 우선.'

그러니 SJ컴퍼니는 그 안에 재정적으로 자립한 뒤, 건실하게 흑자를 낼 수 있다는 걸 증명할 필요가 있었다.

'……실패하면 나중에 물어뜯길 구실만 제공하겠지.'

하지만 멀티미디어 사업부 일부를 인수한 정도로는 당장의 가시적인 성과를 내기 힘든 게 당연했다.

'멀티미디어 사업부는 이태석이 고성장 황금기의 장밋빛 미래를 전제로 만든 것이니까.'

내가 여기서 끌어올 수 있는 거라면.

'내게 할당된 인적 자원이지.'

나는 그중에서 특별히 기입해 둔 남경민 팀장의 인적 사항을 가만히 쳐다보았다.

'전기전자공학 전공, 나이스트에서 석사 학위 취득. 입사 당시에는 무선사업부를 지망. 조직 개편 도중에 멀티미디어 사업부로 배속…….'

원래 '역사'대로라면 멀티미디어 사업부가 폐쇄되면서 그즈음 덩치가 커진 무선사업부에 편입된 듯하지만, 확신은 못하겠다.

'언제 한번 만나 봐야겠어.'

내게는 서로가 서로를 이용하려는 것이 아닌, 상호 협력 관계의 인재가 필요했다.

30년 뒤에 있었던 이성진의 죽음은 비단 망나니로 살았기 때문만은 아니었다.

당시의 이성진은 가진 것에 비해 그 능력이 애매했다.

제대로 된 후계자도 아니었고, 그런 주제에 수저를 잘 물고 태어나 그룹의 지분을 상당 부분 차지.

그런 녀석이 은근 욕심은 많아서 남이 가진 걸 탐내기까지.

'그러니 때가 오기 전까지 압도적인 능력과 재력을 갖추지 않으면 안 돼.'

한번은 이성진의 친동생인 이희진에게 모든 걸 물려주고 쥐 죽은 듯 살아 볼까 생각도 했지만, 결국 칼날은 어떻게든 나를 찾아올 것이 분명했다.

'왕자의 운명.'

이성진에게 빌붙으려는 자, 그리고 가진 배경을 어떻게든 이용해 먹으려는 자가 있기 마련이고, 자연히 그걸 예방하려는 자도 있기 마련.

그럴 생각이 없다 하여도 이성진을 중심으로 한 같잖은 파벌이 생겨날 것이다.

'이렇게 된 이상은 정면 돌파뿐이야.'

아이러니한 이야기지만 결국 금수저에겐 금수저 나름의 고충이 있는 법이었다.

'그러자면 나 자신의 힘을 키워야 하고, 거기엔 그룹이 관여된 것이 아닌 오롯한 나만의 자산이 필요해.'

삼광이 손대지 않은 일.

그러기 위한 엔터 사업이었고, 내가 구축하고 있는 포털 사이트며 구상 중인 IT 관련 사업 또한 그와 연계된 것이었다.

'하지만 검색엔진을 만드는 게 이렇게 어려울 줄이야.'

괜히 구글이 세계 최대의 기업이 된 것이 아니었다.

전생의 내가 컴맹이 아니었더라면, 어떻게든 그 지식으로 아류를 만들어 보았겠지만.

'시스템 운용, 프로그래밍, 데이터 분석, 시스템 처리, 자연어와 기계어에 대한 이해, 네트워크…….'

내가 목표로 하는 것이 요구하는 무수한 제반 기술에 결국 두 손을 들고 말았다.

'……구글도 98년 창업이었지?'

그런 상황에 아직은 94년, 인터넷의 태동기.

이렇다 할 전문가가 나오지도 않은 시대였고, 누구와 손을 잡을지, 어떻게 풀어 가야 할지 모를 망망대해의 나룻배에 탄 기분이었다.

'이거, 대학교와 연계해서 연구소를 하나 차려야 하나…….'

일산대백과의 DB만 있다면 어떻게든 그걸 주춧돌 삼아 빌드 업이 가능할 거라고 여긴 내가 안일했다.

'일단은 보류. 다만, 내 눈이 너무 높았던 걸 수도 있으니.'

포털 사이트 구축은 중요도를 상위에 올려 둔 상황에서 잠정 보류 처리하기로 했다.

따르릉.

정적을 깨우는 벨소리에 나는 책상 옆에 놓인 핸드폰을 쳐다보았다.

핸드폰은 묵직한 충전기에 꽂혀 있었는데, 이 시대에도 핸드폰 자체는 초창기의 벽돌 같은 것에서 서서히 경량화에 접어드는 추세였으나 충전기만큼은 책상 한구석을 독차지할 만큼 커다랬다.

'발신자 번호도 안 뜨고.'

올해 말 처음으로 애니콜 브랜드를 붙인 휴대전화기가 출시될 예정이지만, 지금 쓰고 있는 건 작년에 나온 것을 법인으로 구매했다.

'비싸긴 하지만 재벌물이 들어선가, 아니면 미래의 스마트폰 가격에 아직 익숙해서 그런가. 별 감흥이 없네.'

그래도 거의 100만 원 가격이긴 했다.

그것도 이 시대에.

'감안한다곤 해도 비싸긴 비싸네. 이러니 한동안 부의 상징이니 뭐니 했겠지.'

나는 충전 단자에 꽂혀 있던 핸드폰을 손에 들고 안테나를 길쭉하게 뽑아 창가로 갔다.

"여보세요."

-여보세요? 성진이니?

이 시대는 통화 품질이 조악해 누구인지 목소리만으론 가늠하기 어려웠지만.

"아름 누님이신가?"

-응, 맞아. 엄마랑 이야기가 잘 풀렸거든. 그래서 보고차 전화했어.

내 짐작대로였다.

"조건은 괜찮지?"

-잘 모르겠어. 엄마 말씀으로는 내가 버는 돈 일부를 너한테 줘야 한다면서?

"온전히 내 주머니로 들어오면 좋겠다만."

-무슨 뜻이야?

"뭐긴, 법인과 개인의 구분이지. 그 몫의 수입은 내 개인 자산이 아니라 회삿돈이 될 거야."

-……아무튼 그렇게 됐으니 알아 두라고. 그런데 성진이 너, 지금 뭐 하고 있어?

나는 전화기를 어깨 사이에 받친 채 컴퓨터를 쳐다보았다.

"일."

-일? 무슨 일?

"애들은 몰라도 돼."

-내가 누나거든? 그리고 이제 한배를 탔으니까 나도 네가 하는 일이 뭔지 알아 둘 권리가 있다고 생각하는데.

윤아름은 제법 그럴 듯한 말로 반론을 펼치려 했지만.

"만일 내 경영 방식에 이의를 제기하고 싶다면 5% 이상의 지분을 가져 와. 이사회에 참석은 시켜 줄게."

-……뭐야 그게.

"농담이야. 지금은 자회사로 분리할 법인을 구상 중이었어."

─…….

내 말에 한참을 침묵하던 윤아름이 말을 고쳤다.

─근데 너, 있잖아. 내일 일요일인데, 시간 있으면 라이온킹 보러 갈래? 들으니까 그거 되게 재밌대.

"아, 그거."

─……설마, 본 거야? 이제 막 개봉한 건데? 아직 안 한 곳도 있고…….

당연히 봤지.

전생에 비디오로.

'그러고 보니 이맘때 개봉했구나. 세월 참.'

그런데, 그 말에서 문득 생각난 게 있었다.

영화.

산업. 마케팅.

그리고…….

─음, 그러면 저번 달 개봉작이긴 하지만, 스피드라도 보러 갈래? 할리우드 영화인데, 버스가 계속 달리는 그런 내용이래. 나도 아직 본 건 아니고.

그것도 비디오나 케이블에서 몇 번씩 봤지만.

그런 것과는 별개로 머리가 팽팽 돌았다.

─아, 흠. 흠. 착각은 하지 말고. 데이트 같은 게 아니라, 어디까지나 소

속사 배우로서, 공부를 위해 움직이는 거니까……. 여보세요? 응? 끊겼나? 들려?

"아, 미안. 통화 상태가 안 좋아서."

나는 윤아름의 말을 받았다.

"내일 잠깐 들를 곳이 있는데, 그래도 괜찮다면야."

ㅡ정말?! 아, 흠, 흠. 그러자, 그럼. 너 라이온킹은 본 거 같으니까…….

"아니. 라이온킹으로 해도 돼. 아니지, 오히려 애들끼리 보는 거라면 라이온킹을 봐야지."

명작은 몇 번씩 봐도 좋은 법이다.

그것도 극장에서 보는 거라면 더더욱.

ㅡ애라니, 다시 말하지만 내가 더 누나거든? 그리고 12살이니까 나는 12세 이상 관람가 봐도 된다. 뭐.

"됐고, 그럼 내일 10시. 씨티극장."

ㅡ응? 아, 응. 알았어. 강남이지?

"그래, 거기서 보자. 겸사겸사 일처리도 하고."

ㅡ응! 늦으면 안 돼.

전화를 끊은 나는 몇 가지 일을 마무리한 뒤, 곧장 1층에 있는 이태석의 서재로 향했다.

똑똑.

"아버지, 이성진입니다."

아무리 요즘 우리 둘의 사이가 부쩍 좋아졌다지만.

공무를 보러 방문한 것이다 보니, 나 스스로도 구분을 짓느라 어조가 딱딱했다.

이윽고 문 너머로 이태석의 목소리가 들렸다.

"들어오거라."

나는 이태석의 서재로 발을 디뎠다.

동양풍으로 꾸민 이휘철의 개인 서재와는 달리, 이태석의 서재는 다분히 서양풍이었다.

서류가 그득 쌓인 마호가니 테이블과 양장본으로 빼곡한 책장.

눈에 띄는 장식품이라곤 전무한 곳이었지만, 이태석의 개인 서재는 반듯한 가구와 어질러진 서류 더미가 기묘한 대칭을 이루며 독특한 균형감을 연출하고 있었다.

이태석은 읽고 있던 서류를 내려놓으며 고개를 들었다.

"무슨 일이냐?"

"큰일은 아니고, 여쭤볼 것이 있어서요."

"큰일이 아니긴. 네가 나를 찾아올 땐 항상 굵직굵직한 사안을 들고 오면서."

피식 웃어 버린 이태석이 커피포트가 놓인 탁자로 향했다.

"그래, 네 어머니께 들으니 오늘 연주를 썩 잘했다지? 그리고 우연히, 네 어머니의 은사인 백하윤 여사님을 뵀고."

이태석은 '우연'이라는 말에 일부러 힘을 주었다.

"우연이더냐?"

"그럼요."

나는 시치미를 뗐다.

어느 정도 의도는 했지만, 이번 만남과 결과 자체는 우연이었다.

"공교롭기도 하군. 하긴, 우연이건 필연이건 중요한 건 그게 아니지. 기회를 포착하고 그걸 잡아채느냐 마느냐일 뿐."

딸칵.

조용히 끓어오른 독일제 커피포트에서 이태석 몫의 커피가 머그컵에 담겼다.

「어린 나이에 카페인은 해롭다.」

저번에도 그런 이유를 들먹이며 제 몫의 커피만을 탔던 이태석이었는데.

"홍차라도 마실 테냐?"

이번엔 내 방문에 맞추기라도 한 양, 못 보던 영국제 다기가 놓여 있었다.

'아버지, 홍차에도 카페인은 있는데요.'

나는 그렇게 말하는 대신 고개를 끄덕였다.

모처럼의 배려에 초를 칠 생각은 없었으므로.

"감사합니다."

이태석은 이른바 '식도락'에 별다른 흥미가 없는 인물이었다.

급식이야 필요에 의해 어느 정도 꿰고 있지만 그것도 어디까지나 '배급'과 '사업'이라는 요소의 이야기였고, 그조차도 기반을 다지자마자 그룹 내 다른 계열사에 떠넘겨 버렸다.

"자, 마셔라."

그래서 이태석이 타 준 홍차에는 찻잎이 둥둥 떠다니고 있었다.

'이러니 그도 식품 관련해선 손도 안 댔지. 흠, 계열사 중 하나인 신화식품 인수도 생각은 해 봐야겠는걸.'

쓰디쓴 홍차를 한 모금 마신 나는 입안에 든 찻잎을 손가락으로 빼내며 입을 열었다.

"아버지, 삼광 그룹에서도 인터넷 관련 사업을 추진 중이죠?"

커피를 마시려던 이태석이 입매를 비틀었다.

"거참…… 알고 있었구나."

그랬다.

내가 윤아름과 통화하며 떠올렸던 것.

'깜빡 잊고 있었지.'

그럴 것 같지 않던 삼광도 사실 인터넷 사업에 발을 들인 적이 있었다.

정확히는 인터넷(www)이 아닌, PC통신(BBS)이지만.

'그리고 그건 97년에 개봉하는 영화 〈커넥트〉에도 쓰였더랬지.'

비록 PC통신 시장 자체의 쇠락과 함께 잊히고 만 것이긴 했으나.

'이미 그 기반이 있다면야 이용하지 않을 수가 없잖아?'

나는 보란 듯 미소를 지었다.

"맞아. 계열사 중에 관련 업무를 하는 곳이 있다."

이태석은 시원시원하게 털어놓았다.

"저번에 네가 임정주라는 사람을 통해 인트라넷 관련한 일을 추진하려던 적이 있었지. 하지만 우리 회사도 이미 그룹 내 연산망을 관리하는 곳이 있어."

역시.

SJ컴퍼니 설립 당시 내가 전달했던 임정주의 제안을 뜨뜻미지근하게 받아들인 까닭이 있었다.

'그러면서 SJ컴퍼니엔 알아서 하라는 양 인트라넷 개설에 도움을 주지 않았어. 이태석은 어쩌면 내 회사를 오롯이 독립된 법인으로 운영하려는 생각인 건가?'

내가 이태석의 의중을 헤아리는 사이, 그가 말을 이었다.

"게다가 얼마 전, 한국통신에서 KORNET이라는 상용 인터넷 서비스를 시작했지."

6월, 불과 얼마 전 일이었다.

"더욱이 정부에서도 관련한 움직임을 보이고 있다. 아직 어떻게 될지는 모르겠으나……. 다들 너처럼 이 차세대 기술에 흥미를 갖고 있단다."

내 기억에, 95년쯤 정부 주최의 '초고속 정보통신망 마스터플랜'이 기획된다.

'그걸 1년 앞서 관련 정보를 갖고 있다니, 삼광은 삼광이군.'

하긴, 김일성의 죽음도 정부보다 앞서 눈치챘다는 소문이 도는 곳이다.

뉴스를 보는 이태석의 얼굴도 왠지 '그렇군' 하는 정도의 감상밖에 비치질 않았던 거 같고.

어쨌건 프로젝트 결과, 2000년대에 들어서 대한민국은 세계 최고 수준의 인터넷망을 구축하는 것이 내가 알고 있는 역사였다.

"왜, 이젠 그쪽 사업부도 욕심이 나는 거냐?"

이태석의 짓궂은 농담에 나는 픽 웃었다.

"욕심은 저희 집안의 미덕이 아니었나요?"

"하하, 이거 참. 아버지가 네게 이상한 걸 가르쳤군."

내가 보기엔 욕심 많기론 이태석도 만만치 않다.

유전인지, 교육인지.

"하지만 그쪽 관련해선 내가 큰 도움을 줄 수 없다."

미소를 거둔 이태석의 목소리가 진지했다.

"멀티미디어 사업부는 삼광전자 내부의 하위 부서였으니 어떻게 편법이 먹혀들었지만, 네트워크 관련한…… '삼광네트워크'는 같은 모회사를 두고 있긴 하되 엄연히 삼광전자와 분리된 별개의 계열사야."

이태석은 내가 알아듣기 쉽도록 에둘러 말했지만, 대강의 내용은 눈치챌 수 있었다.

'즉, 관련 지분이 없단 이야기군.'

삼광 그룹의 구도는 익히 알려진 대로 다소 복잡하다.

삼광 그룹 자체는 창립자인 이휘철 회장이 모든 것을 아우르곤 있으나 그 휘하 각종 자회사로 이루어진 계열사는 직계가 아닌 여러 친인척에게 나뉘어 있었다.

이태석의 '나이 차이가 많이 나는 사촌 형들'은 이태석이 경영에 참석할 수 없을 만큼 아주 어릴 적부터 이휘철을 도와 삼광을 키워 냈고.

그런 '개국공신'들 앞에선 제아무리 이휘철 회장의 장자인 이태석이라고 해도 다른 계열사의 업무 내용에 개입하는 건 '선'을 넘는 행위였다.

이런 상황에선 삼광 그룹의 직계인 이태석이라 할지라도 개입하기가 껄끄럽다.

'굳이 긁어 부스럼 만들 필요는 없다.'

그것이 이태석의 입장이었고, 이런 엄정함은 역으로 장래 개망나니 이성진의 계승 구도에도 영향을 끼쳐, 집안 내 파벌을 가르는 원인이 되었다.

'이성진은 그런 계승 구도에 발을 걸치려는 세력에 이용되었고.'

이태석은 생각에 잠긴 나를 물끄러미 쳐다보았다.

"그래도 어쨌건 너도 하나의 회사를 운영하는 사장이니, 그런 사장 된 입장에서 제안을 하는 거라면 한번 들어 주도록 하마."

말을 마친 이태석은 싱긋 웃어 보였다.

"어차피 너도 그런 목적으로 질문을 하러 온 것이겠지?"

이태석의 말은 슬슬 나를 '국민학생 아들'이 아닌 비즈니스적인 입장에서 대우하려는 것처럼 들렸다.

'물론, 이태석이 타 준 맛없는 홍차를 마시러 온 건 아니지.'

나는 이태석의 바람대로 본론을 꺼냈다.

"아버지, 잠시 컴퓨터 좀 쓸 수 있을까요? 보여 드릴 게 있거든요."

"응? 아, 그래. 잠시만."

이태석은 자리를 비켜 주었고, 나는 그 자리에서 인터넷에 접속해 내가 만든 포털 사이트를 보여 주었다.

"제가 만든 홈페이지예요."

"……이걸 네가 만들었다고?"

이렇다 할 GUI 인터페이스도 없는 화면이었지만, 이태석의 눈빛이 바뀌었다.

인터넷의 태동기에 이런 걸 뚝딱 만들어 낸 나를 대견해하면서도 한편으론 그가 가진 사업가로서의 촉이 발동한 듯싶었다.

"그래, 뭘 하는 사이트냐?"

"포털 사이트예요. 말 그대로 인터넷의 대문이죠."

"……내가 그런 개념을 모를 거라 생각해서 설명하는 건 아니겠지?"

"아, 어떤 서비스를 제공할 수 있는지 말씀이시죠?"

나는 검색창에 무엇을 쓸까 생각하다가 윤아름이 말한 라이온킹이 생각나서 '사자'라는 단어를 두드렸다.

페이지가 뜰 때까지 잠시 기다리고.

일산대백과사전의 DB에서 추출한 검색 결과가 나오며, 그 결과로 이어지는 하이퍼링크가 떠올랐다.

"이렇게 기본적으로는 검색 서비스를 제공할 예정입니다."

"흐음."

모니터를 들여다보던 이태석이 고개를 끄덕였다.

"그래. 일산출판사 측과 디지털 사전 출판 계약을 맺었다고는 들었다. 이건 그 데이터인 모양이구나?"

"네. 하지만 이건 사실, 약간의 편법이죠. 아직 제대로 된 검색엔진을 갖춘 건 아니에요. 공부를 하다 보니까 막히는 부분도 많고……."

나는 슬쩍 이태석을 살폈다.

이태석은 내가 띄워 놓은 검색 결과를 보며 가늘게 뜬 눈

사이로 안광을 번뜩이고 있었다.

'가능성을 봤군.'

나는 말을 이었다.

"……지금은 단순히 일산대백과사전의 데이터베이스만을 찾아 단순히 그 결과만을 보여 줬을 뿐이에요. 제가 목표로 하는 곳에 이르려면 좀 더 체계화된 기술이 필요하죠."

이태석은 묵묵부답.

어떻게, 조금 더 심화 지식을 끄집어내야 할까 생각하던 중에.

그가 혼잣말을 중얼거렸다.

"……흠, PC통신이 아닌 인터넷이라."

나는 그 틈을 놓치지 않고 얼른 끼어들었다.

"네, 아버지. 제 생각에 결국 네트워크라는 건 전 세계가 이용할 수 있어야 한다고 보거든요."

"전 세계?"

"네. 반면 PC통신은 비록 지금은 그 속도며 편의성 측면에서 인터넷을 앞서가고 있지만 아무래도 플랫폼적 측면에서 한계가 있잖아요? 하이텔을 쓰는 사람은 하이텔만 쓰고, 천리안을 쓰는 사람은 천리안만 쓰는 식으로."

"그렇지."

"하지만 인터넷은 그런 제약이 없어요. 게다가 시간이 지나면, 분명 인터넷에 접속하는 시간도 단축될 거예요. 속도가 느리단 단점도 완화되겠죠."

"……."

"그렇게 되면 국내에만 한정되고 마는 PC통신이 아닌, 전세계가 정보를 공유하는 인터넷이야말로 이용률 측면에서 압도적인……."

"잠깐."

"네."

이태석은 메모지를 꺼내더니 빠르게 무언가를 휘갈겼다.

"좋아, 계속 이야기해 보자. 성진이 너는 장래 인터넷이 PC통신을 넘어설 것이라 예상하고 있구나."

"그렇습니다."

"하지만 만일 그렇게 된다면 비용 문제는 어떻게 처리할 거지?"

PC통신과 인터넷의 근본적인 차이점.

PC통신은 이용자들에게 별도의 요금을 받고 사이트를 운영한다.

반면 인터넷은 통신사를 통해 통화료만 받고 마니, 그 자체로는 당장 수익을 거두기 힘든 모델인 것도 사실.

여기서 대기업의 논리가 끼어들게 된다.

가시적인 성과가 나오는 사업이 아니라면, 대기업은 손을 대지 않는다는 것.

삼광을 비롯한 대기업이 백년대계를 설계할 생각이 없어

서 하지 않는 것이 아니다.

그중, 삼광의 인사 시스템은 장단점이 뚜렷했다.

이는 요약하자면 '성과에 따른 보너스 지급'이라고 할 수 있는데, 성과는 각 분기별로 결산되며 여기엔 임직원의 평가에도 영향을 끼쳤다.

역으로, 재무제표가 예쁘게 정리되는 뚜렷한 수익 모델을 제시할 수 없다면.

'그건 고과의 무덤이기도 하단 의미.'

자연히 유능한 인재는 지속적으로 안정적인 수익을 거둘 수 있는 사업부를 희망하게 되고, 임원들은 재계약을 위해서라도 단기 수익 모델에 집착하게 된다.

그래서 같은 계열사라도 어느 사업부에 소속되어 있느냐에 따라 연봉도 천차만별.

결국 돈이 되는 사업은 살아남고, 돈이 되지 않는 사업은 도태된다.

이는 이휘철이 주창하는 '선택과 집중'에 특화되어 있고, 삼광을 대기업으로 거듭나게 한 원동력 중 하나임은 틀림없지만.

반대로 장기적인 플랜을 짜고 차근차근 업적을 쌓아 올리는 데엔 부적합한 요소이기도 했다.

장기적인 플랜이라고 해 봐야, 임원들의 재계약 임기인 2~3년짜리가 대부분.

'그래서 부서를 없앴다 합쳤다 하면서 조율을 하는 거지만.'

이러니 회사의 덩치가 너무 커도 문제다.

이태석이 팬 끝을 메모지 위에 톡톡 두드리며 입을 열었다.

"네가 나를 찾아와 인터넷 이야기를 늘어놓은 건, 여기에 그룹 차원의 지원이 필요하단 생각에서였겠지."

그 말은 그룹 및 계열사와 연계해서 삼광이 추구하는 시스템적인 핵심을 짚고 있었다.

"그러자면 주주들을 설득할 필요가 있고, 네가 말한 이것에 상품성이 있다는 걸 보여 주어야 한다. 자, 성진아."

이태석이 나를 지그시 쳐다보았다.

"인터넷은 PC통신과 달리 이용 요금을 받지 않는다. 그걸 전제로, 네가 만든 포털 사이트에 어떤 가치가 있고 무엇을 통해 수익을 거둘 수 있을지 이야기해 보자꾸나."

그 또한 내가 던진 화두에서 인터넷이 미래의 핵심 축이 되리란 것을 다시 한번 자각한 듯했다.

이태석은 지금, 인터넷의 태동기에서 어떤 길을 걸어야 할지 기로에 서 있었다.

나는 준비해 둔 답을 내놓았다.

"제가 생각하는 인터넷은 이를테면 광장이에요."

"광장."

그리고 이태석이 메모하는 걸 기다렸다.

"계속해 봐라."

"네. 그리고 이곳은 아주 넓고 막막한 광장이에요. 뭐가 있는지도 모르고, 어떤 것이 제 역할을 하는지도 모르는 곳이죠."

"그렇지."

"여기서 포털 사이트는 길잡이 역할을 할 거예요. 어디에 가면 무엇이 있는지, 그리고 바라는 게 무엇인지 데려다주는 거죠."

이태석은 잠시 생각하더니 메모지에 '길잡이'를 끼적이곤 고개를 끄덕였다.

"그래, 네 식대로 비유하자면 PC통신은 처음부터 돈을 받고 어느 방에 입장하는 것에 해당하겠구나. 게다가 방에 불과하니 광장과 넓이도 다르겠고, 처음부터 약도가 주어지지. 하지만 인터넷은 그렇지 않다. 거기서 길잡이 역할을 할 포털 사이트의 역할이 필요해진다? 계속해 봐라."

"네, 그리고 무엇을 해야 할지 모를 막막한 광장을 찾아온 사람들은 되도록 우수한 길잡이에게 안내를 부탁하겠죠?"

"음."

"그리고 이왕이면 저번에 신세 진 적 있는 익숙한 길잡이를 택할 거구요."

내 말에 이태석이 미소를 지었다.

"선점 효과로구나."

"그렇습니다. 그러니 이런 일은 되도록 빠르게 선점할 필요가 있어요. 아직 다른 길잡이들이 찾아오기 전에요."

"제법 재밌는 이야기였다. 그런데, 아직 핵심에 다가가진 못했다."

이태석이 웃음기를 거두고 진지한 얼굴로 물었다.

"그 길잡이도 밥은 먹고 살아야겠지. 순수한 선의만으로 안내를 해 주는 건 어리석은 일이다. 그래, 길잡이는 뭘 먹고 살지?"

즉.

돈은 어떻게 벌어들일 생각이냐.

급식 때도 그랬지만, 이태석은 일을 추진하기에 앞서 수익을 어떻게 취할지를 가장 중요하게 생각했다.

"맞아요. 그런데 길잡이도 묵묵히만 있으면 재미가 없겠죠?"

"흠. 가는 길에 무어라 떠들기도 하겠지."

"네. 그런데 그 떠드는 내용 중엔 '네가 찾는 것 중에 이런 상품이 있는데' 하는 말을 할 수도 있을 거예요."

내 말을 들은 이태석의 눈빛이 변했다.

"호오."

이태석은 가늘게 뜬 눈으로 나를 물끄러미 쳐다보았다.

"광고 수익을 노리는 거냐?"

역시, 이태석은 이태석이었다.

광고(Advertisement).

포털 사이트의 수익은 대부분이 광고로 이루어져 있다.

"일견 괜찮은 생각이긴 하다만, 광고만으로 가능할까?"

나는 고개를 끄덕였다.

"네. 광고 시장은 이미 안방 깊숙이 자리 잡고 있잖아요."

게다가 미래에는 그와 관련한 훌륭한 성공 사례도 있다.

구글.

구글은 전체 수익의 80% 이상을 광고에서 충당했으며, 그러한 구글의 지주회사인 알파벳은 2020년 기준 시총 약 1조 달러에 육박하는 거대 공룡이 되었다.

'구글이 될지 야후가 될지는 아직 알 수 없지만.'

하지만 거기까지 밝힐 순 없는 노릇이므로, 내 주장의 근거를 다른 곳에서 가져올 필요가 있었다.

"들으니까 텔레비전만 하더라도, 시청률이 높은 프로그램은 광고비도 많이 낸다면서요?"

"그렇지. 방송업계는 사실상 광고 수익으로 굴러가는 구조니까."

"네. 그리고 편성된 프로그램이 무엇이냐에 따라 광고 내용도 달라지고요."

"그렇지. 만화영화 전후엔 장난감 광고가 나오고, 심야 방송엔 맥주나 자동차 광고가 나오는 식으로 시청자의 수요층에 맞춘 광고를 내보내지."

"더군다나 인터넷은 그 수요 예측을 더 정확히 할 수 있을 거예요."

내가 하는 이야기는 단순한 광고가 아닌, 맞춤형 광고를 목적으로 하고 있었다.

"즉, 그건 광고를 검색 내용에 맞춘 거냐?"

"그것도 있지만요."

나는 모니터에 띄워 둔 포털 사이트에 로그인을 했다.

"이렇게, 이메일을 제공하는 회원 가입을 받을 거예요."

"이메일? 흠…… 이메일이라."

이메일.

그 자체는 이미 PC통신에서도 서비스하고 있는 것이었고, 삼광 인트라넷에서도 부분적으로 실행하고 있는 내용이었다.

"네. 포털 사이트에 이메일 서비스를 병행한다면 나중에 있을 다른 길잡이들에게 선점한 것도 빼앗기지 않을 수 있 겠죠?"

"……"

"그리고 이렇게 로그인한 상태에서 포털 사이트 검색을 하 게 되면 관련한 데이터가 축적되어서 개개인에 맞춘 광고와 서비스를 제공하는 것도 가능해질 거예요."

"잘 들었다."

이태석은 메모지에 이메일과 데이터 수집을 끄적이곤 팬을 내려놓았다.

"하지만 네 의견은 몇 가지 전제 조건이 있구나. 하나는 PC 보급률이 대폭 증가해야 한다는 것이고, 다른 하나는 그에 맞춰 인터넷 이용 인구가 비례해야 한다는 점이다. 마지막으론."

이태석이 말을 이었다.

"설령 그런 환경이 갖춰진다 하더라도 진입 장벽이 높을 거란 점이지. 설령 인터넷의 속도가 빨라진다고 하더라도 지금으로선 연결에 따른 비용 문제를 충당하기 어렵다. 일반 대중들이 통신비를 부담하기란 퍽 대중적이지 않거든."

맞는 말이었다.

아직까진 인터넷(PC통신) 이용 시간 = 통화 요금의 증가라는 함수관계가 상식이었으니까.

하지만 정부는 다른 사업자들에게 기간망 사업을 허용, 여러 회사가 자사의 광케이블망을 이용한 사업에 끼어들게 된다.

이러한 정부의 통신 시장 개방 조치는 90년대 말, 2000년대 초에 걸쳐 시장 경쟁을 유발하였고, 급기야 정액제 요금을 앞세우는 회사까지 나오게 되며 초고속 인터넷 서비스는 저렴한 가격으로 온 국민의 안방에 자리매김한다.

다만, 그런 것까지 밝히기엔 그러잖아도 SF적인 성격이

짙은 내 주장에 오컬트까지 끼얹게 될 여지가 있어서, 그저 어깨를 으쓱이는 걸로 답을 대신했다.

"미래에는 다들 인터넷을 저렴하게 이용하게 되지 않을까요?"

"……."

축약이 심했나?

이태석은 일순 어처구니없다는 듯 나를 보더니 고개를 저었다.

"이론대로 시장이 항상 수요와 공급 요건을 따른다면 그렇게 될 지도 모르지. 뭐…… 그건 일단 보류해 두고."

이태석이 메모지에 '인터넷 요금 경쟁?' 하고 끼적였다.

그리고 톡, 톡, 메모지를 펜 끝으로 두드리던 이태석은 시선을 잠시 위로 올려 '이메일'이라고 써 둔 부분에 동그라미를 치며 눈을 빛냈다.

"성진아, 혹시 이메일에도 값을 매길 수 있지 않을까?"

큰일 날 소리.

그걸 시도했다가 업계 1위의 선점 효과를 빼앗기고 몰락하고 만 어느 포털 사이트가 있었다.

그래서 나는 얼른 이태석의 말을 부정했다.

"아뇨, 이메일 또한 무료로 해야죠. 포털 사이트의 역할은 어디까지나 편리한 입구여야 한다고 생각해요."

내 말에 이태석이 피식 웃었다.

"길잡이였다가 입구였다가, 비유의 내용이 계속 바뀌는구나."

"으음, 그럼 길잡이로 할까요? 음, 이를테면 다른 길잡이가 '우리는 편지를 공짜로 배달해 줍니다' 하고 홍보하기라도 하면, 다들 거기로 발길을 돌릴 거라고 봅니다."

"흠……."

이태석은 고개를 끄덕였다.

"그렇다면 부분 유료화는? 아마 이메일이 노출되면 무분별한 광고 메시지가 날아갈 거다. 일상에서도 각종 전단지가 날아오곤 하니까."

앉은 자리에서 스팸메일을 예견한 이태석의 선견지명은 훌륭했지만.

"그것도 별로일 것 같아요. 그로 인해 상대 측에서 가입 요건으로 자사의 이메일 주소를 사용하지 않을 것을 조건으로 내걸 수 있거든요. 다른 사이트에서도 항상 광고만 보내는 것이 아니라 공지며 단체 알림을 보낼 일도 있을 거예요."

"……호오."

그런 역사가 있었다.

정확히는.

이메일 서비스가 자리매김한 초창기, 많은 인터넷 이용자가 '스팸 메일'에 골치 아픈 나날을 보내고 있었다.

그래서 당시 이메일 업계 1위를 고수하고 있던 국내의 한

업체는 이러한 '대량 발송 메일'에 유료화를 선언, 스팸메일 사태를 방지하고자 했다.

이게 바로 그 유명한 '온라인 우표제'로, 결과적으론 여러 가지 사항을 장고한 끝에 나온 악수였다.

늘어나는 이용자, 그에 따른 서버 비용 충당을 위해 개인이 아닌 기업을 과금의 대상으로 선택한 건 일견 현명해 보였다.

하지만 선점 효과를 누리고 있던 그 업체의 선택은 결국 실패로 끝났고, 경쟁 업체의 배만 불리는 꼴이 되고 말았다.

'이메일의 유료화'라곤 하지만, 일반 사용자에게 가입비나 이용에 비용을 청구해서 불거진 일은 아니었다.

그러나 '온라인 투표제'에 반발한 기업들이 가입 시 타사 이메일 주소를 요구하기 시작했고, 그렇게 업계 1위 이메일의 점유율은 차츰 깎여 나갔다.

나는 이상의 내용을 간추려(미래의 일을 이야기할 수는 없으므로), 마치 내가 생각해 낸 양 떠들었다.

"……결국 비즈니스는 주고받는 관계인 법이니까요."

이태석이 잠잠하게 있어서 고개를 돌렸더니, 그는 입을 일자로 다문 채 나를 물끄러미 쳐다보고 있었다.

"왜 그러세요?"

이태석은 빙긋 미소를 지었다.

"왠지 아까 전부터 마치 결과가 이렇게 될 거란 걸 예측하고 있다는 듯 말하는구나."

"……."

일순, 선을 넘고 말았는가 생각했다.

그러나.

"……뭐, 그만큼 비전이 확고하단 걸 수도 있겠지."

다행히 이태석은 그에 관해 감탄은 하되 깊이 생각하진 않은 듯했다.

"하지만 저번부터 네 주장은 항상 그 주장의 근거가 빈약…… 흠."

이태석은 무어라 중얼거리다가 다시 입을 꾹 다물더니 커피를 한 모금 마셨다.

후룩.

짧은 시간 동안의 침묵, 이태석이 머그컵을 내려놓으며 다시 입을 뗐다.

"어쨌건 흥미로운 이야기였다. 그리고 제법 재미는 있었다만."

이태석이 텅 빈 머그잔을 책상 한구석으로 치우며 의자를 앞으로 끌어당겼다.

"길잡이 비유는 여기까지로 하자. 이젠 비유로 통용될 이야기의 수준이 아니게 될 테니까."

"네."

"그럼, 정리해 보자꾸나. 포털 사이트의 근간은 인터넷에 있어 일종의 OS 역할을 한다는 것인데…….”

우리는 머리를 맞대고 이태석의 메모지가 **빽빽**하게 바뀔 때까지 논의를 나눴다.

“일종의 작은 홈페이지를 만든다? 그래, 여기서 나오는 정보 또한 견인 요소가 될 수 있겠구나.”

……

“집단 지성…… 흥미롭군. 이건 다시 한번 짚고 넘어가자. 그래, 우리가 가진 일산대백과의 사전적 정보를 베이스로 깔고서…….”

……

“온라인 주문과 배송 서비스. 이건 금융 쪽 계열사와 연계해 봄 직하고…….”

똑똑.

노크 소리에 우리는 고개를 들었고, 문이 열리며 사모가 얼굴을 배꼼 들이밀었다.

“어머, 밤이 깊었는데 대체 남자 둘이서 뭘…….”

그제야 이태석은 벽에 걸린 시계를 보더니 눈을 깜빡였다.

“벌써 시간이 이렇게 됐나?”

“암만 내일이 일요일이라도 그렇지, 애는 일찍 재워야죠. 당신도 참.”

이태석은 사모의 핀잔에 다소 무안한 듯 헛기침을 하더니 내 등을 부드럽게 두드렸다.

"늦었으니 이만 들어가서 자거라."

"예, 아버지."

"오늘 이야기한 건 주중에 회사로 들고 가서 논의를 해 보도록 하마."

결과가 명확하진 않았지만, 비교적 긍정적인 반응을 이끌어 내는 데 성공했다 여기기로 했다.

"그럼 저는 방에 올라가 보겠습니다. 안녕히 주무세요."

나는 이태석과 사모에게 인사한 뒤 방으로 돌아갔다.

'씨는 뿌려 뒀지만, 잘 성장할지는…….'

간단한 세안을 마친 서명선이 얼굴에 팩을 붙인 채로 침대에 누웠다.

그사이 이태석은 옆자리에서 이성진과 함께 작성한 메모지를 보며 골똘한 생각에 잠겨 있었는데, 서명선은 그런 이태석을 힐끗 쳐다보았다가 베개에 머리를 붙였다.

"안 주무세요?"

"……생각할 게 있어서."

"일찍 주무셔야죠. 내일 오전에 필드 나갈 일 있다면서."

"그렇긴 한데."

이태석이 메모지를 협탁에 올려 두곤 서명선을 보았다.

"그러고 보니 오늘 당신의 은사인 백하윤 여사를 뵀다지?"

"네, 맞아요. 오랜만에 만나 뵈니 좋던걸요."

"흠, 당신이 그렇게 적극적으로 움직일 줄은 몰랐는데. 이거 참, 아버지껜 이 조우를 어떻게 설명해야 할지 고민이야."

은근한 농담이 섞인 이태석의 말에 서명선은 무심코 쓴웃음을 지었다가 얼굴에 붙인 팩을 의식하며 얼른 표정을 고쳤다.

"먼저 움직인 건 제가 아니라 선생님이었는데요?"

"음?"

"네. 오늘 있죠, 성진이의 연주가 있고 나서 대기실로 가보니 이미 이야기를 나누던 중이었어요."

이태석은 서명선의 말에 잠시 멈칫했다.

"그분이?"

"말했잖아요. 오늘 성진이 연주가 아주 뛰어났다고. 파가니니의 카프리스를 제법 멋들어지게 해냈어요."

당시만 하더라도 아들이 엔터테인먼트 사업에 진출한단 이야기로 머릿속이 복잡해 흘려듣고 말았던 내용이었다.

거기서 이태석의 사고가 반전했다.

"……혹시."

이태석이 눈을 가늘게 떴다.

"오늘 심사위원으로 백하윤 여사가 나오신단 걸 성진이한 테 말했어?"

서명선은 이태석을 올려다보며 베개에 머리를 붙인 채 고 개를 갸웃했다.

"네? 아뇨. 저도 선생님이 계셨을 줄은 몰랐는걸요. 미리 알았더라면……. 저도 따로 준비를 더 했을 거예요."

하긴, 사실상 거의 의절하다시피 했던 서먹서먹한 관계였 으니.

더군다나 이태석이 파악하고 있는 서명선의 성격상 그녀 는 일부러 아들을 이용해 그런 자리를 모략할 만한 됨됨이는 아니었고, 기억 속의 백하윤 또한 남에게 쉽사리 정을 주지 않는 꼬장꼬장한 인물이었다.

한편으론 이성진의 연예 기획사 설립 건은 그 자리에서 '우연히' 만났던 윤아름이라는 아역 배우를 고용하는 것으로 이루어졌다.

이태석으로선 그것이 누구의 기획이고 의도였는지 좀처럼 파악하기 어려웠는데, 지금 생각해 보니.

'성진이가 처음부터 모든 걸 계획했던 건 아닐까?'

무심코 그런 생각을 떠올렸다.

'CBS 주최의 콩쿠르였다고 했지. 학교에 있던 성진이의 인맥을 통하면 심사위원으로 누가 앉았는지 충분히 알아낼 수 있어. 하지만.'

백하윤은 의도하고 계획했다고 해서 그런 식으로 만날 수 있는 사람이 아니었다.

　또, 백하윤과 서명선은 오늘 화해를 한 모양이지만, 서명선이 결혼과 동시에 음악계에서 발을 뗀 이후 둘 사이엔 기묘한 감정의 골 같은 것이 팬 상태였다.

　'백하윤이 먼저 화해의 제스처를 내민 건가?'

　아니지, 그 자존심 강한 백하윤이 그럴 리 없다.

　세월이 흘러 유순해지기라도 한 거라면 모르겠지만, 들리는 소문이나 행보에 따르면 그런 것도 아니었다.

　'게다가 아내의 반응에 의하면, 성진이의 바이올린 솜씨가 보통이 아니라는 건데…….'

　정말로 단순하게, 단순하게 생각하자면 백하윤이 이성진의 바이올린 솜씨에 반해 심사위원석을 박차고 한달음에 달려갔단 이야기였다.

　"……이거 참, 어렵군."

　이태석의 복잡한 생각 바깥으로 혼잣말이 흘러 새어 나갔다.

　"뭐가요?"

　"내 아들이 천재라는 사실이."

　"당신도 참. 저 팩하고 있는데."

　서명선은 또 이태석이 농담을 하나 싶어 웃었다가, 웃음기 하나 없는 그 얼굴에 미소를 거뒀다.

"솔직히 말하면."

그사이 이태석이 담담하게 입을 열었다.

"그동안 나는 사업 관련해서 성진이 뒤에 아버지가 있는 걸로 생각했어."

"……."

"물론, 요즘 들어 태도가 몰라볼 만큼 의젓해지긴 했지. 한 기사네 애들을 한 지붕 아래 들이고 어른스러워진 건 좋아. 하지만 가끔 그런 생각이 들었단 말야. 어린애와 어른이 뒤섞여 있는 거 같은 부자연스러움."

이태석의 말에 서명선은 얼굴에 붙인 팩을 떼고 상체를 일으켜 침대 머리판에 등을 기댔다.

"의젓해져서, 또래 애들 앞이기도 하니 그걸 의식하느라 그런 게 아닐까요?"

"달라. 뭐, 어쨌거나 내가 생각한 대로였다고만 쳐도 영특한 건 변함없고, 그게 기특하기도 했지. 하지만……."

조금 섬뜩할 지경이었다고.

이태석은 의식의 표면 위로 떠오른 그 말을 스스로 인정하고 싶지 않아 속으로 삼켰다.

"……만약 당신과 내 입장이 반대였다면."

그래서 이태석은 의식의 수면 아래에 있던 다른 말을 힘겹게 끄집어냈다.

"내가 본 성진이의 천재성이 바이올린에서도 비슷한 수준으로 드러났다고 한다면, 당신이 얼마나 속이 깊은지 알 것도 같아."

서명선은 이태석의 머리를 끌어안고 그 눈가에 가만히 입을 맞췄다.

"그래서 저는 당신이 좋은걸요."

"……."

"괜찮아요. 우리, 성진이가 태어났을 때……. 그 아이가 뭘 하건 응원해 주기로 했잖아요?"

서명선이 이태석과 이마를 맞댄 채 미소를 지었다.

"지금은 아니지만, 나중에 성진이가 뭘 하고 싶은지 그 아이의 생각이 확고해지면, 그때. 그 애가 하고 싶은 걸 마음껏 하게 해 주면 돼요."

반강제적으로 가업을 이어받게 된 이태석도 자신의 아들에게는 같은 길을 걷도록 강요할 생각이 없었다.

지금은 아버지 이휘철이 건재하니 그 상황을 살피고 있을 뿐이지만.

아니, 그렇게 생각했지만.

그 스스로도 이성진의 미래가 기대되는 것이 사실이었다.

'그래서 나도 모르게 열을 올리고 있는 건가.'

이태석은 고개를 들어 서명선을 향해 미소를 지었다.

"당신에겐 늘 고맙고 미안해."

"어머, 이 길은 제가 선택한 거예요. 당신이 저에게 미안

해할 필요는 없어요."

그렇게 말하며 서명선은 슬쩍, 네글리제의 어깨 끈을 풀었
다.

"대신 뭐, 마음껏 고마워해도 되긴 하지만?"

"……."

셋째는 계획에 없었는데.

계획대로 풀리지 않는 하루의 밤이 깊어 갔다.

4장

"라이온킹 재밌었어!"

한성아의 말에 한성진은 동생의 손을 꼭 잡은 채 쓴웃음을 지었다.

"그러게, 나도 재밌었어."

"응, 오빠. 나도 다음에 티몬과 품바처럼 벌레 먹어 볼래!"

"……아니, 그건 좀."

말하면서, 한성진은 힐끗 뚱한 얼굴을 한 윤아름의 눈치를 살폈다.

'나도 이런 자리인 줄 알았으면 안 나왔지.'

모처럼 이성진이 '영화 보러 가자'고 말해서 일요일 아침부터 부리나케 준비해 동생 손을 잡고 집 밖으로 나왔더니.

거기엔 최대한 잘 꾸미고 나온 윤아름이 서 있었더랬다.

그 순간 한성진은 시간이 멈춘 듯한 느낌을 받았다.

극장 앞에 서 있던 윤아름이 너무 아름다워서 첫눈에 반했다는 의미가 아니라.

'이건 아니잖아!'

니들이 왜 여기 있어, 하는 얼굴의 윤아름의 얼굴을 보자마자 한성진은 자신과 동생이 불청객이었다는 것을 깨달았다.

한성진이 암만 국민학생이라고 해도, 그 정도 눈치는 있었다.

그래서 자연스레 발길을 돌리려고 했는데.

「어디 가?」

정작 이성진은 태연했고, 윤아름은 성큼 걸음으로 다가와 이성진 앞에 바투 섰다.

「야, 이성진. 이게 대체…….」

「왜, 누님. 문제 될 거라도 있어? 약속에 늦은 것도 아니고.」

「……으그극.」

결국 한성진은 이성진과 윤아름 사이에서 영화를 보며 울

고 웃는 한성아를 옆에 끼고, 좌불안석인 채 영화를 보아야
만 했다.

그리고 지금, 윤아름은 한성진의 시선을 눈치채곤 뚱한 얼
굴로 툭 내뱉었다.

"……뭐, 왜."

"……아, 누나. 성아 데리고 화장실 좀 다녀와 줄래? 얘가
콜라를 다 마셔 버려서, 일단 한 번 다녀와야 할 거 같아."

가까스로 용건을 떠올렸더니 윤아름은 앙금이 남아 떨떠
름한 얼굴이긴 해도 얌전히 고개를 끄덕였다.

"그랬어? 그 정도야 뭐. 성아야, 언니랑 화장실 다녀오
자."

"쉬 안 마려운데?"

"조만간 그렇게 될 거야. 콜라 다 마셨다면서."

둘은 두런두런 이야기를 나누며 인파로 북적이는 화장실
로 향했다.

그리고 그와 엇갈려 팝콘 박스를 버리고 온 이성진이 손을
탁탁 털면서 한성진에게 합류했다.

"응? 성아는 어디 갔어?"

"아름 누나랑 화장실."

"거참. 말은 좀 하고 움직이지."

변변한 핸드폰도 없는 시대에, 하고 말하려던 이성진은 그
냥 어깨를 으쓱였다.

"별수 없네. 여기서 기다릴까."

"아, 근데 성진아. 잠깐만."

한성진이 주위를 살폈다가 이성진의 소매를 잡아끌고 조금 한적한 곳으로 이끌었다.

"왜?"

"너, 아침에 우리한테는 아름 누나가 있을 거라고 말 안 했잖아."

"안 했나?"

"안 했어."

했다면, 적당히 눈치를 봐서 미리 거절하거나 알아서 빠져나올 수도 있었을 테니까.

한성진이 말을 이었다.

"어차피 이것도 아름 누나가 먼저 제안했던 거지?"

"어떻게 알았어?"

"어떻게 알았긴…… 네가 먼저 나서서 그런 말을 한 적은 없었으니까."

한성진의 핀잔에도 불구하고 이성진은 그런 걸 눈치챈 한성진이 기특하다는 듯이 싱글벙글 웃고 있었다.

'동갑인데, 또 애 취급하고 있어.'

한성진이 살짝 인상을 찌푸렸다.

"웃을 일이 아니야. 이건 그거잖아, 데이트 신청? 그런 자리에 나랑 성아가 끼면 안 되는 거 아니야?"

그 말에 이성진이 피식 웃었다.

"알아. 그렇게 안 만들려고 너희들 부른 것도 있어."

"……엥?"

"아, 오해는 하지 말고."

이성진이 손사래를 쳤다.

"마침 이 기회에 다 같이 영화라도 한 편 보고 나면 괜찮지 않을까, 생각했거든. 왜, 영화는 좋았잖아?"

한성진은 떨떠름한 얼굴로 이성진의 말을 긍정했다.

"흐으으음. 그건 그렇지. 영화는 재밌었어."

뒤이어 한성진이 픽 웃었다.

"그러게, 생각해 보니까 성아 데리고 이렇게 따로 나와 본 적은 거의 없었네. 덕분에 잘 나왔어."

"내 말이. 그리고 겸사겸사 몇 가지 일처리도 할 겸."

"일?"

"응, 마침 근처거든."

한성진도 최근 이성진이 뭔가 '사업'을 하고 있다는 건 알고 있었다.

어제도 콩쿠르를 마친 뒤 백하윤과 이런저런 이야기를 주고받으며 계약서에 서명하는 것을 보았고, 학교에서도 이성진은 바빴으며, 그건 집에서도 마찬가지였다.

"이번엔 무슨 일인데?"

"아직은 설명하기 애매해. 자세한 건 네가 좀 더 크면 자세히 알려 줄게."

"……생일은 내가 더 빠른데."

또래를 지나치게 애 취급하는 건, 이성진의 안 좋은 버릇 중 하나였다.

한성진이 봐 온 바로 이성진이 애 취급을 하는 범위는 국민학교 6학년생이라고 해서 다를 것이 없었고, 심지어는 과외 선생인 최소정에게도 어느 정도 그런 낌새가 있을 정도였다.

그나마 이성진도 군대에서 복학한 대학생 형들이나 대학교 고학년 누나들 정도에게는 어느 정도 어른 취급을 해 주었다.

한성진은 그런 이성진을 보며 '너무 똑똑해도 탈'이라는 생각을 했다.

'그만큼 평상시 노력도 많이 하지만.'

그러면서 잠시 기다리고 있으려니 윤아름과 한성아가 돌아왔다.

"다녀왔어!"

이성진이 미소 띤 얼굴로 한성아를 보았다.

"손은 씻었지?"

"응!"

"자, 그럼 움직이자."

"……애들 데리고 어디 가는데?"

윤아름의 말에 이성진이 씩 웃으며 대답했다.

"사무실."

⬡

우리는 한창 공사 중인 부지를 지나 도로에 접한 7층짜리
빌딩으로 향했다.

"사무실이 이런 곳에 있는 거야? 여기저기 공사로 난리도
아니네."

윤아름은 인상을 찌푸렸고, 나는 어깨를 으쓱였다.

"몇 년만 지나도 여기가 사무실이라고 은근히 자랑하게 될
걸?"

"흥. 그건 두고 봐야지."

94년, 역삼동은 오피스텔 건축 붐이 일고 있었다.

이때에도 압구정과 연한 역삼동은 '땅값이 비싸다'며 투자
자들이 투자를 꺼리는 곳이었지만, 개발이 끝난 뒤에는 값어
치가 더 올라서 '빚이라도 내서 투자할 걸 그랬다'는 원망과
자책이 어린 땅이기도 했다.

그리고 나는 건물 외벽에 등 기댄 채로 서 있는 남자를 보
았다.

짧은 스포츠 컷에 선글라스 차림의 덩치 큰 이 남자는 어
떤 말을 갖다 붙여도 쉽게 친해질 인상이 아니었지만.

"혹시 마동철 씨 되십니까?"

내가 먼저 다가가 건넨 말에 남자는 추파춥스를 입에 문 채로 선글라스를 살짝 내려 나를 보았다.

언뜻 드러난 눈빛이 제법 매서웠고, 가까이서 보니 거의 190센티미터는 되어 보이는 거구가 내 어린 현재 신장과 대비되며 실제보다 더 커 보였다.

"……혹시, 그쪽이 이성진 사장님이십니까?"

"마동철 씨가 맞나 보군요. 반갑습니다, 이성진입니다."

먼저 손을 내밀자 마동철은 헛웃음을 터뜨리더니 솥뚜껑 같은 손으로 내 손을 가볍게 맞잡았다.

"이거 참, 대표님께 듣기는 했는데……. 반갑습니다. 마동철입니다."

조폭 같은 인상이며 걸걸한 목소리와 달리, 이 바닥에서 잔뼈가 굵은 마동철의 말씨는 제법 유순했다.

뒤이어 마동철은 지레 경계하는 아이들을 쭉 둘러보더니 윤아름 앞으로 가 쪼그려 앉아 눈높이를 맞췄다.

"윤아름 씨죠?"

윤아름은 자신을 향한 존대에 살짝 주눅이 들어 말을 받았다.

"예? 아, 예…… 그런데요……."

"사진보다 훨씬 이미지가 좋네요. 바른손레코드에서 파견 나온 마동철 실장입니다. 앞으로 잘 부탁드리겠습니다."

마동철의 인사에 윤아름은 화들짝 놀란 눈치였다.

"예? 아저씨가 제 매니저예요?"

"흐음, 실망하셨습니까?"

"……."

입을 꾹 다문 윤아름을 앞에 두고 마동철은 주머니를 뒤적거리더니 추파춥스 두 개를 꺼냈다.

"사장님보다 제 전담 배우님께 우선권을 드리죠. 무슨 맛으로 하시겠습니까?"

"……딸기요."

"탁월한 선택이십니다."

윤아름이 사탕을 집어 가자, 마동철은 뒤이어 한성아에게 사탕을 내밀었다.

"초코맛, 먹을래?"

"네."

한성아는 냉큼 받았고, 한성진이 한성아의 머리를 꾹 눌렀다.

"인사해야지."

"아, 맞다. 감사합니다!"

그런 한성아를 보며 싱긋 웃은 마동철은 이어서 한성진을 보았다.

"미안한걸. 사탕이 다 떨어져서 사장님이랑 네 몫은 이따가 사다 주마."

"괜찮아요, 안 먹어도."

애는 애 취급 하지만, 업무와 관련된 윤아름과 나에겐 존대를 표하는 마동철이었다.

'그러면서도 한참 어릴 터인 윤아름이나 내게 깍듯하니, 공과 사가 뚜렷하겠군.'

백하윤이 직접 선별해서 내게 맡긴 인물이었으니, 외모야 어쨌건 그 능력은 의심할 바가 아니었다.

윤아름은 조금 껄끄러워하고 있었지만, 마동철의 됨됨이를 보니 머지않아 친해질 것 같고.

거기에 바른손레코드의 실장급 매니저라고 했겠다, 백하윤은 지금의 윤아름이 배우로서 가진 역량 이상의 매니저를 붙여 준 것이 틀림없었다.

나는 그에게 미소를 지었다.

"일요일인데 나오시게 해서 죄송합니다."

"아뇨, 원래 주말도 평일도 구분 없는 직종이어서요. 일 없으면 주말이고 일 있으면 평일입니다."

"그렇군요."

"자, 그럼."

영차, 하고 마동철이 우리와 눈높이를 맞춰 주기 위해 쪼그렸던 몸을 일으켰다.

"만나 뵙게 된 건 반갑습니다만, 사장님. 굳이 이런 장소에서 약속을 청하신 까닭을 여쭤봐도 되겠습니까?"

나는 고개를 끄덕였다.

"네. 뒤에 있는 건물이 저희 사무실이거든요."

그 말에 마동철은 어라, 하며 고개를 뒤로 돌렸다.

"아, 여기가 사무실이었습니까?"

"네. 아직 아무런 집기도 없지만요. 일단 임대해 둔 건물이어서, 자리만 잡으면 됩니다."

마동철이 건물과 나를 번갈아 보기에, 나는 미소 띤 얼굴로 물었다.

"저한테 궁금한 거 없어요?"

내 말에 마동철이 씩 웃었다.

"입은 무겁게, 발걸음은 가볍게. 그게 제 신조거든요. 업무상 필요한 거라면 말씀해 주십시오."

마음에 들었다.

나도 필요에 의해 연예계에 약간 발을 들이밀고 안쪽을 살피던 사람이었지만, 내가 살았던 시대와 지금은 때가 달랐다.

'프로 의식이 결여된 작자들이 많았지.'

미래의 마동철이 무슨 일을 하고 있었을지는 모르겠지만, 이런 사람이면 무엇을 했건 한가락 했으리란 생각이 들었다.

"일단 들어가죠."

나는 일행을 이끌고 엘리베이터로 향했다.

"몇 층이 좋아요? 아, 3층은 빼고요."

내 말에 마동철은 무슨 의미인지 대강 눈치챘다는 양 입꼬리를 올리더니 윤아름을 보았다.

"아름 씨, 몇 층으로 할까요?"

"네? 음. 7층, 가장 높은 곳으로 할게요."

"그럼 저도 7층으로 하겠습니다."

"그런데 그거, 무슨 뜻이에요? 건물 구경?"

윤아름의 질문에 마동철은 나를 보더니 씩 웃곤 입을 다물었다.

우리는 7층으로 올랐다.

그리고 모습을 드러낸, 넓고 텅 빈 오피스 공간.

"여기면 되겠어요?"

"잠시만 살펴보겠습니다."

마동철은 주위를 두리번거리더니 창문을 열어 보기도 하고 화장실로 들어가 물을 확인하는 등 다소 분주하게 돌아다니다가 돌아왔다.

"좋군요. 다만 1인 소속사치곤 너무 넓어서 휑할 지경입니다."

"차차 충원할 생각이에요. 아니면 가벽을 쳐서 사무실을 구분해도 되고요."

"알겠습니다."

"그럼, 견적 한번 뽑아 보시죠?"

마동철은 고개를 끄덕이곤 일수가방처럼 생긴 백에서 메

모지와 서판을 챙기더니 돌아다니면서 슥슥 도면을 그렸다.

'그냥 시켜 본 건데 제법이잖아. 인테리어를 한 적이 있는 건가?'

내가 그 모습을 지켜보고 있으려니, 윤아름이 내 옷을 꾹 잡아당겼다.

"지금 여기서 뭐 하는 거야?"

"뭐 하긴. 여기가 우리 사무실이야."

"엥? 그런 거였어?"

그제야 윤아름은 창문 쪽으로 달려가더니 코를 바짝 붙이고 공사가 한창인 전경을 바라보았다.

"아, 그렇구나……. 여기가 사무실이었어. 건물이 비어 보이던데, 내가 처음이야?"

나는 윤아름에게 다가갔다.

"그런 건 아니고."

"응? 아, 3층에 누가 있댔지. 누구야?"

"내가 주주로 있는 회사. 그건 그렇고 마음에 들어?"

윤아름은 주위를 둘러보더니 고개를 끄덕였다.

"앞으로 일하게 될 사무실이라고 생각했더니 마음에 들기 시작했어. 아, 그럼 여기도 이제부터 꾸미는 거지?"

"그래. 혹시 생각나는 필요한 게 있으면 매니저한테 말하고."

"응. 그런데 여기 네 건물이니?"

"아니, 임대라니까."

내 빌딩은 아직 지어지지 않았다.

"그럼 구경하고 있어. 나는 3층에 다녀올 테니까."

"어, 같이 가면 안 돼? 여기엔 아무것도 없는걸."

말하며 윤아름은 마동철을 힐끗 쳐다보았는데, 아무래도 아직은 그가 어색하고 낯선 모양이었다.

"뭐…… 그러든가."

나는 마동철에게 다가갔다.

"식사는 하셨습니까?"

"아, 예. 먹고 왔습니다."

"그럼 저희는 잠시 3층에 내려가 있겠습니다. 나중에 필요하면 찾아오세요."

"알겠습니다. 한동안 견적을 짜고 있을 테니 다녀오시죠."

마동철은 시원시원하게 끄덕였고, 나는 아이들을 이끌고 엘리베이터를 탔다.

"마침 점심때네. 가서 피자라도 시키자."

내 말에 한성아가 눈을 반짝였다.

"피자?"

"응, 피자. 아직 안 먹어 봤던가?"

"응!"

사이, 엘리베이터가 3층에 도착했고.

아, 미리 경고해 두는 걸 깜빡했다.

"죽은 거 아니니까, 놀라지 마."

"응?"

문이 열리고, 컴퓨터와 연결선이 복잡하게 얽힌, 파티션 없는 사무실이 모습을 드러냈다.

"……꺅?!"

경고했음에도 불구하고.

윤아름의 비명 소리에 바닥에 누워 있던 사람이 움찔하고 천천히 몸을 일으켰다.

"으어어……."

"서, 서, 서, 성진아! 나 TV에서 봤어! 좀, 좀……."

좀비가 아니다.

마감이 얼마 남지 않은 평범한 개발자들일 뿐.

밤샘 마감 작업에 시달리던 ㈜한국어와 컴퓨터 개발자 일동은 비척비척 믹스 커피를 진하게 타서 마시며 제정신을 차려 갔다.

"끙, 벌써 해가 중천에 떠 있었네."

박형석이 커피를 한 모금 마시곤 부스스한 눈을 떴다.

"그러게, 형, 인력 충당 좀 하시라니까요."

이성진의 말에 박형석은 고개를 가로저었다.

"아직 제대로 된 수익 모델도 없는 상황이잖아. 그래도 이제 막바지니까 납기일에는 맞출 수 있어. 걱정하지 마."

하긴, 프로그램 완성의 막바지라면 신규 인원을 채용하는 일이 다소 곤혹스러울 것이라고, 이성진은 생각했다.

'뭐, 나도 강요는 안 했고.'

이성진이 고개를 끄덕이는 사이, 박형석이 입을 열었다.

"그나저나, 한 군이랑 성아는 알겠는데."

이어서 그는 테이블 맞은편 이성진의 옆에 앉은 윤아름을 보았다.

"너는 누구니?"

"저 모르세요?"

윤아름은 보란 듯 머리를 넘기며 방긋 미소 지었다.

"첫사랑처럼 달콤한 맛, 로제초콜릿."

"……"

"세상에, 오빠 TV도 안 보세요?"

"아, TV에 나왔어? 연예인?"

"네. 윤아름이에요."

"그랬구나. 난 박형석이야. 실은."

박형석이 머리를 긁적이자 비듬이 우수수 떨어져 나왔다.

"요 며칠 집에도 못 가고 있거든."

"으엑……."

윤아름은 기겁하며 이성진 옆에 찰싹 붙었다.

박형석은 그런 윤아름을 향해 피식 웃곤 이성진을 보았다.

"그나저나 무슨 일이야? 여자 친구를 데리고 올 만한 곳은 아닌데."

박형석의 말에 윤아름은 왠지 우쭐한 얼굴이었지만, 이성진은 그 말을 단박에 부정해 주었다.

"그런 거 아니에요. 여기 있는 윤아름 누님은 제 소속사 소속 연예인이거든요."

"소속사? 성진이 너, 엔터 사업까지 할 생각이야?"

"물 들어올 때 노 저어야죠. 이 건물 7층에 들어올 예정이에요."

"그렇구나. 흐음, 뭐."

조금 놀라긴 했지만 박형석은 크게 흥미는 없다는 양 커피를 후룩 한 모금 더 마시곤 자리에서 일어섰다.

"그나저나 이왕 온 김에 코드 좀 봐 줄래? 계속 충돌이 일어나서."

"그러죠."

이성진이 박형석을 따라 자리에서 일어서자, 윤아름이 한성진을 보았다.

"코드? 전원 코드 말하는 거야?"

"아니. 그거 컴퓨터 프로그래밍 용어야."

"뭐? 한군아, 쟤 컴퓨터도 할 줄 알아?"

한성진은 그 말에 어깨를 으쓱였다.

"그러게 말이야."

"……대체 쟤는 못 하는 게 뭔데?"

"으음…… 농담?"

"하긴, 성진이의 유머 감각은 괴상하지. 저번에도……."

두런두런 이야기를 나누는 사이, 컴퓨터가 놓인 구석자리에서 환호성이 터져 나왔다.

"됐다!"

"역시 대주주님!"

"대주주님 만세!"

윤아름은 그 모습을 멀거니 지켜보다가 고개를 저었다.

"이상해……."

그리고 개선장군마냥 의기양양한 얼굴의 이성진과 박형석이 자리로 돌아왔다.

"이야, 어떻게 그걸 발견한 건지 모르겠네."

"별거 아니에요. 과몰입하면 안 보이는 것도 있기 마련이니까, 그래서 발견했던 거죠. 원래 훈수 두는 사람은 항상 잘하는 법이라고 하잖아요?"

"하하, 그런 건가."

"아직 점심 안 드셨죠? 피자라도 시킬까 하는데, 인원수대로 시킬까요?"

"좋지. 아, 맞아. 몇 사람 더 올 거야. 그 몫도 같이 시키자. 내가 살게."

박형석의 말에 이성진이 의아한 듯 물었다.

"또 누가 오나요?"

"아, 그걸 말 안 했네. 민혁이가 심부름을 갔거든."

"그래요?"

이어서 들으니 이성진과 한컴 사이에서 김민혁이 징검다리 역할을 잘 해내고 있는 모양이었다.

"잘하셨어요. 팍팍 부려 먹으세요."

"하하……. 맞아, 그리고 별도로 SOS 요청을 했어."

"SOS?"

"응. 네 덕에 한시름 덜긴 했는데, 그래도 일손이 부족한 건 사실이고."

"소정이 누나요?"

"아니야. 소정이도 바쁜데, 회사와 무관한 사람을 일요일에 불러낼 수는 없지. 최택진 형이라고. 음, 아직 너랑 면식은 없겠네."

최택진.

그 이름이 언급되자 이성진은 빙긋 웃었다.

"한컴의 또 다른 주주 말씀이죠?"

"응, 그래. 맞아. 저번에 말했지? 그 형도 어쨌건 한글 시스템의 근간을 이룬 사람이고. 지금은 한대전자에서 일하고 있는데…… 너라면 금방 친해질 수 있을 거야."

"흠."

이성진은 예의 속내를 읽기 힘든 미소를 지으며 고개를 끄덕였다.

"좋아요. 이 기회에 안면을 트죠."

이성진의 활약 덕분에 다소 여유로워진 사무실로 김민혁이 찾아왔다.

"다녀왔습…… 엥, 뭐야. 다들 부활했네."

김민혁은 어리둥절해하며 고개를 돌렸다.

"성진이도 있고?"

"안녕하세요."

"그래. 아, 한군이랑 성아도 안녕. 그리고…….""

김민혁은 이성진의 인사를 받으며 양손 가득 챙겨 온 부식을 테이블에 놓더니 윤아름을 보곤 고개를 갸우뚱했다.

"……응? 어디서 본 얼굴인데."

그 말에 윤아름은 기다렸다는 듯 머리를 넘기며 방긋 미소지었다.

"첫사랑처럼 달콤한 맛, 로제초콜릿."

"……아, 맞아! TV! 와, 세상에. 연예인을 실물로 보긴 처음인데."

기대했던 그대로 나와 준 김민혁의 반응에 윤아름은 '봤죠?' 하는 눈으로 박형석을 쳐다보았다.

"민혁이 왔냐."

정작 인사를 하러 온 박형석은 별다른 반응 없이 비닐봉투를 뒤적이며 음료수를 꺼내는 중이었지만.

"역시, 콜라! 이게 있어 줘야지. 민혁아, 영수증 줘."

"아, 네. 여기요."

"땡큐. 나는 마감 좀 하고 올게."

윤아름의 시무룩해하는 그 간극 사이로 붙임성 좋은 김민혁이 끼어들었다.

"그, 그, 분명 알았는데, 너 이름이 뭐더라?"

김민혁은 거의 본능에 가깝게, 다른 사람이 무엇을 바라는지 잘 알고 있다.

그래서 윤아름도 다시 우쭐해진 얼굴로 다시 한번 귀밑머리를 쓸어 귓바퀴로 넘겼다.

"윤아름이에요. 잘 부탁해요."

"아, 맞아. 그래. 드라마 잘 봤어. 나는 김민혁. 성진이랑 친한 형이야. 흐음, 그나저나."

김민혁이 싱글싱글 웃으며 이성진의 어깨를 툭 하고 쳤다.

"짜식, 제법인데?"

"뭐가요."

"뭐긴. 그런데 민정이는 어쩌고?"

"걔 이름이 여기서 왜 나와요?"

민정이?

그 이름에 윤아름은 얼굴을 샐룩하며 한성진을 보았다.

"누구야?"

"김민정이라고, 우리 반 부반장. 방금 인사한 민혁이 형 동생이야. 왜?"

"흐음⋯⋯. 흐음, 아무것도 아니야."

"⋯⋯?"

"애들은 몰라도 돼."

그러는 사이 김민혁은 거듭 이성진을 추궁하고 있었다.

"그런데 윤아름은 어떻게 만난 거냐?"

"어저께 콩쿠르 회장에서 만났어요."

"아, 그래. 맞아. 너 바이올린 기깔나게 잘하니까. 당연히 우승했겠지?"

"아뇨, 기권했어요."

"엥, 요즘 애들은 그렇게 수준이 높은가?"

이성진은 그저 어깨를 으쓱이기만 할 뿐이었지만, 한성진이 그 말을 대신 받았다.

"그러게요, 제가 보기엔 제일 잘했는데."

"용용이가 대활약했어요!"

한성아까지 거들고 나선 말에 김민혁은 픽 웃으며 이성진을 보았다.

"그렇담 그럴 만한 이유가 있었겠지. 안 그러냐?"

이번에도 이성진은 의뭉스러운 미소만 지을 뿐이었다.

김민혁은 그런 이성진의 반응을 하루 이틀 일이 아니라는 양 받았다.

"뭐…… 됐고. 그런데 이런 구질구질한 곳에 떠오르는 스타께선 무슨 일이신지?"

"그러게 말이에요."

'떠오르는 스타'란 말에 겸양을 표할 기색도 없이, 윤아름은 이성진을 보며 눈을 흘겼다.

"민혁 오빠, 쟤 눈치 없단 말 많이 듣죠?"

"그렇다고 하기보단……."

김민혁은 이성진이 제 또래를 완전히 애 취급할 뿐이라고 대답하려다가 관뒀다.

"아니, 그런 편이지."

"역시."

의기양양해하는 윤아름을 보며 김민혁은 짧은 생각에 잠겼다.

'뭐라고 딱 내질러 정의하기 힘든 건 사실이야.'

어릴 적부터 교류가 있었으니, 김민혁도 이성진이 어땠는지는 제법 알고 있었다.

다만 당시만 하더라도 그저 싸가지 없고 제멋대로 행동할 뿐인 꼬맹이에 불과했는데.

저번에 박형석과 함께 있을 때 '일거리'를 가지고 온 이성진은 그때부터 어딘지 사람이 달라 보일 지경이었다.

'그새 철이 든 건가?'

김민혁은 예전과 지금의 이성진에게서 보이는 극적인 변화를 그렇게 생각하고 있었지만.

'……이렇게까지 사람이 변하나?'

새삼, 그런 생각이 들었다.

"마침 잘됐네요."

이성진이 웃는 얼굴로 입을 열었다.

"형이 도와줄 일이 조금 있거든요."

"내가? 나, 프로그래밍은 잘 못하는데."

서명선은 한때 김민혁을 가리켜 '컴퓨터 도사'라고 추켜세웠지만, 김민혁의 컴퓨터 실력은 어디까지나 어깨너머로 배운 것에 불과했다.

컴퓨터 동아리에 들락거렸던 것도 그 타고난 마당발이 어쩌다 보니 발길을 거기에 들이게 한 것이었고.

"그쪽이 아니라, 우리 일 관련해서요."

"아, 그쪽. 무슨 일인데?"

"아름 누님이 여기 있는 건 사실, 업무 관련된 것 때문이었거든요."

"업무……."

텅 빈 임대 건물.

그리고 연예인이 하는 일.

눈치 빠른 김민혁은 이성진이 무슨 연유로 윤아름을 여기까지 데리고 온 건지 파악했다.

"설마, 소속사를 차린 거냐?"

"네."

"이거 참……. 그렇다면 이 건물이겠고, 몇 층?"

"7층요. 마침 거기 바른손레코드에서 온 마동철 실장이라는 분이 계시거든요. 거기 가서 조금 도와주시면 고맙겠어요."

"바른손레코드. 음."

김민혁은 머릿속으로 이성진의 어머니인 서명선과 바른손레코드의 대표로 있는 백하윤의 관계를 떠올리곤 고개를 저었다.

"정말이지, 일 한번 제대로 벌이네. 가끔 네가 하는 걸 따라가기 힘들다."

"부탁할게요, 김민혁 CHO(Chief Human resource Officer : 최고 인사 책임자)님."

"으엑, 징그러."

이성진의 미소에 김민혁은 지레 질색하는 척 투덜거리면서 일어섰다.

"이래서야 CHO인지 쵸인지 노예인지 모를 지경인데. 다음부턴 사전에 부하 직원과 상의 좀 해 주십쇼. 이성진 CEO님."

직함상의 대표이사는 서명선이지만.

실질적인 경영은 모두 이성진의 주관이었다.

이성진도 구태여 그걸 지적하진 않았고, 대신 미소로 답했다.

"갑작스레 결정된 사항이었거든요."

"됐네요. 어쨌건 나중에 법인 분리는 할 거지?"

"추진 중이에요. 주중에 처리해야죠."

"아무튼, 말이나 못하면 밉지나 않지."

나중에 보자, 하고 인사한 뒤 김민혁은 엘리베이터로 향했다.

김민혁마저 떠나가자 사무실은 바쁘게 일하는 개발 인력과 자리에 어울리지 않는 어린애들만이 남았고, 한성진은 피자가 올 동안 있겠다며 만화책이 그득 쌓인 휴게실로 한성아를 데려갔다.

그 바람에 탁자가 있는 곳엔 자연스레 이성진과 윤아름 둘만 남았다.

"너 정말로 회사 경영을 하는구나?"

"왜, 그냥 해 본 말인 줄 알았어?"

"그건 아니지만……."

윤아름이 머리를 쓸어 넘겼다.

"나보다 어린데도 벌써부터 본격적인 일을 하니까, 조금 신기해서."

"일이야 누님도 하는데 뭘."

"조금 달라."

이성진의 말에 윤아름은 쓴웃음을 지었다.

"나는 너처럼 누군가에게 지시를 내리는 위치는 아니잖아?"

제법 자조적인 말투에 이성진은 미소를 지었다.

"지시를 내리는 사람이라고 남들보다 더 뛰어나단 증명은 되지 않아. 그런 역할을 맡고 있을 뿐이지."

"……말하는 것 좀 봐. 그래도 그런 것치곤 방금 전에도 뭔가 뚝딱, 일을 해치워 냈잖아?"

"그땐 어쩌다 보니 눈에 보여서 한 거지, 내가 딱히 형들보다 코딩을 더 잘하거나 하는 건 아니야."

"코딩…… 음…… 아무튼 그런 의미로 한 이야기가 아니야. 뭐라고 할까. 사실, 네가 일을 한다고 말했을 때도 어른들이 하는 일을 거들기만 할 줄 알았거든. 그런데 방금 전 민혁 오빠도 네 말에 척척 따르고, 내 매니저라는 동철 아저씨도 그렇고."

거기까지 말한 윤아름은 잠시 입을 다물고 머리를 굴려 머릿속에 든 생각을 언어로 재조합했다.

"그러고 보니 경영이라는 건 하나의 TV 프로그램을 만드는 것과 다르지 않구나, 하는 생각이 들어서."

"어떤?"

"방송국으로 따지면, PD, 그러니까 네가 하는 일은 감독님들이 하는 것과 마찬가지라고 생각해. 각 분야에서만큼은 감독님보다 뛰어난 사람은 많아. 하지만 그 사람들은 그것밖에 몰라. 그런데 감독님은 얕게나마 이것저것을 다 꿰고 계시는 경우가 많거든. 작가가 하는 일, 조명이 하는 일 등등."

"음."

"그런 의미에서 성진이 너는 다방면을 두루두루 꿰고 있는 좋은 감독님들처럼 여러 가지 일을 할 줄 안단 거야. 마음만 먹으면 더 잘할 수 있겠지만 굳이 그러지 않는. 응, 이 것도 어제 네가 식당에서 말한 리카도의 법칙인가 하는 그 거겠지?"

윤아름의 말에 이성진은 씩 웃었다.

"칭찬이야?"

"그래, 칭찬 맞아. 잘하는 건 잘한다고 해 줘야지. 안 그러니?"

윤아름이 그렇게까지 솔직하게 나올 줄은 몰랐기에, 이성진은 조금 당황한 눈치였다.

"아, 응. 그래."

어른들이랑 일을 해서 그런 걸까, 윤아름은 때때로 나이에 비해 제법 어른스러웠다.

"애 좀 봐. 당황하는 걸 보니 이제 좀 애 같네."

윤아름은 배시시 웃으며 이성진의 어깨를 툭하고 쳤다.

"어쨌건 오늘은 이걸 보여 주려고 온 거지?"

"응."

"앞으로 한배를 탔으니까, 잘 부탁할게. 감독님."

"그래, 나야말로. 배우님."

퍽 화기애애해진 분위기 속에서 윤아름이 미소 띤 얼굴로 물었다.

"근데."

"응?"

"김민정이 누구야?"

"……그냥 아는 앤데. 그건 왜 물어?"

띵.

그리고 마침 들려온 엘리베이터 도착 소리에 이성진은 고개를 돌렸다.

피자일까, 최택진일까 생각했더니.

둘 다였다.

"뭐야, 멀쩡하네?"

피자 박스를 든 최택진은 그렇게 말하며 자연스럽게 이성진을 바라보았다.

"거기, 애. 나 좀 도와주지 않을래?"

"아, 예. 물론이죠."

이성진은 최택진이 들고 온 피자 박스를 나눠 받으며 입매를 비틀었다.

'넥스트의 임정주에 이어 AC의 최택진이라. 이거 참.'

어째서 최택진이 피자를 들고 왔는가를 들으니, 건물 입구에서 피자 배달부를 만나 배달 위치를 확인하고, 이 건물 3층임을 확인하자마자 그 자리에서 이미 셈을 치렀다고 했다.

'임정주도 그랬지만 최택진까지. 둘 다 밥을 못 사 줘서 안달이네.'

"성아야, 피망 빼면 안 돼."

"언니도 올리브 뺐으면서."

"아무튼 애들이란……"

윤아름이 잠시 자리를 비운 한성진을 대신해 한성아를 챙기는 사이.

나는 일부러 최택진의 근처를 어슬렁거리고 있었다.

"혹시 핫소스 필요해?"

최택진은 얼굴에 늘 옅은 웃음이 밴 사람이었다.

"아뇨, 괜찮아요."

최택진.

서글서글한 눈매의 청년.

아직 20대 후반에 불과하나, 그는 머지않아 90년대 후반 AC를 창업, 98년도에 런칭한 〈리니스〉를 통해 차후 억만장자가 된다.

지금은 한대전자에 재직 중인 회사원이었는데, 당시에도

진주영 한대 그룹 회장이 '주목할 만한 젊은이'라며 공공연히 떠들어 댈 만큼 회사 내에서도 촉망받는 인재였다고 전해진다.

'그러고 보니 한대전자에서 재직 당시 포털 사이트의 개발을 주도했다지. 어찌 보면 이 시점에선 라이벌인 건가.'

마침, 94년 대한민국의 재계 서열 1위는 한대 그룹이었다.

삼광 역시 대기업이긴 했지만, 이 시점에선 한대 그룹에 밀려 2위를 고수하고 있는 상황.

'삼광도 아직은 엔고의 틈새시장을 노린 박리다매 수출의 2류 기업이지.'

더욱이 공교롭게도, 마침 어젯밤 이태석에게 포털 사이트 개설을 역설했던 바였기에, 그와의 만남은 내게 남다른 감회를 가져오고 있었다.

"그런데."

내게 핫소스를 권한 건 그저 말을 걸 구실이 필요했을 뿐인 건지, 말을 건 김에 그의 질문이 이어졌다.

"성진이 넌 삼광 그룹 사람이라면서?"

"네."

"의외네."

"뭐가요?"

"삼광은 소프트웨어 쪽에 별로 개입할 일이 없을 거라고 생각했거든."

"여기서 그룹 이야기를 하는 건 좀 위험하지 않을까요?"

내 대꾸에 최택진이 몸에 밴 그 어딘지 모르게 수줍어하는 듯한 웃음으로 고개를 저었다.

"아니, 뭐. 그냥 이런 일은 대기업이 할 만한 일이 아니라고 생각했거든. 가볍게 흘려들어 주면 고맙겠어."

하지만 최택진의 말에는 어딘지 모르게 약간의 자조가 묻어 있었다.

'그가 한대전자를 때려치운 뒤 AC를 창업한 것도, 그가 개발한 포털 사이트의 주도권을 두고 한대전자와 한대정보통신 사이에서 벌어진 밥그릇 싸움에 환멸을 느껴서랬지.'

어젯밤 이태석이 포털 사이트를 두고 주저하던 것도, 그런 의미에선 이해가 가는 요소였다.

'삼광은 그런 전철을 밟지 않도록 주의를 기울여야겠지만……'

나는 최택진의 말에 미소를 지었다.

"제가 하는 일은 삼광과는 무관하다고 생각해 주세요. 택진이 형도 여기엔 한대전자와는 무관하게 오신 거죠?"

"응, 그래도 어쨌거나 틀을 만들긴 했으니까, 책임은 지잔 생각으로 온 건데……. 의외로 별로 할 게 없네. 성진이 네가 한 건 했다면서?"

"운이 좋았죠."

최택진이 픽 웃었다.

"운도 실력이지. 그래도 뭐."

최택진은 사무실을 둘러보더니 나를 향해 빙긋 웃어 보였다.

"용케도 한글 소프트웨어에 투자할 생각이 들었구나 싶어. 지금 하는 말이긴 하지만, 사실 별로 돈이 될 거라곤 생각하지 않았거든."

"그래요?"

나는 그를 향해 빙긋 웃어 주었다.

"그럼 지금 지분을 매각하셔도 말리진 않을게요."

"하하, 그런 의미는 아니고."

이제 곧 출시를 앞둔 마당에 지분 포기라니.

"네가 하고 있는 투자가 좋은 거라 생각해서 한 말이야. 애당초 나 역시 한글 응용프로그램의 보급을 목표로 만든 거니까. 국내 PC 시장은 이제 출발 단계에 있잖아? 나 때는 더더욱 이렇다 할 게 없었거든."

그렇게 말한 최택진은 손에 든 피자를 물끄러미 쳐다보다가 한 입 베어 물었다.

"사실, 컴퓨터 시장은 아직도 잠재성이 무궁무진해. 그리고 시장이 커지는 일은 대기업 주도로 돌아가진 않을 거야."

한국에서만큼은 그렇지만도 않지만, 거시적으론 맞는 이야기이기도 했다.

하지만 나는 구태여 그걸 지적하는 대신 최택진의 의중을 떠보았다.

"왜 그렇게 생각하세요?"

최택진은 피자를 우물거리는 동안 머릿속에 든 말을 정리해 낸 모양인지, 입에 든 것을 삼키자마자 자연스럽게 말을 받았다.

"삼광의 관계자인 네 앞에서 할 말은 아니지만, 대기업은 이런 일에 기민하게 대처하기엔 덩치가 너무 커. 서로 간에 이해관계가 맞물려 있고, 의사결정에 책임자를 누구로 할지 정하는 일에 시간을 낭비하기 일쑤니까."

"그렇죠, 아무래도."

"또 이런 일은 수평적인 기업 구조에서 제대로 된 성과가 나오는 거라고 봐. 창의성은 위아래가 없는 관계에서 나오는 거니까."

그는 90년대 초반, 보스턴에 있는 한대전자의 R&D 센터에서 근무한 경험이 있었다.

이때의 경험은 최택진의 인생에 중요한 요소로 자리 잡았고, 특히나 인터넷이 미래를 바꿀 것이라는 생각을 그즈음부터 시작했다는 이야기를 어디서 들은 기억이 났다.

'어차피 비대해질 대로 비대해진 한대전자는 역설적이게도 최택진을 품지 못해. 뭐, 어차피 거기도 밥그릇 싸움이나 하다가 엎어질 거, 내 쪽으로 미리 빼 둘까?'

나는 미소 띤 얼굴로 최택진을 보았다.

"택진이 형은 보니까 남들 아래에선 일을 못 할 타입 같아요."

"하하, 그런가?"

"네. 그러니까 그냥 사장이 되어 버리는 건 어때요?"

최택진은 내 말에 쓴웃음을 지었다.

"그러게, 그렇게 하면 좋겠네."

웃음으로 얼버무리듯 대답한 그는 아무래도 내 말을 '빵이 없으면 고기를 먹으면 되잖아요' 하는 식으로 받아들인 모양이었다.

집안 돈으로 사장 노릇하고 있는 재벌가 금수저의 취미.

'하긴, 자수성가의 대표나 다름없는 최택진이니까.'

그는 집안이 빵빵한 넥스트의 임정주와는 출발선이 다소 달랐다.

거기서 나는 슬쩍, 그가 혹할 만한 이야기를 꺼냈다.

"그러고 보니 얼마 전에 임정주 형이랑도 만나서 이야기를 했는데……. 혹시 아는 사이예요?"

"……."

임정주의 이름이 언급되자 최택진은 뭐라 말하기 힘든 기묘한 얼굴이 지었다.

그 옅은 웃음 속에서 화를 내는 것 같기도 하고, 아닌 것 같기도 한 얼굴.

'2000년대쯤 둘이서 경영권 싸움으로 사이가 험악해지긴

했지만, 전조는 있었던 건가.'

그때도 내 기억으론 '적과의 동침'이라는 느낌이긴 했다.

최택진은 미소를 지은 채 내 말을 받았다.

"조금 알지. 내가 한 살 위 형이지만."

"어라, 그랬어요?"

그 말엔 조금 놀랐다.

'최택진이 동안인 건지, 아니면 임정주가 노안인 건지.'

최택진은 내가 놀란 까닭을 의외의 인맥이라서 그랬다고 여긴 모양이었다.

"어쨌거나 같은 학교고, 동아리를 통해 엮일 일이 조금 있었거든. 학과는 다르지만 내가 85학번이고, 정주는 86학번이야. 그래도 서로 형 동생 하는 사이긴 해."

"세상 참 좁네요."

"나야말로 네가 정주를 알고 있다는 게 더 신기한데. 어떻게 알게 됐니?"

"저번에 한국대로 놀러 갔다가 우연히 만났어요."

"그래, 들으니 창업 준비한다더라."

최택진이 고개를 까딱였다.

"보나마나 형석이를 영입하려 한 거겠지만."

"네, 어떻게 알았어요?"

"나도 귀가 있으니……. 그리고 보니까, 형석아."

최택진의 말에 꾸역꾸역 피자를 먹고 있던 박형석이 고개를 돌렸다.

"왜요, 형?"

"재경이는 정주한테 갔다면서?"

"아, 네. 뭐라더라, 정주 형이랑 게임 하나 만든다던데요."

"게임? 하긴, 재경이가 그런 거 유달리 좋아하긴 했지."

그랬다.

생각해 보니 아직 만나 본 적은 없지만, 손재경도 빼 놓을 수 없는 인재였다.

그는 넥스트에서 〈바람의 왕국〉을 개발한 뒤, 나중엔 AC로 가서 〈리니스〉를 개발하게 되니까.

'이 시대의 인맥이란, 이거 참.'

나는 그 틈에 슬쩍 끼어들었다.

"아는 사람 중에 게임 만드는 형도 있나 보네요?"

"이쪽에 발 들인 사람치고 게임 개발에 관심 없는 사람이 드물걸."

최택진은 그렇게 말하며 싱긋 웃었다.

"나도 장래엔 게임 산업이 제법 큰 시장으로 성장할 거란 생각을 하고 있으니까. 바로 옆 나라인 일본만 해도 각종 게임기 사업을 활발하게 벌이고 있잖아? 그걸 수출해서 북미 지역에 거두는 수익도 제법 짭짤하다고 하더라."

가만히 듣고 있던 박형석이 끼어들었다.

"그러고 보니 소니가 신형 게임기를 하나 낸다면서요?"

"아, 그래, 그거. 작년 E3에서 발표했지. 올해 3월인가? 본격적인 발표도 했고. 그쪽도 CD-ROM 탑재 기기를 만드는가 보던데."

"그래도 세가에는 안 되겠죠?"

"글쎄다."

아무래도 박형석은 본인이 주도해서 사업을 하면 안 될 거 같다.

저번엔 애플의 맥을 밀더니 이번엔 세가 새턴이라.

반면 최택진은 차세대 게임기 전쟁의 결과를 확답하지 않고 대답을 유보하고 있었다.

"어쨌건 32비트 신기술이 쓰이는 시장이잖아. 어떻게 될지는 모르지 않겠어?"

그러면서 최택진이 나를 보았다.

"삼광은 세가 쪽이었나?"

최택진이 있는 한대는 닌텐도를 수입하고 있었다.

이 시기, 전자 제품 시장은 금일, 삼광, 대호 세 그룹의 3강 구도였고 재계 서열 1위인 한대는 소비재 전자 제품 시장에는 뛰어들지 않은 상황이었다.

'결국 게임 수입 관련 사업도 별다른 재미를 못 본다는 생각에 접게 되지. 뭐 닌텐도 64가 비운의 기기였단 점도 있지만…… 포켓 데빌이 붐을 터뜨릴 90년대 말까진 좀 버티지 그랬나 싶기도 한데.'

어차피 남의 일이다.

하지만 나도 남 말할 처지는 아니었다.

이미 오랜 파트너인 세가와는 손을 땐 상황이었고, 또 한편으론 경쟁 기업에 발을 들이고 있는 최택진에게 무어라 말하기도 애매한 거라 나는 일단 물러서기로 했다.

"잘 모르겠어요. 게임을 잘 안 해서."

"응?"

최택진이 미소까지 거둬 가며 신기하다는 듯 나를 보았다.

"컴퓨터를 못 다루는 것도 아니고, 그런데도 게임을 안 한다고? 왜?"

"뭐……. 어쩌다 보니?"

나로서도, 어쩌다 보니 그렇게 됐다고밖에 할 말이 없었다.

전생에도 게임은 잘 안 했고.

"으음……. 집이 엄격하니?"

"그렇게 생각하셔도 무방하고요. 아직 애잖아요?"

최택진이 픽 웃었다.

"그래, 그런 걸로 하자."

"그 자체는 사실인걸요."

최택진은 그 서글서글한 눈으로 잠시 나를 가만히 쳐다보다가 다시 말을 이었다.

"흠……. 아, 그러고 보니 이야기가 왜 이쪽으로 흘렀더라?"

"창업 이야기요."

"맞아. 거기서 임정주 이야기가 나오는 바람에 딴 길로 샜네. 뜬금없이 정주 이름은 왜 언급한 거니?"

"사실, 제가 정주 형 회사에 일감을 좀 맡기고 있거든요."

지금은 아직 넥스트라는 이름도 아니고, 대충 법인만 세워 둔 형태에서 이런저런 의뢰를 맡아 일을 하고 있을 뿐이지만.

아무래도 역사가 바뀌는 중이다 보니, 내가 기억하는 넥스트가 어떻게 만들어질지는 미지수인 상태였다.

그 와중 최택진은 내가 '임정주에게 일감을 맡기고 있다'는 내용에서 의아한 얼굴을 했다.

"일?"

그러는 사이 한성진이 7층에 있던 마동철과 김민혁을 데리고 돌아왔다.

둘은 이미 식사를 하고 온 상황이었지만, 어쨌거나 한동안 같은 건물에서 신세를 지게 됐으니 인사나 나누라는 내 나름의 배려였다.

'어쨌거나 안면을 터 놓으면 좋으니.'

마동철은 꾸벅, 생긴 것과 어울리지 않게 정중히 인사했고 붙임성 좋은 김민혁은 그새 제법 친해지기라도 한 양 사무실을 돌아다니면서 마동철에게 한 사람 한 사람 소개를 해 주었다.

그리고 마지막으로 최택진과 김민혁이 마주했다.

"실제로 뵙는 건 처음이네요, 선배님. 성진이랑 함께 일하고 있는 경영학과 93학번 김민혁이라고 합니다."

"전자공학과 85학번 최택진이에요. 지금은 한대전자에 다니고 있습니다. 그래도 괜찮죠?"

그 말에 김민혁은 악수를 나누며 씩 웃었다.

"뭐…… 그렇게 말씀하셔도 실은 저희 아버지께선 금일물산에 다니고 있습니다만."

김민혁의 대답에 최택진이 웃음을 터뜨렸다.

피자도 다 먹었겠다, 대충 피자 박스를 치우고 있으려니 최택진이 내게 말을 건넸다.

"그런데 너, 연예계 쪽에도 일을 하려는 거니?"

잠시 쏙 들어갔던 '일' 이야기를 구태여 다시 끄집어낸 걸 보니, 조금 전 김민혁이며 마동철과 인사했던 것이 제법 인상적이었던 모양이었다.

"아, 네. 맞아요."

그러면서 나는 윤아름을 일부러 힐끗 쳐다보았다.

"그리고 이 건물에 입주할 거예요."

"그건 들었어. 건물도 임대를 했다면서?"

"대부분은 전세예요. 몇 개 층은 구매를 했지만요."

따로 구매해 둔 층은 추후 역삼동 땅값이 오르면 건물주와 협의해서 적당한 가격에 팔아치울 생각이었다.

내 말을 들은 최택진이 미소를 지었다.

"소프트웨어에 부동산, 거기에 엔터테인먼트 사업까지. 성진이는 다방면에 투자를 하고 있는 모양이구나?"

"그렇다고 아무거나 하진 않아요. 가능성이 있을 것 같은 부분에 투자하고 있는 거죠."

"가능성……."

최택진은 혼잣말을 중얼거리더니 고개를 돌려 사무실을 빙 둘러보았다.

"투자. 가능성. 어떤 기준이지?"

기준이라.

굳이 풀이하자면 미래의 레드 오션, 그 전에는 미답지랄 수 있는 분야를 개척하는 것이 내 투자의 판단 기준.

예를 들어 당장 연예계 사업만 해도, 내가 살던 시절에야 한류 열풍이니 뭐니 하는 것과 맞물리며 급성장한 기대주가 되지만.

주지하다시피 이 시기만 하더라도 이런 양아치들이 있나 싶을 지경의 개잡주가 태반이었다.

아무래도 사람을 취급하는 사업이다 보니 매출이 불확실

하고, 흥행 여부에 따라 매출 편차가 커지니 낙폭이 큰 것은 사실이다.

그러니 엔터 사업가들은 리스크를 덜고 유동성 자산을 확보하기 위해 이런저런 부가 산업에 손을 뻗치기 마련이었는데, 개중엔 몇 년을 내리 적자만 보면서도 끊임없는 유상증자와 '이슈 만들기' 및 '찌라시'에 의존해 몸집을 불리기만 반복하는 악질 회사들도 있었다.

소속 연예인이 누구이고 얼마나 인지도가 있건 관계없이, 필사적으로 장밋빛 미래를 그리며 문어발을 뻗어 가다가 결국엔 상장폐지 절차를 밟는 회사들.

이는 연예계의 달콤한 꿈처럼 거품 중의 거품이다.

하지만 역으로, 무엇이 성공할지 대중의 수요를 '예언'이라도 할 수 있다면.

'무(無)에서 유(有)를 창조해 내는' 문화 예술 산업은 이만한 노다지가 없는 곳이기도 했다.

그렇게 치면 게임 산업도 마찬가지.

내가 당장 넥스트과 AC에 주목하는 것도 이들 회사가 만들어 내는 게임이 대박을 낼 것임을 이미 알고 있기 때문이다.

다만 그런 속내를 속속들이 밝히는 것만큼 어리석은 일은 없어서, 나는 최택진의 물음을 대강 그럴듯한 말로 둘러댔다.

"저는 그 무엇보다도 우선, 사람을 봐요."

"사람?"

"네. 저기 있는 아름 누님만 하더라도 나이에 비해 연기 실력이 빼어나다는 평가가 있잖아요?"

"그런가?"

최택진도 TV는 잘 안 보는 모양이었지만, 잠깐 몇 마디 이야기를 나눠 본 것으로 대강의 됨됨이 파악은 했던 것인지 납득한 것처럼 고개를 끄덕였다.

"네. 그런데 얼마 전까지만 해도 아무런 소속사 없이 아름 누님의 어머니가 매니저의 일을 도맡아 하고 있었죠. 왠지 아깝더라고요. 재능이 있는데도 제대로 된 기회를 잡지 못하고 그 실적이 어느 정도 우연에 의존해야 한다는 사실이요."

"……."

"어느 정도 구색을 갖춘 소속사가 없다면, 남들에 비해 기회의 창이 좁아질 수밖에 없죠. 성공이라는 건 일종의 화살이에요."

"화살?"

"그 화살은 무작위로 날아오죠. 나라고 하는 과녁을 성공이라는 화살에 맞히기 위해선 남들보다 더 큰 과녁이 될 필요가 있어요. 그 과녁은 자신이 가진 재능과 노력에 의해 커지는 거지만……."

최택진은 내 말을 경청하는 것처럼, 아무런 말도 없이 가만히 듣고만 있었다.

"제가 하는 일은 과녁의 위치를 성공의 화살이 날아올 법한 곳에 가져다 두는 것이고요. 그렇다곤 해도 화살이 맞을 지 빗나갈지는 알 수 없으니 저로선 최대한 커다란 과녁을 준비하는 거죠."

"그렇구나."

최택진이 예의 의중을 알기 힘든 미소로 고개를 끄덕였다.

"나이에 비해 생각하는 게 조숙한걸."

굳이 겸양을 떨 필요는 없다고 생각해서, 나는 그 칭찬을 솔직하게 받았다.

"제가 좀 똑똑하긴 하죠."

"하하하."

웃음을 터뜨린 최택진이 그 서글서글한 눈으로 나를 물끄 러미 쳐다보았다.

"나랑은 조금 다르지만, 어느 정도 비슷하긴 하네."

"똑똑하다는 사실이요?"

"아니아니, 그런 게 아니라. 음, 나도 지금 기회의 통로라 는 걸 생각하고 있거든."

그렇게 말한 최택진은 사무실에 놓인 컴퓨터를 물끄러미 쳐다보았다.

"컴퓨터라는 거, 나는 그걸 통해 세상이 바뀌게 되지 않을 까 생각하고 있어."

"세상의 변화?"

"응. 그리고 우리 같은 개발자들은 그 통로를 넓히거나 길을 뚫어 놓는 것으로 다른 사람에게 꿈을 심어 주는 거지. 그래서 나는 우리가 컴퓨터로 꿈을 꾸고, 그 꿈을 실현하면 좋겠단 생각이야."

"컴퓨터가 꿈과 현실의 통로가 되었으면 하시는 건가요?"

"맞아. 그런 의미에서 네가 과녁을 적당한 위치에 놓듯이, 나는 내가 개발한 것이 하나의 불빛이 되었으면 좋겠단 생각이거든. 그건 하나의 이정표가 될 수도 있겠고, 결국엔 네가 말한 화살의 비유처럼 화살을 맞히기 쉽게끔 사람들에게 도움을 줬으면 해."

신중하게 말을 뱉은 최택진은 뒤이어 머쓱하게 웃어 보였다.

"그런 의미에서 비슷하다고 생각했는데, 제대로 전달이 됐는지는 잘 모르겠어."

"아니에요, 깊이 와닿았어요. 저도 그렇다고 생각하거든요."

나는 그가 가진 비전에 동의하듯 고개를 끄덕였다.

"지금 제가 당장 하고 있는 일도 그래요. 편의성 높은 프로그램으로 우선 PC의 진입 장벽을 낮추는 거죠. 최대한 많은 사람이 컴퓨터를 접하게 하고, 그 결과 보급률이 높아져 시장이 커지게 되면 변화의 속도도 더 빨라질 테니까요."

내 대꾸에 최택진이 웃었다.

"하하, 삼광의 마이티 스테이션도 PC 보급률 향상에 일조하고 있지. 나 때는 청계천에서 애플 컴퓨터를 주워 와서 조립해야 했거든."

20대 후반이 벌써부터 나 때는, 인가.

이 세대의 특징일지도 모르겠군.

"그런 의미에서 대기업의 완성형 PC는 나쁘지 않다고 봐. 그렇게 해서 하나둘 컴퓨터에 관심을 갖는 사람들이 늘어나면……."

최택진이 미소를 지었다.

"그래, 결국엔 사람들도 서로를 이해하고 하나로 연결될 수 있게 되지 않을까?"

나 또한 최택진의 말에 미소를 지었다.

'애 앞이라 그런지 몰라도, 퍽이나 이상주의자로군. 이 당시의 최택진은 이럭저럭 순수했네.'

나는 장래 '도박성 과금 게임'의 대명사가 된 〈리니스〉를 만든 AC의 창업자가 아직 젊음과 청운의 꿈에 부풀어 올라 있는 시절을 보며 아이러니함을 느끼고 있었다.

'하긴, 누구라도 애초부터 [과도한 현질을 유도해 게임 폐인을 양성하고 돈을 긁어모으겠다]는 걸 목표로 삼을 리는 없지.'

이것이 젊음인가.

그런 생각으로 물끄러미 최택진을 보고 있으려니 그가 어색해하며 눈을 피했다.

"……왜?"

"아뇨, 참 좋은 말씀이라고 생각해서요."

"하하, 조금 부끄럽네. 나도 참."

그는 보기보다 더 야망이 큰 사람이다.

그러니 그가 한 말을 곧이곧대로 믿을 건 아니지만, 그가 했던 말 속에 어느 정도 진실이 포함되어 있는 것도 사실이리라.

'그건 그렇고, 사람과 사람 사이를 연결하는 일이라.'

마침 내게는 최택진의 입에서 나온 비전과 얼추 맞아떨어지는 아이템이 있었다.

그래서 나는 일부러 홀리듯 말을 받았다.

"저도 형이 말한 비전과 관련해서 하고 있는 일이 있긴 한데."

"응?"

최택진이 미끼를 물었다.

"혹시 삼광에서도 인터넷으로 뭔가 하려는 거니?"

반사적으로 내 말을 받은 최택진은 아차 하고 얼버무렸다.

"아, 흠. 아무리 그래도 경쟁 기업의 이야기를 함부로 발설하면 안 되겠지. 미안, 못 들은 걸로 해 줘."

거기서 역시 한대전자가 인터넷 관련 사업을 시도하고 있단 걸 눈치챘지만, 뭐 이미 알고 있는 사실이었다.

그 뒤에 있는 지저분한 사내 성과 싸움도.

"저도 그건 미처 생각 못 했네요. 네, 알겠어요."

내가 별수 없단 식으로 그 말을 받아 내자 최택진은 쓴웃음을 지으며 고개를 끄덕였다.

다만 나와의 대화에서 이미 적잖은 흥미를 느끼고 있던 최택진은 내가 슬쩍 흘린 이야기에 조금 몸이 달아올라 있었다.

"그런데 성진아, 그렇게 말해 놓고 별거 아닌 건 아니지?"

최택진은 역으로 나를 떠보려 하고 있었지만.

아직 젊어서 그런지 방법이 미숙했다.

"어쩌면 그럴 수도 있겠다 싶어요. 하긴, 그러면 제 안목이 거기까진 모양이죠."

그도 어쨌건 내가 나이와 무관하게 범상치 않은 녀석인 건 알았을 테고, 그런 내가 비밀을 꺼냈던 말이니 호기심이 일었으리라.

"……혹시 임정주랑 하고 있는 일이니?"

나는 대답 대신 노코멘트의 의미로 어깨를 으쓱였다.

잠시 생각에 잠겨 있던 최택진이 고개를 들어 나를 보았다.

"성진아, 아까 너는 사람을 보고 투자한댔지?"

"그랬죠."

"……네가 보기에 나는 투자할 만한 사람으로 보였고?"

그 말에 나는 속으로 웃었다.

이 시점에서, 인터넷과 관련한 기술적 완성도는 최택진을 따라올 사람이 드물다.

'그런 의미에서 최택진은 우량주지, 우량주.'

게다가 그가 차릴 회사의 지분을 꿀꺽할 수 있다면…….

나는 시치미를 뗐다.

"조금 더 시간을 들여 알아봐야겠지만 개인적으로 택진이 형은 마음에 들어요. 하지만 형은 말씀하신 대로 지금 한대 전자에 재직 중이라서……. 나중에라도 회사와 무관계해지면 말씀드릴게요."

"……하하."

최택진이 싱긋 웃었다.

"보니까 성진이 너는 허투루 빈말은 하지 않는 것 같아."

내가 그를 파악하듯, 그 또한 나를 파악하려 하고 있었다.

반쯤은 농담처럼 던진 말이었는데.

최택진의 표정이 진지했다.

"무심결에 삼광을 떠올리긴 했지만."

최택진이 말을 이었다.

"그건 혹시 삼광에서 하는 일이 아닌 네가 개인적으로 하는 일인 거 아니니?"

최택진은 그 미소 띤 가면 아래에 있는 승부사 기질을 언뜻 드러냈다.

"그리고 내 생각이지만, 삼광에서 하는 일이라면 너도 '내가 하는 일'이라고 하진 않았을 테지. 그런 일이라면 한대전 자에서도 할 수 없는 일이겠고."

그는 마치 사람이 바뀐 것처럼, 평소의 헤실헤실한 모습과 는 달리 제법 강경하게 나오고 있었다.

"너도 말했지? 내가 남들 아래에선 일을 못 할 타입 같다 고 하면서, 사장이 되는 건 어떻겠느냐고 말이야."

굳이 내가 했던 이야기를 도로 끄집어내면서.

"내게 일부러 그런 말을 꺼낸 건, 아마 내게서 투자의 가 능성이 있단 생각을 했을 거란 생각이 들어. 그리고 방금 전 까지 이야기를 나누면서 슬쩍, 그럴 생각이 있는지 살펴본 거겠지?"

"들켰네요."

나는 솔직하게 시인했다.

"저도 택진이 형한테 그럴 생각이 있다면 그래도 괜찮겠다 는 생각을 했거든요."

"⋯⋯."

"그리고 저는 택진이 형이 눈앞의 이득보단 더 멀리 있는 걸 보려 하는 건 아닐까, 생각했는데. 제 예측이 얼추 맞아떨 어진 건가요?"

내 말에 최택진은 무표정한 얼굴로 나를 보더니 피식 웃으 며 머리를 긁적였다.

"나도 대강 이야기는 전해 들었지만 너도 생각 이상인걸."

"칭찬이죠?"

"반쯤은. 그러면⋯⋯."

최택진이 서글서글한 눈을 빛내며 나를 보았다.

"성진아, 내가 한대전자를 그만둔단 걸 전제로 이야기를 들려줄 수 있겠니?"

나는 속으로 미소를 지었다.

이미, 최택진의 내면에서 한대전자를 관두는 건 기정사실 화 된 이야기였던 모양이다.

'그는 이때부터 이미 월급쟁이 생활에 환멸을 느끼고 있었 던 건가?'

그리고 나는 그 싹 위에 물을 뿌리기만 하면 될 일이었다.

"택진이 형, 한대전자를 관두는 건 조금 더 두고 보시죠."

내 말에 최택진이 의아해했다.

"왜, 방금 전이랑은 이야기가 다른데?"

"당장 그렇게까지 하실 필요는 없어요. 알고 계셔도 무방 한 일이거든요."

지금은 움튼 싹 위에 물을 뿌릴 때였다.

나는 김민혁을 불렀다.

"민혁이 형, 잠시 괜찮아요?"

피자 박스를 치운 뒤 마동철과 함께 애들과 놀아 주고 있 던 김민혁이 내 부름을 받고 다가왔다.

"왜, 무슨 일인데?"

"택진이 형이랑 잠시 '맺음이' 이야기를 해 볼까 하고요."

"맺음이를?"

김민혁은 슬쩍 최택진을 살피더니 고개를 끄덕였다.

"……뭐, 네가 그러겠다면야. 택진 선배님, 잠시 가시죠."

"어디로요?"

최택진은 괜찮다는 만류에도 불구하고 나이 차가 제법 나는 김민혁에게 꼬박 존대를 해 주었다.

'나름의 선을 긋는 방식인가.'

능구렁이 기질이 있던 김민혁은 그런 최택진의 대응에 별반 티를 내지 않으며 그 말을 받았다.

"우리 대주주님 전용 PC가 있는 곳이죠."

나와 김민혁은 최택진을 데리고 사무실 구석의 PC로 향했다.

"컴퓨터. 아, 맺음이라는 게 성진이 네가 말한 프로그램인 모양이구나?"

"네. 백문이 불여일견이라고, 보면서 이야기하시죠."

"하하, 그 정도로 거창하게 말하니까 어느 수준인지 궁금할 지경인데."

내가 부팅을 하고 잠시 기다리는 사이 김민혁이 최택진에게 간단한 설명을 시작했다.

"택진 선배님, 혹시 '방과 후 교실'에 대해 알고 계세요?"

"방과 후 교실. 음, 뉴스에서 본 적이 있는 것 같은데…….

아, 혹시."

최택진은 깜짝 놀라서 나를 쳐다보았다.

"그것도 성진이가?"

나는 고개를 끄덕였다.

"네. 마침 제가 다니는 곳이 천화국민학교거든요. 삼광장학재단과 연계해서 진행했던 일이에요."

"흐음……."

거기서 김민혁이 가슴을 쭉 내밀며 나섰다.

"사실상 이 모든 일은 저와 성진이의 합작품이라고 할 수있는 일입니다, 에헴."

진심은 아니고, 그 나름의 농담이었다.

그 또한 이번 일이 나로부터 비롯한 것임을 모르진 않았으니까.

방과 후 교실 프로그램은 결국 채한열을 통해 물꼬를 튼뒤 다른 방송국 뉴스에도 보도될 정도로 대성공을 거뒀다.

그 바람에 방과 후 교실 프로젝트는 뭔가 이전 정권과 다른 걸 보여 주겠다고 마음먹은 이번 정부의 교육정책과 맞물리며 일종의 국책사업이 되고 말았다.

「성진아, 이제 슬슬 이것도 제대로 키워 볼 때 아니야?」

김민혁은 내게 기다렸다는 듯 제안했지만, 물론 여기서 그칠 내가 아니었다.

그때부턴 삼광장학재단과의 분리가 필요해졌고, 하나씩
그 영향권에서 벗어나기 위한 움직임을 준비 중이었다.

"부팅이 끝났네요. 잠시만 기다려 주세요."

나는 인터넷에 접속해 사이트 주소를 입력했다.

"흠, 이미 구축도 완료했고."

최택진은 혼잣말을 중얼거리며 근처에 있던 의자를 끌어
와 내 곁에 앉았다.

"무슨 용도로 맺음이를 만든 건지, 내게 간단히 알려 주면
좋겠는데."

"음, 인트라넷을 이용한 일종의 '배타적 사회 연결망'이라
고 할 수 있어요."

"용어가 쉽진 않네. 개념도 아직은 알쏭달쏭하고."

그렇겠지.

이건 원래대로라면 2000년대에 들어서 나올 소셜 네트워
크니까.

"보이시죠?"

내가 슬쩍 자리를 비키자 최택진은 턱을 당기며 모니터를
뚫어져라 쳐다보았다.

"이름, 학과, 나이……. 학생들의 신상 정보가 있구나. 아
니, 잠깐만."

최택진이 눈을 동그랗게 뜨곤 마우스를 이리저리 움직였

다.

"단순히 인적 정보만을 모은 것이 아닌데? 친구 추가, 초대……."

"개인 정보는 기본적으로 비공개인 상태예요. 그 상황에 친구 초대 기능을 이용해 수락한 상대에게만 개방 정보가 공개되죠."

"아, 이래서 '배타적'이란 말을 덧붙인 거군. 으음, 그러면서도 개인 정보의 기반은 현실에 두고 있는 상황인 거고."

"네. 기본적으론 방과 후 교실에 필요한 인재를 모집하는 기능이지만, 이왕 만든 김에 커뮤니티 기능까지 포함시켰죠."

'이왕 만든 김에'라고 말은 했지만.

사실 이것이야말로 핵심이었다.

소셜 네트워크를 통한 사전 인프라 구축.

사실, 이미 대중에 공개 중인 것이니 최택진이 이에 대해 알게 되는 것도 시간문제였을 테지만.

"학생들은 이 맺음이를 통해 서로 정보를 주고받을 수 있고, 또 그럭저럭 소통도 가능해요."

"……."

"지금은 아직 제대로 된 보급이 이루어지지 않았지만, 그것도 시간이 해결해 주겠죠. 장래엔 인트라넷에 그치는 것이 아닌, 좀 더 포괄적인 규모에서 관계망을 확장해 나갈 생각이고요. 사실 배타적이라곤 했지만, 따지고 보면 일이 그렇게 되지만은 않을 거예요."

"……케빈 베이컨 게임."

최택진이 혼잣말을 중얼거렸다.

"네?"

"올해 초, 미국에 그런 게 유행한 적이 있었어. 케빈 베이컨이라는 할리우드 배우가 있는데, 몇 단계를 거치기만 하면 모든 사람이 그 배우와 연결된다는 이야기가 있었지."

아, 그 유명한 케빈 베이컨 게임이 바로 올해(1994) 나온 이야기였구나.

공교로운 일이었다.

아무래도 미국 물 좀 먹은 최택진은 관련 업무도 병행해서 이미 알고 있는 내용인 듯했다.

"그건 일종의 네트워크 이론이라고 이름 붙일 수 있을 거야."

최택진이 고개를 돌려 나를 보았다.

"이론상으론, 이걸로 한 사람씩 알음알음 거쳐 나가면 결국 전 세계 사람을 한데 묶을 수 있는 연결망으로 발전하는 것도 가능하단 거지. 이 맺음이 역시 마찬가지고."

"네, 이론상으로는요. 그야 거기에 따른 전제는 '인터넷을 할 줄 알 것'이 필요하니 말이에요."

"하하, 이거 참. 그 말도 맞네."

원래는 싸이월드나 페이스북 등 미래의 성공 사례를 끄집어 가져온 거지만.

나는 일부러 김민혁과 임정주에게도 말한 적 있는 내용을 언급했다.

"원래 우리나라도 그런 연고주의가 만연해 있잖아요? 사돈의 팔촌이 어떻고, 종친회가 어떻다는 식의. 알음알음 인맥을 통해 사람이나 일을 소개받기도 하구요. 저는 형이 아는 것과는 달리 거기서 착안한 거지만요."

"그렇지. 따지고 보면 너랑 나도 한컴을 통해 연결된 관계고."

"네, 그렇죠."

나는 최택진의 말에 맞장구쳤다.

방과 후 교실 출범 당시, 나는 마당발을 자처하고 나선 김민혁에게 인력 관리를 맡겼다.

일종의 창립 멤버라고 할 수 있는 김민혁은 일처리를 제법 잘해 주었지만, 사업 규모가 커지면서부터 난항에 봉착했다.

'이러다가 후발 주자에게 다 차려 둔 밥상을 뺏기겠는데.'

그러잖아도 김민혁은 삼광장학재단과 교육부, 학교의 틈바구니 속에서 휴학을 고려할 만큼 바쁜 나날을 보내는 중이었다.

'누가 일을 대신 해 줄 수도 없고. 그렇게 되면 지분을 빼앗기는 거나 다름없으니.'

그에 따라 필요한 인원을 더 확충하는 것도 어려운 일은 아니었다.

하지만 그렇게 되면 반쯤 발을 걸치고 있을 뿐이던 삼광장학재단 측에서 본격적인 개입을 시작할 여지가 있었다.

거기서 떠올린 것이 인트라넷의 존재였다.

'그러니 여기선 자리만 만들어 주고, 그 뒤엔 저희들끼리 알아서 하게 만드는 거지.'

그리고 한컴과 임정주를 비롯한 내 휘하의 프로그래머들이 이번 아이디어를 구체화하는 일에 착수했다.

각 대학교 측도 우리가 뭔가 그럴듯한 일을 하는 일이라는 걸 직감했는지, 앞다퉈 가며 임정주에게 인트라넷 설치를 부탁했고.

그리고 그 일은 당장 기술을 갖추고 있는 한컴과 임정주에게 의뢰해야 했다.

그 바람에 임정주는 한컴 측이 SOS 요청을 보내지도 못할 만큼 바쁜 나날을 보내는 중이었다.

'……좀 이른가 싶기도 하지만. 뭐, 이것도 선점해 둬서 나쁠 건 없어.'

맺음이는 대학생들 사이에서 알음알음 퍼지는 중이었고, 시간이 지나면 '방과 후 교실'에 뜻이 없는 학생들도 이용하게 되리라.

나는 장차 이 DB(Database)를 기반으로 사업을 꾸려 나갈 예정이었다.

'어차피 특허는 걸어 뒀고.'

나는 옆자리의 최택진을 힐끗 살폈다.

최택진은 지금 얼굴에 걸려 있던 웃음기가 싹 가신 진지한 눈으로 모니터를 노려보듯 쳐다보는 중이었다.

"나는……."

최택진이 힘겹게 입을 뗐다.

"……인터넷의 순기능이자 역기능이 익명성에 있다고 봤는데."

말하는 최택진은 혼란스러운 표정이었다.

"그래요? 이래 보여도 친구 추가에 제한을 두는 것으로 나름의 익명 보장은 하고 있는데요."

"아니, 내 말은."

최택진은 잠시 생각하다가 고개를 끄덕였다.

"이건 결국엔 자아의 문제야."

내용에 갑자기 철학적인 뉘앙스가 풍겼다.

'벌써부터 가능성을 본 건가?'

최택진은 또다시 골똘히 생각에 잠기더니, 이번엔 고개를 가로저었다.

"미안, 생각이 많아져서 정리하기가 힘드네. 어쨌거나 '맺음이'는 굉장한 잠재성을 갖고 있는 것으로 보여. 전망은 차치하더라도 그 자체로도 이미 훌륭한 프로그램이고."

말을 마친 최택진은 쓴웃음을 지었다.

"솔직히 감탄했어. 대단한걸."

"아뇨, 뭘요. 저 혼자 만든 것도 아니고요."

"내 생각엔 성진이 네가 기초 단계를 만들었을 거 같은데. 아니야?"

피식 웃어 버린 최택진은 의자 등받이에 등을 기대며 한숨을 내쉬었다.

"좋은 공부가 됐어. 그런데 성진이가 이미 발을 들여놓았으니, 이래서야 내가 뭔가를 할 수 있을 것 같진 않고……."

씁쓸하게 중얼거린 최택진이 고개를 돌려 나를 보았다.

"그래도, 굳이 내게 이걸 보여 준 까닭이 있을 거 같은데."

나는 미소를 지었다.

"저희가 만든 맺음이도 결국엔 사람과 사람 사이를 이어 주는 매개체 역할을 하고 있잖아요?"

"으음, 그렇지."

"그렇다면 사람과 사람을 넘어서, 회사와 사람, 회사와 회사 사이를 연결해 주는 중계소는 어떨까요."

내 말에 최택진이 고개를 갸웃했다.

"물론 나중엔 그것도 가능하겠지. 네가 만든 개념을 토대로 현실에 있는 것을 인터넷이라는 가상 세계에 접목시키는 것도 물론."

거기까지 말한 최택진은 픽 웃었다.

"설마 이제 와서 포털 사이트의 개념을 이야기하려는 건 아니지?"

어젯밤 이태석에게 한참을 떠들어 대던 걸, 최택진은 단박에 건너뛰어 버렸다.

'하지만 그건 아니야. 이미 한대전자에서 하고 있는 일을 굳이 함께 시작하자고 할 필요는 없지. 관련 업무는 삼광이랑도 할 거고.'

나는 고개를 저었다.

"택진이 형, 방금 전 맺음이를 보면서 자아의 문제라고 말씀하셨죠?"

"흘려들어도 되는 말인데. 그냥 머릿속에 그런 단어가 떠올랐을 뿐이야."

최택진이 머리를 긁적였다.

"……사실, 이전까진 인터넷과 현실이 분리된 별개의 세상이라는 생각이 선입견처럼 있었거든. 사소한 차이지만 맺음이를 보는 순간 콜럼버스의 달걀을 본 것처럼 번쩍하는 느낌이긴 했어."

"하하, 언젠 컴퓨터가 꿈과 현실의 통로라고 하셨잖아요?"

"정확히는 네가 내 생각을 정리해 비유해 준 말이지만."

최택진은 기억력이 좋았다.

"어쨌거나, 그래, 나도 모르게 꿈은 꿈, 현실은 현실이라는 생각이 있었나 봐. 새로운 세상에서는 새로운 옷을 입어야 한다는 식으로."

"그런데 맺음이를 보는 순간 꿈이 현실과 무관하지 않다는 생각을 하신 거구요?"

"잘 말했어. 맞아, 프로이트적이지."

"그래서 자아의 문제라고 하신 건가요?"

"그런 것도 있지만."

최택진은 가식 없이 빙긋 웃었다.

"그래서 성진이가 이번에 생각하는 건 어떤 건지 궁금한걸. 들어 볼 수 있을까?"

"네. 마침 서버 전문가가 많이 필요한 상황이었거든요."

"서버 전문가라……. 마침 내가 하는 일이 그쪽 비슷한 일이긴 한데. 대체 뭘 하려고?"

나는 씩 웃었다.

'퍼블리셔로 영입을 시작해 볼까.'

그사이, 잠자코 있던 김민혁이 입을 뗐다.

"선배님, 잠시 성진이랑 이야기 좀 하고 와도 될까요?"

"응? 아, 예. 그러도록 하세요. 저는 맺음이를 좀 더 보고 있을 테니까."

"감사합니다. 성진아, 잠시만."

나는 김민혁에 이끌려 구석 자리로 갔다.

"왜요?"

"저기, 괜찮겠어? 또 뭔가 벌이려는 건 아니지?"

김민혁은 걱정이 많은지 인상을 찌푸리고 있었다.

"아니, 뭐랄까, 사업 확장이 너무 빠른 건 아닐까 해서. 지금 하고 있는 일만 해도 일손이 부족한데 또 뭔가 하려는 거야?"

"누차 말했잖아요. 물 들어올 때 노 저어야 한다고요."

"그건 그렇지만…… 택진이 형은 어지간한 연봉에는 끄떡도 하지 않을 거야. 그 왜, 어찌 되었든 한대전자에서 고액의 연봉을 받아 가며 일하는 사람이잖아."

김민혁은 CHO다운 우려를 표하고 있었다.

"고용이 아니라 투자인데요, 뭘."

"그게 돈이 더 들겠다. 아니, 그게 아니라."

김민혁이 머리를 벅벅 긁었다.

"너도 알겠지만 우리는 지금 이렇다 할 생산도 하지 않는 상황인데, 무턱대고 사업을 늘릴 수만도 없는 노릇이잖아. 그 왜, 이번엔 연예계도 진출한다고 했지?"

김민혁은 한숨을 내쉬더니 턱하고 내 어깨에 손을 얹었다.

"내가 우는 소릴 하긴 했지만 농담이 아니야. 그쪽은 바른손레코드 쪽과 협력 형태를 취하곤 있다 해도 마동철 실장에게 갈 임금, 활동비 등도 고려를 해야 해. 이 계산엔 빌딩 임대 비용에 따른 기회비용도 제외한 거고."

나는 어깨에 올라온 김민혁의 손을 가볍게 잡았다.

"알고 있어요. 그 부분은 걱정하지 마세요."

김민혁의 사고는 이 시대에는 맞지 않는 것이었다.

수많은 기업들이 작금의 호황에 문어발식 사업 확장을 해 댔고, 그 결과 장차 닥쳐올 외환위기 때 무너져 내렸다.

나는 기초부터 다져야 한다는 우려를 표명한 김민혁이 제법 대견했지만.

아직은 괜찮다.

김민혁이 내 손을 부드럽게 풀어냈다.

"부동산을 담보로 끼고 대출을 받을 수도 있겠지만, 그건 원치 않잖아?"

"걱정 마세요. 이번 일은 아직 시작되지 않을 테니까요."

"응?"

"지금은 씨를 뿌려 두는 단계예요."

김민혁은 내 말에 어리둥절한 얼굴을 하고 있었다.

'……하긴. 김민혁의 우려도 이해는 가.'

현재 SJ컴퍼니의 일은 대부분이 향후 몇 년 뒤를 내다본 사업이었다.

당장 이렇다 할 수익이 나지 않는 상황에서 삼광전자의 채권에 주식과 부동산으로 벌어들인 것이 자금의 출처였으니.

이래서야 투자신탁을 차리는 건 어떨지, 제안했던 것도 고개가 끄덕여질 일이었다.

"……그렇게까지 하고 싶다면 말리진 않겠지만."

김민혁은 떨떠름한 얼굴로 중얼거리더니 고개를 저었다.

"하긴, 이번에 신형 마이티 스테이션을 출시하고 나면 숨통이 좀 트이긴 하겠지."

이어서 김민혁이 씩 웃었다.

"그래도 가끔은 어떤 스노우볼이 될지 궁금하긴 하다."

"기대해도 좋아요."

결국 모든 일에는 때가 있는 법이다.

사업이 성공하는 것엔 기술에서 앞서기만 한다고, 무조건 남들보다 일찍 성과를 달성한다고 해서 성공하는 것이 아니다.

'그러려면 우선 환경이 갖춰져야 해.'

그 환경이란, 두말할 것도 없이 인터넷 환경이다.

하지만 내 입장에 이미 진행되고 있는 국책 사업에 손을 댈 수도 없는 일이어서 그저 가만히 때를 기다려 웅크리고 있기만 할 뿐.

닷컴 버블이 시작될 시점에는 이미 레드 오션화가 가속화될 것이기에, 크라우칭 자세로 스타트 총성이 울리길 기다릴 필요도 있었다.

'그래도 별도의 캐시 카우가 필요하단 김민혁의 말에는 공감이 가고. 꾸준한 돈벌이가 될 만한 거라면……. 아, 혹시.'

나는 고개를 들어 김민혁을 보았다.

"그럼 일단 자금의 순환이 이뤄지는 일을 추진해 볼까요?"

"······또 돈 드는 건 아니지?"

그럴 리가.

손 안 대고 코 푸는 일을 하려고 할 뿐.

최택진은 자리로 돌아온 우리를 시선으로 반겼을 뿐, 무슨 이야기를 나누었는지는 가타부타 따져 묻지도, 궁금해하지도 않았다.

"방금 전 성진이 네가 한 말을 생각해 봤는데."

그저, 무언가 투자와 고용에 대해 이야기가 오갔으리란 내용을, 짐작은 했으되 내색하지는 않는 분위기로.

잠시 그 흐름이 끊겼던 대화를 태연하게 이어 갈 뿐.

그걸 보면서 인물은 인물이구나 싶었다.

"아무튼 네가 상황을 거시적으로 생각하고 있단 건 잘 알았어."

뒤이어 최택진이 쓴웃음을 지었다.

"그래도 하던 일은 마무리해야겠지. 안 그러니?"

어쨌건, 최택진이 회사에서 진행 중인 일이 있을 것이다.

그건 높은 확률로 포털 사이트를 구축하는 일이리라, 어렵지 않게 짐작할 수 있었다.

나는 최택진의 거절을 미소로 받았다.

그가 있으면 일이 조금 더 수월해지겠지만, 어차피 당장 해결될 일이 아니다.

지금은 밑밥을 깔아 둔 정도에서 만족하기로 했다.

"그러세요, 그럼. 천천히 오세요."

"그래."

"뭐, 그때쯤엔 어쩌면 빈자리가 없을지도 모르지만요."

"하하하."

최택진이 웃음을 터뜨렸다.

"언젠가…… 나중엔 SJ컴퍼니의 이성진에게 투자를 받았다는 걸 자랑 삼아 떠들고 다니는 날이 올지도 모르겠네."

"그럴 리가요."

내가 무슨 손정의도 아니고.

"그런데 택진이 형."

"응?"

"한대전자에서 취급하는 게임기가 닌텐도 거였죠?"

"맞아. 사업부는 다르지만, 슈퍼패미컴이나 게임보이 같은 걸 수입하고 있지. 왜, 게임에 관심 없다더니?"

나는 씩 웃었다.

"아주 관심이 없는 건 아니에요."

"그랬어?"

"네."

어쨌든 게임은 돈벌이가 되니까.

"그런데 잘은 몰라요."

"그랬구나. 몇 가지 할 만한 게임 좀 추천해 줄까?"

최택진은 눈을 반짝이고 있었지만, 게임이나 하려고 이 자리를 마련한 건 아니다.

"아뇨. 그보단 사람들을 모아 잠시 회의 좀 하시죠."

"응?"

내 말에 최택진은 어리둥절한 얼굴을 했다.

일단 전원 소집.

나는 화이트보드를 끌고 와서 어리둥절한 얼굴로 서 있는 개발자 일동 앞에 섰다.

"자, 여러분."

나는 미소 띤 얼굴로 주위를 둘러보았다.

"우리 잠시만 브레인스토밍을 해 봅시다."

그 말에 가만히 있던 한성아가 나를 쳐다보았다.

"오빠, 그게 뭔데?"

"간단히 말하면 자유롭게 의견을 주고받는 거야."

"학급회의 같은 거야?"

"비슷하지. 대신 몇 가지 조건이 있어. 하나, 발언권을 얻을 것. 둘, 그 사람의 의견에 토를 달거나 반박하지 말 것. 알겠지?"

"응!"

여덟 살짜리 어린애도 알아듣도록 설명했으니, 다른 사람들도 알아들었겠지.

"나는 왜 여기 있는 건지 모르겠는데."

윤아름이 투덜거리는 걸 한성아가 쉿, 하고 손가락을 입에 가져다 댔다.

"반박하면 안 돼, 언니."

"……반박에 대한 반박은 반박이 아닌가."

그러거나 말거나 한성진은 '우리 성아가 반박이란 말도 아네' 하며 대견스러워하고 있었다.

'전생의 나는 저런 팔불출이 아니었는데.'

나는 화이트보드로 시선을 돌렸다.

"회의 주제는 이러합니다."

마커 뚜껑을 열고.

끽, 끼익.

퍼블리싱 방안

화이트보드에 대문짝만 한 크기로 적었다.

"여기서 잠시 퍼블리싱이 무엇이냐에 대해 짚고 넘어가자면 이른바 배급, 유통이라고 할 수 있습니다."

나는 담담하게 내가 아는 바를 읊어 나갔다.

"무엇을 배급하고 유통할 것인가, 어떻게 포장해서 소비자들에게 건넬 것인가."

모인 사람들은 물끄러미 내가 하는 양을 지켜보았다.

"여기에선 그런 것을 아울러 퍼블리싱이라 정의한 뒤, 회의를 진행해 볼까 합니다."

의견이 나오기 전에, 다시 한번 주제의 축약.

"물론 여기엔 여러 가지가 있을 수 있습니다. 음반, 비디오, 서적 등등. 하지만."

나는 일부러 최택진을 한 번 쳐다보았다.

"지금은 모처럼 최택진 주주님이 계시니, 모시기 어려운 분이 계신 김에 도움을 받아 보고자 합니다."

잠시 주목을 받은 최택진은 여전히 어리둥절한 얼굴로, 하지만 사뭇 흥미로워하며 침묵했다.

"그러니 오늘만큼은 주제를 한정해 보죠."

나는 화이트보드에 써 둔 퍼블리싱 방안 아래에 소주제를 추가 기입했다.

게임

그 두 글자에 최택진은 결국 당황하며 나를 보았다.

"아니, 왜? 굳이?"

나야말로 묻고 싶다.

미래의 AC소프트 사장이 바로 여기에 있는데, 게임 말고 뭘 발굴하라고?

"잘 아신다면서요?"

"좋아하는 거랑 잘 아는 건 조금 다른 이야기잖니?"

"결국엔 좋아하는 걸 잘하게 되는 법 아니겠어요?"

억지가 섞인 일반론이었지만.

한성아가 최택진을 물끄러미 쳐다보았다.

"아저씨, 반박하면 안 돼요. 브레인스토밍이라고 했잖아요?"

"……아저씨라니. 그래, 그것도 그러네."

결국 최택진은 떨떠름한 얼굴로나마 고개를 끄덕였다.

박형석이 입을 열었다.

"정말 아무거나 말해도 되지?"

"네."

"그럼 미래를 위해 세가 새턴을 수입하자! 아, 이미 하고 있는 일인가? 하하."

거참.

안목 없는 것 좀 봐.

나는 어쨌건 '세가 새턴 수입'을 구석에 조그맣게 써 넣었고.

한컴의 개발자가 어처구니없어하며 박형석을 보았다.

"형, 아니 전무님, 우리가 게임기까지 수입하자고요?"

"반박 금지. 일단 아무거나, 생각나는 대로 하면 되는 거 잖아?"

개발자의 말에 박형석이 웃으며 나를 보았다.

"맞지?"

"네, 그게 브레인스토밍이니까요. 아, 제한 시간은 10분!"

그래도 취지를 이해하고 일단 뱉어 준 박형석 덕에 물꼬가 터졌다.

"PC에 한정하는 것이 아니라면, 해외의 숨은 명작이 많지. 그걸 유통시키는 거야."

"이쪽이 번역해서 유통하는 건 가능할까?"

"아예 게임을 개발해 보는 건 어때?"

"그렇다는 건 수출도 가능하단 거지?"

"잠깐, 왠지 우리 일거리만 늘어나는 거 같은데⋯⋯."

"반박 금지입니다요. 나는 RPG!"

"전략 시뮬레이션."

"잡지사와 연동해서 데모 게임을 소개해 줘도 될 거 같은데."

"⋯⋯오락실 아케이드 게임."

개발자들은 각자가 생각한 바를 가감 없이 뱉어 냈다.

아직 수평적인 분위기가 어색할 터이지만, 여기엔 주최자가 어린이라는 점도 한몫했을 것이다.

그 뒤 말이 나오는 대로 끼적여 화이트보드가 난잡해지고.

최택진은 그런 회의를 한발 물러서서 지켜보다가 몸이 근질근질했는지 한마디 뱉고 말았다.

"머그 게임."

나는 속으로 씩 웃으며 화이트보드에 (아직은 온라인 게임이란 말이 정착하지 않았으므로)'머그 게임'을 써 넣었다.

그 와중 오직 김민혁만이, '또 문어발인가' 하며 한숨을 내쉬었다.

그리고 폭풍 같은 브레인스토밍은 약속한 10분 뒤 끝이 났고, 자리엔 글자로 빽빽해진 화이트보드와 들뜬 열기가 남았다.

"자, 그럼 이제."

나는 화이트보드를 빙글 돌려서 뒤로 넘겼다.

"안건을 토대로 아이디어를 구체화하는 회의를 시작해 보죠."

본격적인 회의.

그 말에 제법 떠들썩 놀자판이던 청중들의 분위기가 다소 진중해졌다.

"우선 세가 새턴 수입 건인데."

나는 화이트보드에 '플레이스테이션'이라고 써 넣었다.

"이번에 삼광전자에서는 세가와의 협력 관계를 끝내고 소니의 플레이스테이션에 집중하기로 했습니다."

내 발언에 겜알못인 어린이들을 제외한 일동이 술렁였다.

"그런 거였어?"

"나는 SJ가 삼광전자의 자회사니 당연히 세가 새턴 쪽으로 갈 줄 알았지."

"흐음, 플레이스테이션이라……. 잘될까?"

몇 달 전.

당시 이휘철은 내게 세가 새턴과 플레이스테이션의 목업을 두고 선택하게끔 했다.

이휘철의 마음에 들었던 건 플레이스테이션.

내가 택한 것도 이휘철이 마음에 들어 했던 것과 마찬가지였다.

그때는 사탕을 손에 쥔 소년 이야기를 들먹여 가며 플레이스테이션을 택한 자신의 견해에 당위성을 주장했지만, 사실 이면에는 다른 노림수가 있었다.

처음 개발했던 플레이스테이션을 닌텐도에게 들고 갔다가 퇴짜를 맞은 소니는 이를 세가 측에 들고 가서 협상을 제의했는데.

당시 세가는 북미 지사와 일본 본사 측의 파벌 싸움으로 첨예하게 대립 중이었다.

소니가 하드웨어 공동 개발과 소프트웨어 라이센스 이양이라는 파격적인 조건을 제시했음에도 불구하고, 세가는 이를 받아들이지 않았다.

'사실상 북미 지사에서 찬성했다는 이유만으로 반대한 거나 마찬가지지. 파벌 싸움이란.'

그러던 와중에 이휘철은 소니의 플레이스테이션을 가져온 것이었다.

그것도 JDM(Joint Developing Manufacturer)이라는 미끼를 가지고서.

아마, 여기저기서 치이던 소니로서도 오롯이 플레이스테이션을 독점하기보단 반도체로 급성장하고 있는 삼광과 손을 잡으면 괜찮겠단 생각을 하고 있었던 모양이었다.

'소니 측도 최대한 위험부담은 피하고 싶었겠지. 아무래도 게임 산업은 처음이니까.'

그래서 소니는 한창 중소규모 게임 개발사를 인수 합병하는 와중이었다.

이태석은 안정적인 것을 바랐고.

이휘철은 도박수를 택했다.

그리고 내가 개입하는 것으로 인해 다소간의 역사가 비틀렸다.

'원래 혼자서도 잘해 먹던 걸 삼광이 나눠 먹게 된 꼴이지. 아니, 이젠 삼광이 아니라 SJ인가.'

원래라면 플레이스테이션2가 발매될 시점에서 직접 게임기와 소프트웨어를 유통하는 소니의 계열 자회사인 SCEK가

설립되지만.

애당초 '일본 문화 개방'이 이루어지지 않은 이 시국엔 절차가 복잡하고 까다로워 국내 기업을 거쳐야만 했다.

나는 소란이 가라앉길 기다렸다가 말을 이었다.

"그러니 세가 새턴 관련 이야기는 기각하도록 하겠습니다."

"나도 그냥 던져 본 말이긴 했지만."

박형석이 머리를 긁적였다.

"소니가 게임기 시장에 뛰어든 건 이번이 처음 아니야? 이렇다 할 노하우가 없을 텐데 잘될지 모르겠어. 그에 비하면 세가는 메가 드라이브라는 게임기를 북미 일대에서 성공시킨 전통의 강자이기도 하고."

그때 다른 개발자가 끼어들었다.

"근데 들으니까, 세가 새턴 개발 환경이 엉망이라고 하더라고요."

"그래? CPU가 두 개나 되는데."

"네. 카탈로그 스펙은 뛰어난데, 그 병렬처리 기관이 영 호환이 안 된다고 해요. 완전 반쪽짜리라던 걸요."

이래저래 스펙 업을 쌓곤 있지만 나란 인간은 근본적으론 문과여서, 공대생들의 이야기를 따라가기 힘들었다.

그래서 나는 대강의 상황을 정리하기로 했다.

"현재 하드웨어의 발전으로 32비트 게임기 시장이 열리려

하고 있습니다. 세가와 닌텐도 양강 구도에 소니가 끼어들게
됐죠."

개발자들은 다시 떠들어 댔다.

"삼국지네, 삼국지."

"누가 유비임?"

"EA가 만든 3DO도 잊지 말라구."

"그런 게임기도 있었나?"

수평적인 환경이 좋긴 한데, 진행이 힘드네.

"흠, 흠."

나는 헛기침으로 주목을 이끌어 낸 뒤 말을 이었다.

"다들 아시다시피 현재 소니는 서드 파티 확보에 주력하고
있습니다. 당장은 플레이스테이션 측도 킬러 타이틀 소프트
웨어가 없고, 빈 땅에 깃발을 꽂기만 하면 되는 상황이니 진
출하기에 나쁘지 않겠죠."

말을 하면서 보란 듯이 화이트보드에 '국내 게임 회사의
해외 진출'을 써 넣었다.

"이런 상황이니 국산 게임을 선별해 플레이스테이션으로
이식하는 것도 나쁘지 않아 보입니다."

내 말에 일동은 떨떠름한 얼굴을 했다.

"글쎄……."

"아직은 좀 그렇지."

"음, 뭐 다들 열정적이긴 하지만 그래도 외산 게임에 비비

기엔."

"얼마 전에 나온 어스토니시아 스토리는 제법 재밌다고 하던데? 잘 팔리고 있기도 하고."

기대와는 달리 다소 회의적인 반응이 돌아왔다.

'하긴, 아직은 해외 게임의 로컬라이징 유통이 게임 시장의 대부분이라고 했지. 삼광도 하고 있는 일이고.'

아직까진 대한민국의 게임 개발 역사가 짧아서 그런지 한계가 있었다.

'하지만 미래의 상황을 생각했을 때 분명 국내 개발자들에게도 잠재성은 있어.'

우선은 그 정도 선에서 그치기로 하고.

"알겠습니다. 그럼 다시 퍼블리싱에 집중하기로 하죠."

이어서 최택진을 보았다.

"형, 이런 상황이니 슈퍼패미컴도 끝물이라는 이야기가 있던데……. 한대전자 쪽 상황은 어때요?"

최택진은 시위가 자신을 향하자 곧바로 입을 열었다.

"뭐, 그다지 그런 낌새는 보이질 않아. 심지어 킬러 타이틀 시리즈인 파이널 판타지 6도 얼마 전에 나왔으니까."

"……그래요?"

"응. 여러 대작들이 출시를 앞둔 상태이기도 하고, 개발자들도 원숙해졌단 느낌이야. 그래도 전체적으로 보면 과도기긴 하지. 뭐, 어디든 비슷하지 않겠니?"

"흐음. 저는 라이센스가 저렴하게 넘어온 것이 좀 없을까 싶었거든요."

"너도 알까 모르겠는데, 닌텐도가 라이센스 욕심이 제법 많거든."

최택진이 쓴웃음을 지었다.

"뭐, 하긴. 패미컴처럼 몇몇 철 지난 구형 게임이라면 모르겠지만."

내 기억에.

닌텐도의 패착 중 하나는 닌텐도64 발매 당시 슈퍼패미컴의 단종을 발표한 것도 있었다.

그 탓에 상위 기종과 기존의 게임기가 호환이 되지 않아 제 살 깎아먹기가 되었고, 그런 타사의 실패를 교훈 삼았는지 소니는 후속작인 플레이스테이션2를 출시하며 플레이스테이션1의 소프트웨어와 호환이 되게끔 만들었다.

결국 이는 플레이스테이션2 출시 직후 초창기 견인 역할을 톡톡히 해냈다.

'하지만 그건 나중 일이고.'

닌텐도가 지금 차세대 기기로 닌텐도64를 준비하고 있다면, 역사대로 슈퍼패미컴의 소프트웨어 등은 찬밥 취급을 당하고 있을 가능성도 있었다.

그래서 해 볼 만하겠다 싶었는데, 아무래도 슈퍼패미컴은 그 마지막 불꽃을 태우는 모양이었다.

"음, 그래도 말씀하신 대부분은 '보따리상'을 통해 수입되고 있죠?"

"그래. 공공연한 일이긴 하지만."

이 시기, 이른바 해적판이 범람했던 건 저작권 인식이 희박했던 당시의 풍조도 있지만, 여기엔 일본 문화 유입을 막는 정부 규제도 한몫했다.

그럼에도 불구하고 이러한 해적판은 이 시기 이미 양지에서 버젓이 유통되고 있었는데, 이러한 폐쇄적 환경은 추후 국내 가요계의 대규모 일본 곡 표절 논란 사태까지 불러온다.

또한 게임 시장의 경우는 일본어가 들어가면 안 된다는 규제 탓에 '정품임에도 불구하고 불법으로 취급되는' 아이러니한 사태가 벌어지고 있었다.

그래서 이 시기의 콘솔 게임은 '불법'이 아니라면 북미 쪽에 발매된 것을 우회해서 유통하는 것이 상식.

그 외에 용산 일대의 보따리상이 취급하는 '밀수입'된 게임은 엄밀히 말해 불법이었고.

앞서 최택진이 말한 파이널 판타지 6도 용산 등지에서 3~4천 개의 물량이 밀수입되어 개당 10만 원의 가격으로 시장에 퍼져 나가는 중이라고 신문에 보도된 적 있었다.

결국 이러한 규제는 결과론이긴 해도 시중에 복제품이 만연하게 하는 초석을 마련한 계기가 되었다.

'어차피 정품도 불법인데, 같은 불법이라면 복제품을 쓰고

말겠단 논리가 암암리에 퍼져 나간 거지.'

아타리 쇼크 이후 일본 비디오게임 시장이 그 빈틈을 노려 급성장한 시기에 정작 대한민국은 그 문고리를 걸어 잠근 상황이었다.

이런 상황에, 이 시기 게임 산업에서 가장 앞서가고 있는 일본 시장을 의도적으로 배재한 건 장기적으론 마이너스 요소였다.

나는 이 상황을 염두에 둔 채 입을 뗐다.

"그러면, 그중 몇 개를 로컬라이징 및 리메이크해서 PC로 이식한다면 어떨까요."

"콘솔 게임을 PC로 이식한다고?"

"네, 해 볼 만하지 않겠어요?"

나는 에뮬레이터의 개념에서 이러한 관념을 확장하고 있었다.

90년대 중후반부터 2000년대 초에 걸쳐, PC로 에뮬레이팅된 구형 콘솔 게임이 인터넷상에서 반짝 유행한 적이 있었다.

아마 그 시절의 추억과 향수를 재현하고자 했거나, 어릴 적 갖지 못한 게임기와 소프트웨어에 대한 회한이 뒤섞여 생겨난 풍조였으리라.

하지만 굳이 그럴 것 없이, 이쪽에서 먼저 공인해 일을 벌인다면.

'아직 PC게임 시장이 성장하지 않은 94년이니, 해 볼 만하지 않을까.'

내 말을 들은 최택진은 잠시 생각하더니 고개를 끄덕였다.

"하긴, 만트라에서도 팔콤의 판권을 사서 이스2 스페셜을 개발 중이지. 그건 로컬라이징보단 리메이크의 개념에 가깝지만."

"네, 그렇다고 들었어요."

최택진이 웃었다.

"이런 정보도 알고 있는 걸 보니 관심이 많다는 건 사실인가 보네. 게임은 잘 모른다더니 말이야."

"빈말은 안 해요."

"하하, 뭐, 그래도 하려고 하면 닌텐도를 통하는 것보단 게임사와 개인적으로 접촉하는 게 좋겠다. 라이센스가 만료된 것도 찾아보면 제법 되겠지."

"네, 형."

거기서 김민혁이 손을 들고 발언권을 얻었다.

"잠깐, 거기 따르는 개발 인력과 협의, 유통할 게임을 고르는 기준은 별도의 회의를 해야 하지 않아? 그에 따른 자금 유통도 필요하고."

그 말에 한컴 개발진 일동은 '올 것이 왔구나' 하는 식의 한숨을 푹 내쉬었다.

하지만 나는 김민혁의 말에 빙긋 미소를 지었다.

"그건 인터넷이 해결해 줄 거예요."

"……인터넷이?"

아무리 인터넷의 여명기고, 그 위력을 일부나마 맛본 김민혁이지만.

인터넷이라는 단어가 도깨비방망이 같은 역할을 하는 것이 아님은 그도 알고 있었다.

그러나 최택진은 내 말에서 무슨 생각을 했는지, 눈을 반개하며 나를 쳐다보았다.

"아하, 그렇구나. 알 것 같아."

"그렇다면 이야기가 빠르겠네요."

나는 여기 모인 사람들에게 내가 구상한 프로젝트를 설명해 주었고.

설명을 들은 몇몇은 반신반의하는 눈치였다.

"……잘될까?"

"그래도 우리가 손해 볼 건 없으니까."

"하긴, 그건 그래."

얼떨떨한 얼굴로 서로를 보며 잡담을 나누고 있었지만, 분위기는 나쁘지 않았다.

나는 이 인터넷의 여명기에 남들보다 앞서 색다른 걸 시도하고자 했다.

핵심은 두 가지였다.

아웃소싱 그리고 크라우드 펀딩.

'뭐, 시대가 시대이다 보니 영수증 발급 등의 회계는 어쩔 수 없이 수동으로 해야겠지만.'

아무리 그래도, 아무것도 안 하고 앉아서 돈 벌긴 어려운 법이니까.

나는 일동을 둘러보며 목소리를 높였다.

"임시 회의는 여기까지입니다. 그럼 한글 94 출시까지 막바지니, 그전까진 다들 마지막까지 힘내 주세요."

"네~."

대답에 왜 힘이 없지.

최택진은 남아서 일을 조금 돕다가 김민혁과 함께 한컴 일동을 포함해서 함께 밥이나 먹고 돌아간댔다.

그도 오늘 있었던 일로 생각이 많아진 모양이었다.

일반적인 대기업과 다른 방식으로 굴러가는 수평적 분위기.

누구나 스스럼없이 아이디어를 내놓고, 머리를 맞대며 그걸 실천하기 위한 방안을 구상했다.

더욱이 그에겐 구상 단계에 있었을 '온라인 게임' 이야기를 스스로 끄집어내기까지.

'이대로라면 AC의 투자자로서 지분을 확보할 수 있게 되

겠군.'

한대전자의 수직적 조직 구조에서 환멸을 느꼈을 최택진에게 나는 새로운 사업 아이템에 내가 주주로 있는 소규모 회사의 자유로운 풍조까지 보여 준 상황.

이렇게 많은 일을 했고, 또 그럼에도 불구하고.

"오늘 대체 뭘 한 건지 모르겠어."

돌아가는 길, 윤아름이 투덜거렸다.

"영화 보고, 사무실 구경하고, 피자도 먹고. 할 일은 다 했잖아?"

내 말에 윤아름은 찌릿하고 나를 흘겨보았다.

"내 계획이랑 달라서 그런다, 왜."

"인생은 계획대로 흘러가지 않는 법이지."

"뭐래. 흥이다, 흥."

윤아름은 성큼성큼 앞장서서 걸어가 버렸고, 그 틈에 한성아는 내 옆에 찰싹 붙었다.

"나는 재밌었어!"

"그랬어?"

"응, 만화책도 있고, 게임기도 있고."

한컴의 휴게실에는 복지 차원에서 넣어 둔 만화책이며 게임기가 즐비했으니, 한성아는 내가 일을 처리하는 사이 나름대로 맘껏 즐긴 모양이었다.

"그런데 이성진 오빠, 아름 언니랑 싸웠어?"

"아니. 왜?"

"오빠는 언니들이랑 사이가 나쁜 거 같아서. 민정 언니도 그렇고. 아, 선아 언니는 빼고."

"그런 거 아니야."

김민정은 어쨌거나 아직까진 그렇다 쳐도.

윤아름이 내게 보이는 건 호의에 가까웠다.

'응석이지.'

그녀도 어릴 적부터 어른들과 부대껴 일하며 마음을 터놓을 사람이 없었을 것이다.

또래는 유치하고, 어른은 어렵고.

그러니 소속 배우의 멘탈 케어는 소속사 대표가 해 줄 수밖에.

"그럼 싸운 거 아니지?"

"당연하지. 가서 아름 누님이랑 놀아 줘."

"응, 그럴게!"

한성아는 뒤에 서 있던 한성진의 손을 잡아끌고 윤아름에게로 달려가 버렸다.

그러는 사이, 마동철이 픽 웃으며 내 곁에 따라붙었다.

"고생하셨습니다."

"아뇨, 뭘요. 제가 한 일이 뭐 있나요?"

"하하, 그렇게 생각하십니까?"

마동철은 선글라스 너머로 나를 물끄러미 쳐다보았다.

"그래도 사장님께선 백 대표님께 듣던 것보다 더 대단하신 거 같군요."

"백하윤 선생님요?"

"예."

말은 꺼냈으면서, 무슨 이야기를 들은 건지는 말해 주지 않았다.

'대강 짐작은 가지만.'

마동철이 자연스럽게 화제를 바꿨다.

"그러니 한컴의 대주주로 활약하시는 만큼 저희 쪽 일도 모쪼록 신경 써 주시리라 믿고 있겠습니다."

"하하, 물론이죠."

"몸이 열 개라도 바쁘실 것 같은 분이지만, 저도 최선을 다하겠습니다."

나는 말이 나온 김에 물었다.

"마동철 실장님, 핸드폰 있어요?"

"아뇨, 삐삐는 있습니다만."

"법인을 통해 한 대 마련해 두세요."

내 말에 마동철은 선글라스 아래 드러난 입매로 미소를 지었다.

"알겠습니다. 아무래도 일이 바빠질 거 같군요."

마동철은 겉보기보다 눈치가 빠르고 실력이 있는 남자였다.

그런 인물을 내게 붙여 준 백하윤도, 그런 내게 큰 기대를
갖고 있는 것이리라.

"그럼, 마동철 실장님. 다시 한번 잘 부탁드리겠습니다."

"예."

며칠이 지나, PC통신 게임방 게시판에 하나의 글이 올라
왔다.

제목 : SJ소프트웨어입니다.

그리고 이 게시글은 곧, 국내 PC게임 시장에 적잖은 파장
을 불러일으키게 된다.

5장

맴— 맴—.

정원의 나무에 매달린 매미가 배를 떨며 시끄럽게 울어 대고 있었다.

관측 사상 이래 최고의 폭염이었다던 94년 여름은 한창이었고, 역시나 유달리 더웠다.

회색 아스팔트에서 아지랑이가 올라오고, 쨍쨍하게 내리쬐는 햇볕에 달궈진 자동차 보닛 위에선 달걀이 익을 정도.

하지만 그것도 이곳, 삼광 그룹의 회장이 기거하는 대저택과는 별개의 이야기.

나는 완벽하게 온도 조절이 되는 쾌적한 실내에서 가만히 창밖을 바라보고 있었다.

원래대로라면 나도 이맘때 여름방학을 맞아 사모와 함께 북미 또는 북유럽으로 피서를 떠났겠지만.

"읍."

사모는 헛구역질을 하며 화장실로 달렸다.

입덧이다.

"……."

원래는 이희진을 끝으로 동생이 없는데.

어째서 금슬이 이렇게나 좋아졌는지 모르겠다.

"원인은 나겠지. 에휴, 후계자가 또 생기는 건가……."

나는 한숨을 푹 내쉬며 트로피컬 주스를 빨대로 쪽 빨아 마셨다.

"어빠, 어빠!"

그러고 있으려니 걸음마를 뗀 이희진이 내게 또 안기려 들어서, 나는 주스를 내려놓고 그녀를 안아 들었다.

"영차, 이제 제법 무겁네."

"무거어?"

"응, 무거워."

"꺄르륵!"

뭐가 웃긴 건지.

최택진을 만나고부터 한 달 남짓한 기간이 지났지만, 그사이 일에 제법 진척이 있었다.

먹혀도 그만, 안 먹혀도 그만이란 생각을 갖고 있었는데.

1. 인터넷

포털 사이트 건은 생각 이상으로 이야기가 잘 풀렸다.

이태석이 어떻게 구워삶았는지, 포털 사이트를 만드는 일은 삼광네트워크와 전략적 협업이 이루어졌다.

'설마 길잡이 이야기를 한 건 아니겠지?'

이렇게 생각했더니, 포털 사이트 이름을 길잡이로 할지, 패스파인더(Pathfinder : 개척자)로 할지 의견을 물어 와서, 길잡이 비유를 했구나 싶었다.

'외국에도 먹히게끔 특이하면서 쉬운 말로 하자고 했지만, 뭐가 나올지는 모르겠고.'

어쨌거나 결국 프로젝트명은 패스파인더로 결정되었다는 후문을 들었다.

'거기서 SJ네트워크의 지분이 30%가량⋯⋯. 이 정도면 뭐, 나쁘지 않아.'

그 외에 삼광네트워크 측이 삼광전자와 나눠 가지는 것도 제법 되었으니, 내 발언권이 묻히진 않을 것이다.

현재 내가 설립한 SJ컴퍼니는 휘하에 자회사를 여러 개로 분리 중이었다.

아직 지주회사가 될 요건은 갖추지 않았기에, 어쩔 수 없이 순환 출자 구조로 묶어 두곤 있지만.

'언젠간 SJ홀딩스로 명칭을 변경할 날도 오겠지.'

2. PC 사업

여름방학 시즌에 맞춰 출시한 신형 마이티 스테이션은 호평을 받았다.

특히 번들로 제공한 일산대백과사전은 언론의 입을 타고 오르며 21세기형 전자사전이니, 백과사전의 변신이니 곧잘 떠들어 댔다.

그 공은 계획한 대로 일산출판사와 삼광장학재단이 가져갔으며, SJ소프트웨어는 그저 유통사 정도로만 기억되었다.

일산출판사.

그들의 성공이 허영심을 불러일으키고 '자립'을 꿈꿀 만큼 우쭐해지면, 그때부터 내가 겨눈 총은 방아쇠를 당길 것이다.

'지금도 슬슬 조건을 바꿔 재계약을 노리는 중이고.'

안달할 것 없다.

그쪽이 먼저 다가온다면, 그때 삼광전자의 채권을 잔뜩 안겨 주며 못 이기는 척 발을 빼면 된다.

한편, 내가 주주로 있는 한컴에서 개발하고 SJ소프트웨어가 유통한 '한글 94'도 알음알음 입소문을 타며 호평을 이끌어 냈다.

직관적인 GUI와 함께 사용자 편의적인 액셀 및 파워포인트까지 제공하는 마당이니 혹하지 않을 리가.

들으니 벌써 여러 기업으로부터 사무용 오피스 용도의 대량 발주가 들어왔다는 이야기를 들었다.

'법인은 개인보다 라이센스 비용을 꼬박꼬박 내 주는 좋은 고객이지.'

더욱이 의외로, 한컴이 동아리 시절부터 가지고 있던 몇몇 글씨체는 여학생들을 중심으로 '예쁜 글씨가 나온다'며 좋은 평가를 얻고 있었다.

'하긴, 아직 펜팔이 유행하는 시절이니까.'

지금은 순정 만화 잡지 뒤편에 '펜팔 구해요' 하고 떡하니, 이름, 나이, 주소 따위의 개인 정보를 가감 없이 싣고 있는 시대였다.

'다들 순수한 건지, 조심성이 없는 건지.'

어쨌건.

이런 유통 수입으로 얻는 캐시 카우가 짭짤하다 보니 최근엔 김민혁의 불만도 쏙 들어간 상황이다.

여담으로.

'이 시대엔 아직 마우스 휠이 없는 건가?'

줄곧 가지고 있던 의문을 이태석에게 전달했더니, 특허 신청을 하느라 본사 직원들이 제법 분주하게 움직였다고 들었다.

3. 게임

어느 날 저녁, 나는 하이텔, 나우누리, 천리안 등지의 게임 채널에 글을 올렸다.

대략적인 내용은 게임을 유통, 수입하겠다는 것.

여기까진 평범했다.

이미 여러 회사가 게임 유통에 손을 뻗고 있는 중이었고, 삼광에서도 이미 하고 있던 일이었으니까.

하지만 주안점은.

하나, 철 지난 콘솔 게임을 PC로 리메이크해서 낼 것이며.

둘, 그 대상은 협의를 마쳤고.

셋, 그에 따른 개발자를 모집하는 중이며.

넷, 개발하는 기간 동안 소정의 기부금을 받아 운영하되.

다섯, 경영에 있어선 삼광전자의 자회사인(정확히는 SJ컴퍼니의 자회사이므로, 삼광전자의 손자 회사지만) SJ소프트웨어가 투명하게 전담할 것이다.

내가 살았던 시대라면 낚시글로 치부되어 묻히고 말았을지 모르지만, 아직은 네트워크 속의 가상 세계를 대하는 태도가 진지하던 시절이었다.

사람들은 즉각 반응하여 게시글에 댓글을 달기 시작했다.

-푸른하늘 : 그렇다면 패미콤 게임을 IBM-PC에서도 즐길 수 있다는

뜻입니까?

–후안무치 : 본인이 해석하기론 그렇다고 보오. 하지만 이제 와서 그
런 걸 하기엔 너무 늦지 않소이까?

–소나무향기 : 저는 지금도 화이널 환타지 1을 재미나게 즐기고 있읍
니다. :–)

–후안무치 : 소나무향기 님, 버철화이터 같은 현란한 쓰리디 게임이
나온 시대에 이제 와서 그런 옛날 게임을 한다니, 이는
다분히 시대착오적인 것 같소.

–소나무향기 : 명작은 시대를 초월해 존재하는 법입니다. 거기에다가
공들여 리메이크라는 것을 해 준다고 하지 않읍니까?

–@아돌@ : 그렇다면 만트라에서 개발 중인 이스2 스페셜 같은 건가
요?

–후안무치 : 본인이 일본에 갔을 때 이스2를 플레이해 본 적이 있소.
명작이지요. 해서, 솔직히 기대는 되지 않소이다.

–소나무향기 : 제 생각에 후안무치 님은 일부러 게시판 분열을 조장
하고 계시는 것 같습니다. 네트워크 공간이라 하더라
도 건전한 토론을 이어 감이 좋겠읍니다.

–에버그린 : 두 분 싸우지 마세요. 건전한 토론에는 반대 의견도 충분
히 있을 수 있다고 봅니다. (^_^)

–푸른하늘 : 저는 패미콤 기기가 없어서 환영입니다. 거기에다가 리
메이크라는 건 한글로 번역도 해 준다는 의미겠지요?

게시판은 시끌시끌해졌고, 우리 회사는 무수한 이메일과 전화를 받았다.

그리고 오늘은 잡지사와 인터뷰를 하는 날이기도 했다.

생각에 잠긴 채 이희진을 안고 둥실둥실 어르고 있으려니 안동댁이 다가왔다.

"도련님, 희진 아가씨랑 놀아 주고 계셨어요?"

"아, 네."

"어쩜, 의젓하기도 하셔라. 근데 오늘 어디 나가신다면서요? 얼른 준비하셔야죠. 저도 오늘은 은수저를 닦을 예정이거든요."

"저야 그냥 몸만 나가면 되는걸요."

나는 자연스레 이희진을 안동댁에게 넘겨주었다.

"어이쿠, 아가씨 많이 무거워지셨네요."

"무거어!"

"네, 네. 성진이 오빠는 바쁘니까, 나중에 놀아요. 알았죠?"

"으응……."

이희진은 시무룩하게 고갤 끄덕이더니 팔을 허우적댔다.

"뽀뽀, 뽀뽀!"

다행히도 이희진은 나를 좋아하는 것 같다.

아직까지는.

따르릉.

나는 볼에 묻은 이희진의 침을 닦으며 핸드폰을 받았다.

"예, 이성진입니다."

─사장님, 도착했습니다.

마동철 실장이었다.

"네, 나갈게요. 조금 있다가 보죠."

인사 후 현관을 나서자마자 내리쬐는 햇볕과 폐부로 훅 끼쳐 들어오는 더운 공기며 찌르르한 매미 소리에 정신이 아찔했다.

'오늘도 덥겠군.'

정원을 지나 입구로 가니, 검정색 승용차가 기다리고 있었다.

마동철은 백미러를 통해 내가 뒷자리에 탄 것을 슬쩍 확인했다.

"어서 오십시오."

"안녕하세요, 마 실장님. 오늘도 덥네요."

"그러게 말입니다. 그래도 핸드폰이 있어 다행이네요. 그동안 이거 없이 어떻게 살았는지 모르겠습니다, 하하. 그럼 출발할까요?"

"예."

이어서 마동철은 기어를 넣고 부드럽게 차를 몰았다.

"실장님, 오늘 스케줄이 어떻게 되죠?"

"네. 잡지사 인터뷰에 이후, 바른손레코드로 가서 녹음 예정입니다. 그 뒤는 없고요."

"아름 누님은요?"

"3층 한컴 사무실에 있겠다고 하더군요."

뭐, 에어컨 빵빵하게 나오겠다, 만화책에 게임기까지 있으니.

7층에 자리 잡을 소속사 사무실도 아직 정리가 다 안 됐고.

숨이 턱턱 막히는 집이나 아는 사람도 별로 없는 레코드사에서 대기하기보단 사무실이 편할 것이란 생각에 나는 고개를 끄덕였다.

잡지사 인터뷰라고는 했지만 거창한 건 아니었다.

인터뷰 또한 나를 대신해 젊고 잘생긴 김민혁이 얼굴마담 격으로 대신 나설 예정이었다.

박형석도 한컴 측의 대표로 얼굴을 비치기로 했으니까.

어린이 사장이라니, 무슨 만화영화 속 이야기도 아니고.

내가 나설 일은 없을 것이다.

'중요한 건 내용이지. 사진이야 뭐 한두 장 박고 말 테니.'

이렇게 생각하며 빌딩 3층에 발을 디뎠더니, 박형석은 어디서 빌려왔는지 모를 품이 큰 양장 차림에 김민혁은 '나 오렌지족입니다' 하는 차림새였다.

"형석이 형, 이제 좀 성공했다는 실감이 나는데요?"

"크, 내 말이. 컴퓨터 잡지에 이어 게임 잡지 취재라니. 아, 청심환 하나 더 먹어야겠다."

"컴퓨터야 그렇다 쳐도 게임 잡지 쪽은 접니다만."

"하하, 그래도 우정 출연도 가능한 거 아닐까? 한글 94를 출시한 한컴의 대표, 박형석이 있다고 하면 SJ소프트웨어의 신뢰도도 올라갈 테고."

내가 어처구니가 없어서 멍하니 이들을 보고 있으려니, 둘이서 나를 발견했다.

"성진이 왔냐? 어때? 죽이지?"

"나도 아버지 양복 빌려서 입고 왔는데."

나는 시선을 피했다.

'씁. 이래서야 사무실 전경만 찍으라고 해야겠네.'

그리고 구석에 앉아 만화책을 읽고 있던 윤아름이 고개를 들었다.

"왔어? 너, 저 두 오빠 좀 말려 봐."

나는 어깨를 으쓱였다.

"이미 늦은 거 같은데."

"아니면 내가 인터뷰할까? 어때? 나는."

윤아름은 보란 듯 입고 온 민소매 원피스를 자랑했지만.

"누님은 안 추워?"

"맞아, 말이 나온 김에 에어컨 좀 낮추라고 해 줘."

"추우면 7층으로 올라가."

"싫어, 여기서 구경할래. 그래서 나는 어때? 참고로 두 번째 묻는 거야."

"당연히 안 되지. 게임 잡지 인터뷰에 누님이 나와서 어쩌자는 건데?"

"아니, 아니. 내 옷. 인터뷰는 농담이고. 그래서, 어때?"

윤아름은 보란 듯 원피스 치마 주름을 살짝 폈다.

"추워 보이네."

"감상이 고작 그거야?"

"아니, 냉방병 걸릴까 봐. 또, 나가면 열사병이고."

"아, 응……."

별수 없지.

나는 당최 무슨 오해를 하는 건지, 우릴 보며 피식피식 웃고 있던 김민혁에게 법인 카드를 내밀었다.

"두 사람 다, 당장 압구정으로 가서 옷 새로 맞춰 입고 오세요. 깔끔하고 단정한 걸로. 이탈리안 정장이면 되겠죠. 겸사겸사 윤아름 누님 몫의 재킷도 사고."

"……별로야? 쿨(Cool)하고 영(Young)한 분위기인데."

시대 문제인 건지, 이 인간들이 문제인 건지.

나는 김민혁에게 미소를 지었다.

"지금 일부러 그러는 거예요?"

"⋯⋯아니. 다녀올게."

김민혁은 얼른 카드를 받았다.

"그리고 형들 옷값은 개인 물품이니 배당에서 제외할 거예요. 그러니까 적당한 가격의 제품으로, 알아서 사 오세요."

"쿽⋯⋯."

"왜 그러세요? 저는 분명 TPO에 맞는 옷차림으로 와 달란 부탁을 드렸습니다만."

"끙, 그건 그런데⋯⋯."

마동철도 끼어들었다.

"아름이 옷 사이즈 모르시죠? 저도 같이 가겠습니다."

"실장님이 나서 주시면 땡큐 베리머치죠."

영어도 곧잘 하면서 웬 콩글리쉬. 정말로 오렌지족인가?

"아름이는 안 갈래?"

김민혁의 제안에 윤아름은 고개를 홰홰 저었다.

"싫어요. 더워서."

"매정하네. 그럼 다녀올게."

남자 셋이 나가고, 여름휴가 중이라 텅 빈 한컴 개발실엔 윤아름과 나 둘만 남았다.

"우리 둘만 남았네?"

굳이 아는 걸 지적해 가며 배시시 내 곁으로 다가오는 윤아름에게 나는 어깨를 으쓱였다.

"그래서 어쩌라고? 오디션 대본이나 꺼내."

"······악덕 사장."

"칭찬 고마워. 그리고 누님 몫의 옷값은 물론 활동비에서 제외할 거야. 협찬도 아니니까."

"······."

비즈니스는 비즈니스지.

"어쨌거나 이번 오디션에 붙으면, 시간이 훨씬 단축될 거야."

"시간? 무슨 시간?"

나는 윤아름에게 씩 웃어 보였다.

"뭐긴, 성공까지 걸리는 시간이지."

"그런데."

대본을 읽던 윤아름이 고개를 들었다.

"이거보단 ABS의 〈눈물은 내 곁에〉가 더 낫지 않아? PD님 경력도 그렇고, 출연 배우도 그렇고. 들으니까 제작비 지원 규모도 〈눈물은 내 곁에〉가 훨씬 높다던데."

현재 그녀가 준비 중인 오디션 대본은 〈딸 부잣집 첫째사위〉.

94년 하반기를 강타하는 작품으로, 원래 역사의 윤아름은 이 시기 동일 시간 타 방송사의 경쟁 프로그램인 〈눈물은 내 곁에〉의 출연을 따낸다.

하지만 결과는 〈딸 부잣집 첫째사위〉의 압승. 더군다나 원래 역사에서 윤아름이 연기했던 프로는―대부분의 아역이 그러했지만—어차피 큰 비중도 없는 역할이어서, 그녀의 커리어에 별다른 영향도 끼치지 않았던 것도 사실.

나는 덤덤하게 대꾸했다.

"전체적인 완성도는 딸 부잣집 쪽 대본이 더 좋아. 그리고 누님이 맡을 역할의 비중도 딸 부잣집 막내 역할이 주인공 아내의 친구의 딸 역할보단 훨씬 높을 거고."

"그래도, 눈물은 진지한 드라마잖아. 이젠 슬슬 진지한 역할도 해 보고 싶은걸."

"진지한 드라마라고 해서 진지한 역할을 할 거란 생각은 마. 오디션용 대본은 그렇지만 어차피 역할상 분위기 환기용으로 쓰일 건데, 또 이런 건 재방송 때도 편집되기 일쑤고. 그보단 차라리 명랑한 홈드라마의 명품 조연을 목표로 해."

결국 배우의 몸값은 출연 작품이 시청률 높은 드라마였거나, 흥행한 영화에 출연하는 것에서 결정된다.

"아, 빨리 어른이 되고 싶다. 나보다 연기 못하는 언니 오빠들도 잔뜩 있는데."

"애들한테는 애들만의 역할이 있는 거야. 원로 배우에게 기대하는 역할이 있듯이. 누님도 아직은 아역 배우인 이상 아역 배우가 할 수 있는 위치에서 최고가 되도록 해."

"너도 애면서, 늘 꼭 어른처럼 말한다?"

입을 삐죽이던 윤아름이 나를 물끄러미 쳐다보았다.

"성진아, 너도 빨리 어른이 되고 싶지?"

"뭐, 어린애로 지내야 하는 건 여러모로 귀찮긴 하지. 할 수 있는 일도 제약되어 있고. 하지만 이런 시대, 이런 순간에만 할 수 있는 것도 있는 거야. 어쩔 수 없지."

"그런 뜻으로 꺼낸 이야기는 아닌데……."

윤아름은 고개를 저었다.

"시시해. 어른들은 맨날 나를 애 취급하고. 어린애라고 해서 아무것도 모를 거라고 생각하는 거야, 뭐야?"

훅 치고 들어온 윤아름의 자연스러운 대본 리딩에 나는 얼추 맞춰 주었다.

"그럼 네가 애지, 어른이니?"

"내가 언니들이랑 다를 게 뭔데? 언니들도 예전엔 나만 하던 때가 있었을 거 아니야? 어차피 하게 될 거, 조금 더 일찍 하면 어떻다고."

"자, 스톱. 지시에는 '철부지처럼 군다'고 되어 있는데, 방금 누님의 연기는 철부지처럼 보이질 않았는걸. 왜 그렇게 한 거야?"

내 지적에 윤아름이 투덜거렸다.

"그거 완전 '어른이 생각하는 애'의 스테레오타입이잖아. 봐, 내가 연기하는 주마람은 위에 언니가 넷이고, 특히 첫째 언니인 주가람이랑은 나이 차이가 많이 나잖아. 집안 형편이 어떻다는 것도 뻔히 알고, 또 편모슬하에 자라면서 보고 들은 게 있는데 이 나이 되도록 막내라고 마냥 떼쓰며 클 까닭은 없지."

윤아름은 투덜거리면서도 술술 자신이 해석한 캐릭터를 늘어놓았다.

"거기에다 이 집은 시부모를 모시는 전통적인 가부장제지? 이런 어른들이 막내 여자애를 어떻게 취급하겠어? 아들을 기대했지만 또 딸이구나, 하겠지. 그런 환경에서 자라며 눈칫밥을 먹으면 먹었지, 마냥 철부지가 될 수는 없는 거야. 철부지처럼 군다고 해도 그건 한때의 반항일 거고. 말이 나온 김에, 세상에 이름 좀 봐. 이것도 지적하지 않을 수가 없네. 주가람, 주나람, 주다람, 주라람 그리고 막내 주마람. 봐, 이름 참 대충 지었다 싶지? 이런 집안인데 오죽하겠어. 어때?"

윤아름은 술술, 막힘없이 제법 길게 자신이 생각해 둔 바를 늘어놓았다.

벌써부터 프로 의식을 보이는 윤아름이 나는 기특했다.

"좋네. 그 부분은 PD에게 언급해 주는 게 좋겠어. 연기 자체는 좋았으니까, 만일 그럴듯하다고 생각하면 대본 수정이나 연기 변경에도 응해 줄 거야. 정 안 되면 그냥 지시대로 스테레오타입을 보여 주는 수밖에."

"디렉팅대로 해야지, 뭐. 내가 제작진에게 큰소리칠 만한 대배우인 것도 아니고."

"대부분 신인이고 이건 감독의 입봉작이니까, 네 의견에 최대한 조율해 가며 진행할 거라고 보는데. 혹시 알아? 잘하면 비중도 분량도 늘려 줄지."

"그렇게 되면 좋고. 아니면 평소처럼 모델이라도 해야 하지 않겠어?"

윤아름은 어깨를 으쓱이더니 무릎에 괸 팔꿈치 위로 턱을 얹었다.

"근데, 너 대본 외운 거야? 내 대사에 척척 맞춰 주던데."

"자랑하자면 기억력이 좋은 편이거든."

"흐응."

그녀는 영문 모를 콧소리를 내더니 손에 든 대본을 휙휙 넘겼다.

"뭐, 네 말대로 대본은 재밌어. 마저씨도 성공할 거 같단 이야길 했고."

참고로 마저씨는 마동철 실장을 부르는 윤아름의 애칭 비스무리한 거였다.

"근데 너, 연기해 볼 생각은 없어? 방금 리딩 제법 잘했거든. 잠재성이 조금 있다고나 할까?"

"거듭 말하지만, 생각 없어."

"아깝네, 아까워. 별수 없지. 내 연습 상대로는 써먹어 줄게."

"그거 참 영광이군요."

그러고 있으려니 띵— 하고 엘리베이터 도착음이 들렸다.

내린 것은 20대 초반의 여자, 30대 중반가량 되는 남자, 둘이었다.

"휴우, 에어컨 시원하다…… 어?"

텅 빈 사무실 주위를 두리번거리던 여성은 우리를 보더니 머리를 긁적였다.

"최 기자님, 여기 맞죠? 애들만 있는데."

그녀의 말에 좀 더 연륜 있는 남자 쪽이 고개를 끄덕였다.

"주소는 맞아. 우리가 너무 일찍 왔나?"

나는 자리에서 일어나 둘에게 다가갔다.

"아니에요, 잘 오셨어요. 한컴 사무실 맞아요. 이성진이라고 합니다."

여성은 나를 향해 빙긋 웃으며 허리를 살짝 낮춰 눈높이를 맞춰 주었다.

"안녕, 누나는 임세영이야. 게임챔피언에서 일하고 있고……. 그런데 다들 어디 갔니?"

"대부분 휴가 중이에요. 여름휴가."

"넌?"

나는 거기서 일부러 보란 듯 윤아름을 힐끗 쳐다보았다.

"이 건물 7층이 SJ엔터테인먼트거든요."

"처음 듣는 회산데. SJ가 붙은 걸 보니 계열사인가?"

툭 끼어든 최 기자는 혼잣말을 중얼거리더니 윤아름을 물끄러미 보았다.

"아, 그러네. TV에서 본 적 있는 거 같아."

임세영은 눈을 동그랗게 뜨며 새삼 다시 윤아름을 쳐다보았다.

"어머, 진짜네요. 그, 그, 아이스크림!"

여름을 맞아 윤아름은 빙과 광고를 추가했고, 그 덕에 알아보는 사람도 조금 더 늘었다.

"윤아름입니다."

윤아름은 생긋 웃으며 인사했고, 임세영은 눈을 반짝이며 손을 내밀었다.

"악수해도 될까?"

"물론이죠. 사인해 드릴까요?"

"응, 응. 잠깐만, 수첩이……."

그러는 사이 최 기자가 담배를 꺼냈고, 나는 최 기자에게 끼어들었다.

"흡연실은 저쪽이에요."

이 시대엔 그랬다.

아직 간접흡연의 폐해가 알려지지 않은 탓일까. 길빵도 자연스럽고, 사무실에서 담배 피우는 것도 아무렇지 않다.

오죽하면 드라마나 영화에서도 담배 피우는 장면이 빈번하게 나올 정도니.

"그래. 거참."

최 기자는 담배를 입에 문 채 흡연실로 자리를 옮겼다.

그사이.

"이름이 뭐더라, 이, 이……."

"이성진입니다."

"아, 맞아. 미안. 이성진. 성진아 너도 배우니?"

기자라는 신분 탓인지, 아니면 천성이 그러한 건지 임세영은 제법 붙임성이 좋았다.

"넓은 의미에서는요."

이성진의 가면을 쓴 배우이긴 하지.

"그렇구나. 하긴, 얼굴도 잘생겼고, 앞으로 잘될 거 같네. 미리 사인 받아 둘까?"

그 말에 나는 어깨를 으쓱였다.

"배려는 감사하지만 괜찮아요. 아직 이렇다 할 사인도 없고요."

"그냥 이름만 정자로 또박또박 써도 되는데."

거 귀찮게.

"커피라도 한 잔 타 드릴까요?"

"응? 응, 그래. 고마워."

대강 커피 한 잔으로 입을 다물게 만드는 사이, 최 기자가 담배 냄새를 풀풀 풍기며 돌아왔다.

"그리고 보니 소개를 아직 안 했네. 월간 컴퓨터의 최기성 기자야."

오자마자 그렇게 말한 최 기자는 다시 한번 사무실을 빙

둘러보았다.

"신생 회사라고 들었는데, 잘 꾸며 뒀는걸."

그 말을 임세영이 받았다.

"사진 좀 찍어 갈까요?"

"그건 나중에 허락받고."

"아, 그러네요. 그런데 사무실이 참 깔끔해요. 보통 취재 나가면 개발실은 엉망인 경우가 많은데."

"그러니까 애들도 놀러 오는 거지. 만화책도 있고, 게임기도 있으니까."

둘이 두런두런 이야기를 나누는 사이 박형석과 김민혁, 마동철이 돌아왔다.

"먼저 와 계셨군요."

가벼운 이탈리안 슈트를 차려 입은 김민혁이 먼저 인사를 건넸다.

"SJ소프트웨어의 김민혁입니다."

김민혁의 소개에 임세영이 허둥지둥 믹스 커피가 담긴 종이컵을 내려놓으며 일어섰다.

"저, 저는 게임챔피언의 임세영 기자입니다! 시간을 내주셔서 감사드립니다!"

"임 기자님이셨군요. 저번 달 기사 잘 봤습니다."

"아, 음, 보셨어요? 헤헤, 감사합니다. 아, 여기 명함요."

임세영은 힐끗힐끗 김민혁을 살피며 수줍게 명함을 건넸

다.

김민혁은 원판부터 시원시원하게 잘생긴 데다 지금은 깔끔한 차림이어서, 젊은 나이에 성공한 벤처기업 CEO(아니다)의 느낌이 물씬 풍겼다.

역시, 얼굴마담으론 제격이었다.

"생각보다 젊으시군요. 월간 컴퓨터의 최기성입니다."

"아뇨, 어쩌다 보니 과분한 직책을 맡고 있습니다."

"오늘은 다른 일로 왔지만…… 나중에 따로 인터뷰 요청을 드려도 되겠습니까? 굳이 게임 관련이 아니더라도 SJ소프트웨어는 이 바닥에서 많은 주목을 받고 있거든요."

"물론입니다. 저야 영광이죠."

"아, 그럼, 한컴 쪽은……."

"한컴의 박형석입니다."

"한글 94 잘 나왔던데요. 축하드립니다."

어른들이 명함을 건네며 인사를 주고받는 사이,

마동철은 사 가지고 온 얇은 청재킷을 윤아름에게 건넸다.

"택은 미리 뗐어."

"고마워요, 마저씨. 의외로 안목이 있으시다니까."

"의외라니. 보기처럼이라고 해 줘."

그사이 스케줄을 함께해 온 마동철과 윤아름의 관계도 제법 살가웠다.

인터뷰는 무난하게 진행됐다.

"SJ소프트웨어는 삼광전자의 자회사라는 이야기가 있던데요."

"예. 저희 SJ 그룹은 게임, 영화, 음악 등 미디어 산업 진출을 목표로 설립된 자회사입니다."

"그렇군요. 그럼 삼광전자는 기존의 게임 및 컴퓨터 사업에서 완전히 손을 놓은 겁니까?"

"그렇지는 않습니다. 삼광은 여전히 각 분야에 특화된 별도의 사업부가 있고, SJ 그룹은 미디어 시장의 급변하는 시류에 발 빠르게 대처하기 위해 자회사로 설립되었습니다."

이미 어떤 질문을 주고받을 건지 팩스로 전달받은 터였고, 김민혁도 이따금 협의되지 않은 질문이 나올 때면 영리하게 대처했다.

"상장 계획은 있으신가요?"

"하하, 그건 심사 기관과 문의해 봐야죠."

"그러고 보니 일종의 기부금을 받아 유통을 실시한다고 하던데, 정확히 어떤 개념인지 말씀해 주실 수 있나요?"

"예. 저희 내부에선 이를 크라우드 펀딩(Crowd funding)이라고 이름 붙이고 있습니다. 게임이 만들어지기 전, 미리 이용자에게 자금을 조달받고 완성품은 기부자에게 배송합니다. 물론 일반 유통 시장에도 풀리지만, 기부자에겐 별도의 혜택을 제공할 예정입니다."

"흥미롭네요. 투자의 개념과는 어떻게 다른 건가요?"

"투자는 일반적으로 수익의 분배를 전제로 정의를 내리고 있지만……."

"……혜택은 그러면……."

"……일정 이상의 기부액이 모이면 프로젝트가 시작되며, 이를 투명하게 공개함은 물론이고……."

인터뷰를 마무리한 임세영은 볼펜 끄트머리로 머리를 긁적였다.

"후와, 이걸 기사로 다루려면 특집 페이지를 준비해야겠는데요."

일찌감치 인터뷰를 마친 최 기자가 픽 웃으며 끼어들었다.

"왜, 이번 기사 아주 알차겠는데. 마음 같아선 기사 제휴도 신청해 버리고 싶은 심정이야."

"정리하는 게 고역일 거 같아서요. 저희는 어쨌거나 게임 잡지지 경제지가 아니잖아요."

"어디 보자. 크라우드 펀딩이라는 것의 개념과 비전을 두괄식으로 기재하고, 김민혁 씨의 요청 사항을 넣어 마무리하면 얼추 모양새가 나오겠어."

"아, 그게 핵심이네요."

이어서 최 기자가 김민혁을 보았다.

"그런데, 뭐 오프 더 레코드로 하나만 물어봅시다."

"예."

"콘솔 게임을 IBM-PC로 리메이크한다고 했는데, 판권은 어떻게 따오신 겁니까? 뭐 다들 알잖아요. 그쪽 업계가 어떻다는 거."

그 말에 김민혁이 픽 웃었다.

"영업 비밀입니다."

그렇다.

그 과정은 참으로 남에겐 밝히기 힘든 일이었다.

모두가 시대의 변화를 느끼고 있었고.

그런 변화에 가장 민감하게 반응하는 곳이 게임업계였다.

매번 새로운, 진화한 기술이 쏟아지는 바닥.

그 변화에 대처하지 않으면 도태되기 일쑤인 업계 환경.

다들 새로운 업계 환경에 위기의식을 느끼는 중이었고, 이는 명가(名家)라 불리는 유수 게임 회사들도 예외가 아니었다.

이 시기, 수많은 서드 파티 게임 회사가 닌텐도에 참여하고 있는 건 다른 이유가 있어서가 아니었다.

그저, 닌텐도가 당시 게임 시장을 석권하고 있었다는 것과 그들이 개발한 게임이 마침 아타리의 몰락 직후 패미컴이 지배하는 환경에 나왔던 것일 뿐.

그런 상황에 소니가 플레이스테이션으로 서드 파티를 모집하고, 세가 또한 나름대로 칼을 가는 상황에서 닌텐도는 자존심을 앞세운 채 이렇다 할 행보를 보이지 않는 중이었다.

쉽게 말하면.

나는 닌텐도와 서드 파티의 분열을 조장했다.

그것도 소니를 이용해서.

※

"할아버지, 여쭤볼 것이 있습니다."

사모가 임신 초기의 입덧으로 웬만한 자리엔 부재해 있다 보니, 대부분 식사 자리는(수발을 드는 고용인을 제외하곤) 남자만 셋.

나는 이 씨 삼대가 옹기종기 모인 이 자리가 갈등과 분쟁의 장으로 흘러가지 않게끔 최선을 다해야 했다.

개중, 이 일중독자들에게 가장 좋은 떡밥은 역시 일거리였다. 그러잖아도 이휘철과 이태석은 내가 하는 일이 대체 무엇인지 흥미를 보이고 있던 차였으니.

이휘철은 조언을 구한 대상이 이태석이 아닌 자신인 것이 흡족하다는 양 미소를 지었다.

"그래, 무슨 이야기냐?"

"B와 C는 서로 사이가 나쁘겠죠?"

내 말을 들은 이휘철은 잠시 무슨 이야기인가 싶어 가만히 있다가 씩 웃었다.

"아, 그 이야기냐."

이휘철이 내게 세가 새턴과 플레이스테이션의 양자택일을

하게 했을 때, 그는 A, B, C로 세 회사를 익명화한 적이 있었다.

여기서 B=소니, C=닌텐도였다.

이태석은 밥을 먹다 말고 고개를 들었다.

"B와 C?"

"소니와 닌텐도."

이휘철의 말에 이태석은 고개를 끄덕였다.

"최근 둘 사이가 썩 좋진 않지요. 흠. 사업가로선 어울리지 않게 감정싸움이나 하곤."

"일본 놈들은 보기보단 명분이나 입장, 자존심을 따지지. 걸핏하면 입버릇처럼 스미마셍을 말하는 것과는 달라."

냉소를 담아 이죽거린 이휘철이 고개를 돌려 나를 보았다.

"닌텐도는 소니의 자존심을 건드렸다. 그건 화투쟁이 놈들(닌텐도. 닌텐도는 화투 패 제작으로 출발한 기업이다)의 실책이고. 그래, 성진아. 내게 새삼스러운 걸 물어본 저의가 무엇이냐?"

이휘철은 단도직입적인 것을 원했고, 나는 그 바람대로 해주었다.

"새로운 사업을 구상 중인데, 이렇게 된 거 소니를 이용하면 어떨까 해서요. 이제는 사업 파트너잖아요?"

"사업 파트너라."

이휘철이 피식 웃었다.

"일단은 그렇다고 치자꾸나."

현재는 당장의 이해관계가 일치했을 뿐, 끝까지 함께 갈 관계는 아니다.

이휘철의 웃음은 그런 것을 함의하고 있었다.

"새로운 사업이라 했겠다. 그건 무엇이냐?"

"예. 기존에 출시된 닌텐도의 게임을 IBM-PC로 이식하려고 합니다."

이휘철은 그 개념에 대해 생각하는 양 잠시 입을 다물었고, 이태석이 그 사이로 끼어들었다.

"성진이 너는 소니가 닌텐도의 서드 파티를 흡수할 거라고 보는 거냐?"

"예. 세가는 원래부터 일본보단 북미 시장에 강세를 보이는 회사고, 굳이 홈그라운드를 바꾸려고 하진 않을 거라고 생각했습니다. 반면 소니는 닌텐도의 빈자리를 대신 꿰찰 거고요."

이제는 이태석도 내 어린애답지 않은 화법에 적응을 마친 뒤였다.

"그럴듯하구나. 여기서 소니를 이용한다고 함은, 소니를 통해 닌텐도가 가진 것을 뺏어 오는 과정의 반사이익. 너는 둘의 싸움에서 어부지리를 노리려는 거고."

그사이 짧은 생각을 마친 이휘철이 고개를 끄덕였다.

"나는 게임에 대해선 잘 모르지만, 대강 알기로는 납품하는 하청업체의 선정이 중요하단 것은 익히 들었다. 자신의 깃발 아래 모이는 용병이 누구냐에 따라 성패가 갈리는 사업인 게지."

이태석이 거들었다.

"예, 아버지. 최근 소니는 게임기 사업에 공격적인 전략을 펼치고 있습니다. 후발 주자인 만큼 서드 파티 확보에 총력을 기울이고 있죠. 새로운 개발자들을 키우는 것에도 신경 쓰는 모양이지만 대부분은 닌텐도가 가지고 있던 서드 파티를 흡수하는 것에 힘을 기울이고 있습니다."

"그럴 만한 재력이 받쳐 준다면야 해 볼 만한 전략이지. 무에서 쌓아 올리는 것보단 적이 갖고 있던 검증된 걸 취하는 쪽이 훨씬 편할 테고. 닌텐도 쪽은?"

"소니와 업무에 일방적인 파기를 한 건 그쪽이니까요. 어쨌건 지켜보는 모양입니다. 하지만 생각 외로 전통 서드 파티 쪽은 쉬이 넘어오질 않는 모양입니다. 어쨌건 닌텐도는 명색이 업계 1위니까요. 서드 파티 측도 소니의 조건에 혹해서 넘어갔다가 나중에 밉보이는 건 아닐지 전전긍긍하며 눈치를 살피는 형국입니다. 플레이스테이션의 성공 여부는 아직 미지수니 말입니다."

"그럼 여기서."

이휘철이 나를 보았다.

"성진이의 이야기를 들어 보마."

"예."

"여기서 너는 소니를 어떻게 이용할 생각이고, 또 소니는 너에게, 너는 소니에게 어떤 도움을 줄 수 있느냐?"

나는 생각해 온 바를 대답했다.

"삼광전자는 소니에게 완충제가 되어 줄 수 있습니다."

"완충제?"

"예. 삼광은 무슨 일을 하건 닌텐도와 아무런 관계도 없으니까요. 게다가 이번에 할 일은 삼광이 아닌, 삼광전자의 자회사인 SJ컴퍼니의 일이기도 합니다."

이휘철은 묵묵히 고개를 끄덕였고, 이태석은 눈을 가늘게 뜨더니 입을 열었다.

"말 그대로구나. 완충제. 그래서 우선은 PC로 이식을 먼저 한 뒤, 이식된 작품을 플레이스테이션으로 다시 옮기는 작업을 하겠단 거냐?"

"예. 그 과정에서 소니는 우리와 각 게임사를 연결해 줄 수 있습니다. 게임사 측도 소니의 뒷배에서 라이센스 걱정 없이 판권을 넘겨줄 수 있죠. 저희는 소니와 게임사의 지원을 받으며 이식 및 리메이크를 진행하고, 소니는 소니대로 플레이스테이션 재이식을 전제로 만들어진 소프트웨어를 확보하면서 서드 파티 업체를 끌어들이게 됩니다."

이어진 내 설명을 들은 이태석이 빙긋 웃었다.

"거기에 너는 크라우드 펀딩이라고 했나, 그로써 홍보에 더해 소니는 삼광전자의 그늘에 숨어 일을 처리하고, 우리는 우리대로 관련 기술을 배울 수 있겠구나."

"예. 물론 그러자면 소니 측과 협의가 이루어져야 하긴 한데……."

내가 이휘철을 힐끗 살폈더니.

이휘철은 무표정한 얼굴로 가만히 듣고 있다가 턱을 긁적였다.

"별로 내키질 않는군."

괜찮은 방안이라고 봤는데, 이휘철의 눈엔 차지 않았던 모양이었다.

"이래서야 소니 놈들 배만 불려 주는 꼴이 아니냐."

이휘철의 말에 이태석이 미간을 살짝 찌푸렸다.

"어째서입니까? 아버지, 일단은 그렇게 되겠지만 이는 협력 관계에 있는 우리에게도 좋은 이야기입니다. 또한 장기적인 관점에서 보자면 국내 게임 개발 환경을 한 단계 끌어올릴 수 있을 뿐만 아니라……."

"쯧."

이휘철이 혀를 차며 이태석의 말을 끊었다.

"그런 게 아니다. 재주는 곰이 넘고 돈은 사람이 챙긴다고 했지. 재주넘기에 따른 정당한 대가를 받아 챙길 수 있다면 곰도 만족은 할지 모르겠지만, 우리는 곰 같은 미물이 아니야."

"……."

"만일 모든 것이 잘 풀려 이번 일이 성공한다고 치자. 아니, 아마 그 자체는 괜찮은 결과를 내겠지. 하지만, 어느 한쪽의 견제 없는 성장은 결국 1인자 체제를 불러오기 마련이고……. 이번에 소니가 우리에게 여러 조건을 양보한 건 아직 그들이 1위가 아니기 때문이다."

이휘철은 픽 웃었다.

"게다가 지금 일본산 가정용 게임기가 OEM 방식을 거쳐 국내에 들어오는 건 정부의 일본 대중문화 규제 정책 탓이지. 이것이 천년만년 갈 까닭도 없을 것이고, 작금의 계약은 언제라도 파기될 수 있는 요소다."

이휘철의 예견대로 일본 대중문화가 개방된 이후, 소니의 자회사인 SCE, 그 SCE의 자회사인 SCEK(Sony Computer Entertainment Korea)를 상장하면서 한국 내 소니의 게임 기기와 전용 소프트웨어의 유통을 전담하게 된다.

이태석은 묵묵히 고개를 끄덕였고, 그 상황에 이휘철이 씩 웃었다.

"분명 소니는 이번에 크게 한 건을 하고, 1인자로 올라서게 되겠지. 소니 놈들이 잘나가는 걸 보고만 있으면 쓸데없이 배가 아플 거야. 그러니 우리도 함정을 파야겠다."

함정?

이휘철이 이태석을 보았다.

"너희들 생각은 소니가 일단 내수 시장(일본)에 집중할 것으로 보는 모양이더구나."

"그렇습니다. 북미를 대표로 한 해외시장은 세가 측이 쥐고 있으니까요. 우선은 닌텐도의 빈자리를 하드웨어의 압도적인 성능으로 선점하려고 할 겁니다."

원래 역사에서 세가 새턴을 택한 이태석의 방향도 그런 이유였다.

어차피 일본의 게임 소프트웨어를 수입하는 과정이 어려운 이상, 차라리 북미 시장에 집중된 세가를 선택해 쭉 밀고 나가는 것이 경영자로서 그의 안목이자 합리적인 결정이었으리라.

문제는 소니의 플레이스테이션이 생각 이상으로 잘 나왔고, 세가의 세가 새턴이 생각보다 더 망가져 있었다는 점이지만.

이휘철이 웃었다.

"하하하, 좋다, 좋아. 그럼 이렇게 하자. 우리는 다국적 언어에 대한 라이센스를 손에 쥐어야지. 소니 놈들도 발등에 불이 떨어진 상황에 솔깃한 제안을 받았으니, 마다하지 못할 거다."

그제야 이태석도 씩 웃었다.

"알겠습니다. 어디 TF를 꾸려 보도록 하죠."

"전자 애들만으로 되겠느냐? 본사의 대외전략실에 연락을 넣어야겠구나, 크크크."

역시, 이휘철은 만만찮은 사람이었다.

'게임 시장은 노인에게 낯선 개념일 텐데, 금방 본질을 꿰뚫어 보고 그 상황에서도 이득을 극대화하려 하고 있어.'

그렇게 이휘철과 이태석의 합작이 이루어졌다.

어차피 원래 역사에서도 닌텐도와 서드 파티의 분열은 예정되어 있었다.

나는 그 조짐에 부채질을 조금 해 주었을 뿐.

'판권만 빌려주면 알아서 리메이크도 해 주고 라이센스 비용도 일부 넘겨주겠다고 하는데, 그걸 안 하면 바보지.'

삼광의 유능한 협상가들이 소니를 대동한 채 각 게임사와 물밑으로 접촉했고, 개발자 출신의 순진한 대표들은 하나둘 꾐에 넘어갔다.

'PC 성능의 비약적인 진화, 생각만 해 보던 PC 시장 진출. 거기에 버리는 시장이나 다름없던 한국 시장. 게다가 이미 출시한 지 오래되어 고전 취급받던 패미컴용 게임을 리메이크.'

일본 또한 이 시기엔 IBM-PC 시장이 성장세를 보이는 상황이었다.

먹음직스러운 블루 오션으로의 진출이 욕심나지 않을 리

없다.

또, 슬슬 닌텐도의 갑질도 짜증이 나던 터에 막강한 경쟁자가 나오는 시점이고.

여차하면 닌텐도에서 소니라는 대체제로 건너 타면 될 일이다.

김민혁은 빙긋 웃으며 말을 이었다.

"비밀이라곤 했지만, 큰 틀에서 보자면 결과적으로 이해관계가 일치했을 뿐이죠."

최 기자는 고개를 끄덕였다.

"과정이 쉽지 않았을 듯합니다만."

"물론 쉽지는 않았습니다. 하지만 저희 SJ소프트웨어가 삼광전자의 자회사라는 것도 염두에 두셨으면 좋겠군요."

"하하, 예. 대기업이 나서면 다르다는 겁니까?"

"그건 결과가 말해 주고 있지요. 어느 부분에선 그렇다는 이야기입니다."

대략적인 인터뷰는 끝이 났고, 김민혁은 임세영을 대동하고 지망 게임 개발자들이 입주 예정인 텅 빈 사무실을 안내해 주겠다며 일어섰다.

"지금도 여러 게임 팀이 합류 예정입니다만, 기사에 실을때 사무실 환경을 소개해 주시면 감사하겠습니다."

"아, 맞아요. 손누리 측도 합류했다고."

"예. 소프트크라이 측이 어스토니시아 스토리를 유통하면서 불합리한 조약을 맺은 모양이더군요. 하지만 저희 측은 그럴 걱정을 하지 않으셔도 됩니다. 즉 저희는 어디까지나 퍼블리셔로서 국내 게임 시장의 발전에 이바지할 뿐만 아니라……."

임세영은 김민혁을 따라붙으며 다시금 열심히 메모했고, 다들 자연스럽게 자리를 파하며 엘리베이터에 올라타려고 할 때.

"성진이는 안 갈 거야?"

박형석이 떠나기 전에 슬쩍 물어서, 나는 어깨를 으쓱였다.

"네, 대강 구경은 다 했으니까요."

최 기자는 발걸음을 멈칫하더니 그 자리에 멈춰 섰다.

"먼저들 올라가십쇼. 저는 남아서 담배나 한 대 태우겠습니다."

그 말에 셋은 별로 대수롭지 않은 얼굴로 엘리베이터에 올랐고.

"아, 그런데. 아까 전부터 궁금했거든."

그러더니 최 기자가 나를 돌아보았다.

"너 혹시 삼광 그룹과 무슨 관계라도 있는 건 아니냐?"

그 질문에 나는 최 기자를 물끄러미 쳐다보았다.

다음 권으로 이어집니다

서상현 판타지 장편소설

환생한 대마법사의 정주행

학교에서 펼쳐지는 배틀 로열!
낙제생의 참교육(?)이 시작된다!

힘에 눈먼 제자에게 살해당한
마법 학교 교장, 대마법사 아르키스
전생의 힘을 고스란히 간직한 채
퇴학을 앞둔 낙제생의 몸으로 환생하다!

미친, 학생을 마력을 높이는 제물로 쓰다니!

성배 재료 양성소로 바뀌어 버린 학교
선생부터 학생까지 모두 개판!
아르키스는 이 모든 걸 되돌리기 위해
교장실까지 미친 정주행을 시작하는데……

ROK MEDIA
로크미디어

틴타 현대 판타지 장편소설

다시 한 번 아이돌

ONCE AGAIN IDOL

#No환승 #No휴덕 #저세상주접킹양산
소울 가득 B급 감성부터 소름 돋는 대형 군무까지
돌덕들의 빛과 소금이 될 그 아이돌이 온다!

화상을 입고 아이돌의 꿈을 포기한
10년 차 연습생 서현우
트레이너로서 유명 돌들을 양성하던 중
갑작스럽게 데뷔 전으로 돌아가다!

회귀자 짬밥으로 무사히 데뷔해
크로노스를 스타덤에 올려놓은 그는
무대마다 뜻밖의 주목을 받으며
연예계의 중심에 서기 시작하는데……!

숨길 수 없는 반전 매력 무대의 향연!
그가 무대에 설 때 역대급 라이브가 펼쳐진다!